Dietmar Bittrich, Jahrgang 1958, lebt in Hamburg. Er gewann den Hamburger Satirepreis und den Preis des Hamburger Senats. Im Rowohlt Taschenbuch Verlag erschien von ihm u. a. der Bestseller «Alle Orte, die man knicken kann». Seit 2012 gibt er die erfolgreiche Weihnachtsanthologie mit Geschichten rund um die bucklige Verwandtschaft heraus.

Dietmar Bittrich (Hg.)

Opa, gib die Krippe her!

Alle Jahre wieder Weihnachten mit der buckligen Verwandtschaft

Rowohlt Taschenbuch Verlag

1. Auflage

Originalausgabe
Veröffentlicht im Rowohlt Taschenbuch Verlag,
Kirchenallee 19, 20099 Hamburg, September 2025

Covergestaltung zero-media.net, München
Coverabbildung Patrick Wirbeleit
Satz aus der Adriane Text
bei Pinkuin Satz und Datentechnik, Berlin
Druck und Bindung GGP Media GmbH, Pößneck
ISBN 978-3-499-01821-3

Kontaktadresse nach EU-Produktsicherheitsverordnung:
produktsicherheit@rowohlt.de

FSC www.fsc.org MIX Papier | Fördert gute Waldnutzung FSC® C014496

Inhalt

York Pijahn

Zeit der Wunder

«Ist es das da? Nee! Das da?» Es ist jedes Jahr dasselbe. Am 24. Dezember fahren meine Freundin, unsere beiden Kinder und ich im Auto durch das Neubaugebiet, in dem mein ältester und in jeder Hinsicht großer Bruder samt Familie wohnt. Durch das Neubaugebiet, in dem das Klinkerhaus steht, das er vor zehn Jahren gebaut hat. Die Bielefelder Vorstadt öffnet ihre höllischen Tore. Das da? Nee. Das da? Carport, Buchsbaumhecke, leise schließender Edelstahlbriefkasten, der in der Dunkelheit angestrahlt wird. Das Nachbarhaus hat den gleichen Briefkasten, und das Haus daneben?

Alles sieht gleich aus. Jedes Jahr fahren meine Familie und ich von Berlin aus hierhin: von der Großstadt ins Dorf bei Bielefeld, in dem ich geboren wurde. Meine beiden Brüder leben noch hier. Der eine feiert mit seiner neuen Frau in Südafrika. Der andere im Neubaugebiet. «Schön, dass ihr vorbeikommt, dann können wir als Großfamilie feiern – wo ihr schon sonst nie kommt», hatte mein Neubaugebietsbruder am Telefon gesagt. Er schafft es, Gastfreundschaft und Schuldgefühle so zu verquirlen, dass man sich permanent am Ohrläppchen gezogen und auf die Schulter geknufft fühlt.

«Das da!», ruft meine Freundin, deutet auf ein Haus, über dem gerade die Sonne untergeht. Endlich. Parken, klingeln, großes Hallo in der offenen Haustür. «Schön, dass ihr hier seid», sagt mein Bruder. «Und Schuhe aus.» Er sagt es zu meinen Kindern; meint aber auch meine Freundin und mich. Natürlich. Das läuft ja spitze.

Weil mein Bruder das Großstadtleben für eine kranke Verwachsung hält, aus der nur Drogensucht, Kirchenaustritte und schlappe Körperhaltung entstehen, hätten wir über Weihnachten genug Themen, um uns zu zanken. Auch weil ich im Gegenzug das Landleben in der Bielefelder Vorstadt für latent pupsig halte, abgesehen von der Angewohnheit meiner Bielefelder Verwandtschaft, zwischen März und November jeden Tag zu grillen. Warum fahren wir Weihnachten hier jedes Jahr hin? Weil ich meinen Bruder heiß und innig liebe, ernsthaft. Bruder, falls du das hier gerade liest, du bist der Beste.

Wo war ich? Ach ja, wir fahren nach Bielefeld, weil meine Mutter immer Weihnachten mitfeiert – und sich in ihrer Gegenwart alle zusammenreißen. Mama ist für meinen Bruder und mich das, was der Bundespräsident für die Republik ist oder die Blauhelmtruppe fürs Krisengebiet. Sie hat nix zu sagen, ist aber doch der Boss. Auf Fotos der letzten Feiern sieht man sie zwischen mir und meinen Brüdern stehen, in einer bodenlangen, silbernen Strickjacke, in der sie wie der Papst aussieht. Und ein bisschen wie Prince.

Rein ins riesige Wohnzimmer mit den Glas-Schiebetüren, hinter denen man den manikürten Garten sieht. Es ist behaglich und auf die Art schick, auf die Douglas-Filialen schick sind oder die Bahn-Lounge. Ausatmen. Themensuche. «Übrigens», sagt mein Bruder. «Mama kommt nicht. Hat gerade angerufen.» Was? Seit einer Herz-OP vor einem halben Jahr ist Mama oft müde und geht um 21 Uhr ins Bett. Aber zu Weihnachten?

«Na dann», sage ich enttäuscht. Ein besserer Mensch als ich würde es jetzt schaffen, in Abwesenheit des Schiedsrichters weiter fair zu spielen. Aber ich kriege es nicht hin. Ich wäre gern ein Weihnachtsengel, aber ich bin der Grinch aus Kreuzberg, der den Provinzlern zeigen will, wo der Hammer hängt. Ich mache spitze Bemerkungen über den Thermomix meiner Schwägerin («Kann der auch Beton mischen?»), verteile falsches Lob für die neue Sitzecke («Da will man gleich schunkeln, oder?») und frage nach dem Rasenmähroboter und ob er eigentlich schon die Maulwürfe zerfleischwolft hat, auf das Wort bin ich kurz stolz: zerfleischwolft.

Mein Bruder ist zu Recht beleidigt und latscht im Gegenzug auf Berlin herum. «Wann wird denn euer Flughafen fertig, ach nee, der ist schon fertig und funktioniert nicht, wie war das doch gleich?» – «Ihr in Bielefeld wärt doch froh, einen Flughafen zu haben, hoho, ist nur die Frage, wer hier landen will.»

Wir schleppen uns stichelnd in Richtung Abend. Noch drei Stunden bis Kirche. «Komm, wir rufen Mama an», sage ich, ohne den Satz in meinem Kopf vorher Probe zu hören. Es ist offensichtlich der Wunsch nach dem Schiri. «Oder weißt du was?» Mein Bruder legt das Schlaubergergesicht des Erstgeborenen auf: «Wir fahren hin.»

Die Kinder finden es toll, wir Erwachsenen feiern uns für unsere Spontaneität, die in Wahrheit ein Fluchtmanöver ist, was aber allen egal ist. Mein Bruder packt Essen, Getränke, seine Familie und, kein Witz, das Fondue-Set ein. Eine Stunde später stehen wir vor der Zweizimmerwohnung meiner Mutter. Eine winzige, 83-jährige Frau im Gegenlicht der Flurlampe, Bademantel. Mensch, Mama.

«Aber nein das gibt's doch nicht.» Alle quetschen sich

ins Wohnzimmer, Lagerfeuergemütlichkeit Knie an Knie auf Mamas goldener Couch. Man kann gar nicht anders, als sich beim anderen anzulehnen. Mein Bruder legt 80er-Jahre-Hits auf. Und weil meine Mutter die Coolste ist, tanzt sie, im Bademantel. Und sie tanzt alles weg: das schwache Herz, die komische Einsamkeit der Seniorenwohnung, die heute Abend voll ist, ihre beknackten Söhne, die sich langsam locker machen. Sie hat keinen Weihnachtsbaum, aber ein Gesteck aus Zweigen, die – natürlich – mein großer Bruder vorbeigebracht hat.

Wir sind zu schlapp für die Kirche, vielleicht weil Mamas Wohnung auch schon maximale Stall-von-Bethlehem-Atmosphäre ausdampft. «Frohe Weihnachten», sagt meine Mutter. «Frohe Weihnachten», sagt meine Schwägerin. «Es schneit», ruft, nein, quietscht meine fünfjährige Tochter. Alle gehen in den Garten, der eigentlich nur ein Rasenquadrat mit Plastikbank an der Seite ist. Es gibt hierzu keine Pointe, außer dieser vielleicht: Mein Bruder schaut mich an. Eine ungelenke Jungsumarmung im Schnee, der von den Tannen rüberweht.

Meine Familie ist kompliziert: Wir sind Stinker, wir sind Besserwisser, Neidhammel, Sich-zu-selten-Melder. Aber in den guten Momenten – und dies hier ist so einer, sind wir nicht zu schlagen.

Ein Jahr später will meine Freundin, dass wir eine Party feiern wie in einer amerikanischen Fernsehserie. Fünfzig Gäste. Alle mit Punschglas in der Hand und crazy Elchgeweih-Mütze auf. Mistelzweige über den Türen; Feuer im Kamin. Jemand sitzt am Klavier und spielt Dean-Martin-Songs. Die Lässigkeit einer Bar, aber eben: zu Hause. «Das wäre doch so was von super, oder?», fragt meine Freundin. Ja, wäre es. Wir haben allerdings keinen Kamin. Und ich kenne auch keine fünfzig Leute. Beim genaueren Nachdenken haben wir auch kein Klavier, bloß das Kinder-Xylophon unserer fünfjährigen Tochter. Auf dem klimpere ich zwar manchmal die Nationalhymne – aber eigentlich nur, um meine Alt-68er-Schwiegermutter zu ärgern, die alles Patriotische für Werke Satans hält.

Vor allem aber bin ich gegen die Party, weil ich während der Feiertage das Gefühl mag, wie eingeschneit zu sein. Drei Tage Family only, Essen, Brettspiele, Downton Abbey. Mehr stille Nacht, weniger totaler Wahnsinn. Doch dann ... habe ich schleimiger Schleimer, weil ich es meiner Freundin recht machen wollte, folgenden Satz gesagt: «Wir können ja mit der Verwandtschaft Video-Konferenzen per Computer machen. Und so alle ein bisschen dazu holen.»

Ich bin mir ganz sicher, dass ich «so ein bisschen» gesagt habe. Ganz sicher. Corona steckt uns allen zu diesem Zeitpunkt noch in den Knochen, wenn ich ehrlich bin, steckt es mir sogar in der Seele. «Ich bin so ausgehungert nach Gesellschaft, dass es wehtut», hat meine Freundin kürzlich gesagt, und ich weiß, was sie meint. Sie hat schon unseren Postboten umarmt, und zwar mehrfach und gegen seinen Willen. Na gut, dann Videoweihnachten mit der in der Welt verteilten Verwandtschaft oder, wie unser Sohn sagt, «WLAN-Weihnachten», let's go.

Heiligabend, 12 Uhr: In unserem Wohnzimmer sieht es aus wie in einem Lagezentrum der CIA während einer verdeckten Operation. Offene Laptops, offene iPads. Unsere Kinder, die all das spitze finden, tragen Headsets, genau wie meine Freundin. Nein, das hier ist Houston Ground Control, jetzt habe ich es. Ich bin total erkältet, was mich zu dem Kalauer «Husten, wir haben ein Problem!» treibt. Keiner lacht, alle sind mit Technik beschäftigt, na gut.

Auf Laptop 1 sind wir mit meinem Bruder in Bielefeld verbunden, von dem man nur Doppelkinn und Nasenlöcher sieht, weil er seinen Tablet-Computer permanent und horizontal durch die Wohnung trägt, «um euch so ein bisschen teilhaben zu lassen». Ich höre meine Freundin dankbar seufzen. Rasender Schwenk auf den Raum, auf einen Kochtopf mit irgendwas Blubberndem, wenigstens wird nix gegrillt. Dann wieder Nasenlöcher, bei wackeliger Bildästhetik wie in Blair Witch Project. «Sieht toll aus!», jubelt meine Freundin, die sich zu einer Art Feiertagsmoderatorin entwickelt.

Auf Laptop 2 sind wir mit Marc, ihrem südfranzösischen Cousin, verbunden, der aber zu doof ist, Kamera und Ton anzuschalten, wodurch das Gespräch den Charme einer Séance hat, bei der meine Freundin versucht, Kontakt zu einem Toten zu kriegen. «Bist du da, Marc? Ja? Jetzt kann ich dich hören, aber nicht sehen! Jetzt kann ich dich sehen, aber nicht hören!» Ich bin kurz versucht, «aber wir können deine Gegenwart spüren, Marc» zu raunen, will aber nicht die Feiertagslaune verbal vollpupsen und putze mir stattdessen die Nase.

15 Uhr: Nach anfänglicher Scheu und auch, weil ich nicht das blöde analoge Anhängsel sein will, komme ich langsam auf den Geschmack und übertrage deshalb unseren Spaziergang zum Weihnachtsgottesdienst an meinen Freund Stulli per Facetime. Nur kann ich mich nicht so richtig konzentrieren, weil ich vor allem auf den Mini-Ausschnitt des Bildschirms schiele, der mein eigenes dauergrinsendes Gesicht zeigt. Wenn ich das Handy

ganz weit weg und ganz hoch halte, sehen meine Familie und ich am besten aus und ich weniger fett. Ich kämpfe kurz den Impuls nieder, von der Teenagertochter unserer Nachbarn den Selfie-Stick zu holen für ein paar besinnliche Shots aus der Kirche. Während des «O du fröhliche» merke ich, dass unsere Kirche kein offenes WLAN hat. Analoge Amateure, kein Wunder, dass denen die Leute wegbleiben.

18 Uhr: Auch mein zweiter Bruder – dieses Jahr in Bielefeld statt in Südafrika –, der zwar etwas kleinere Nasenlöcher hat, aber genauso ein rabiater Kamera-Schwenker ist, meldet per WhatsApp, dass er für die ganze Familie eine Zoom-Konferenz eingestellt hat: in die wir uns jetzt bitte alle einwählen sollen. Machen wir, auch wenn wir dafür zwei Schreibtischlampen ins Wohnzimmer bringen müssen, um (Formulierung meiner Freundin) «die Lichtsituation etwas zu pimpen».

Um 18.15 schließlich sind wir alle online, auf Sendung, und zwar gleichzeitig, ich kann auf meinem Computer ein Schachbrettmuster von Köpfen sehen. Alle rausgeputzt, ausgeleuchtet, aufgekratzt und abgewohnt. Leute, die sich über eine Ziellinie geschleppt haben. Nach all dem Hustle weiß jetzt keiner so recht, was sagen. «Ja, der Igel ist gelandet», versuche ich einen Witz. «Igel, also wie der Eagle, das war ja der Name der Landefähre bei der Mondlandung. Und da wir hier so viel Technik aufgefahren haben, passt das doch ganz gut.» Kein Lacher, nirgends. Meine Schwägerin sagt: «Ja, prima», kontextfrei und vor allem, um die Stille zu füllen. Die Tochter meines ältesten Bruders spielt Blockflöte. Es ist schief und krumm, es ist improvisiert und rumpelig. Aber es ist das, was wir gerade gemeinsam hinbekommen. Wir schicken digitale Herzen und lassen virtuelle Hände klatschen. Draußen ist es jetzt richtig dunkel, und drinnen ist es hell.

Wiederum ein Jahr später bin ich ein Mix aus zwei schrägen Gefühlen. Nummer 1: Ich bin gestresst. Weil ich vor Weihnachten alle Freunde noch mal treffen möchte, die Bielefelder Familie besuchen will und auch irgendwie muss. Und derweil versuche, meine Jahresend-Erschöpfung in den Griff zu bekommen, dank der ich mich immer fühle wie ein Sack Schrauben. Gefühl Nummer 2 ist das folgende: Älter werdend bin ich auf schon lachhafte Art sentimental geworden. Ich heule jetzt bei schmieriger, alle Klischees bedienender Schokoladenwerbung und schief geflöteten Weihnachtsliedern.

Ich vermute, weil Weihnachten ein Zeittunnel in die eigene Kindheit ist. Und sich mein Wunsch, wieder das jüngste Kind auf dem Polaroidfoto von 1979 zu sein, als (surprise) unerfüllbar entpuppt. Nicht sehr originell, ich weiß. Aber so fühlt sich meine Vorweihnachtszeit an. Hinzu kommt, dass Mutter Helga gestorben ist, ich will das hier gar nicht endlos ausbreiten. Aber es tut weh. Und die Lücke, die sie hinterlassen hat, ist Weihnachten spürbar wie ein Abgrund. Ich will am liebsten um mich schlagen und warte derweil darauf, dass mich jemand in den Arm nimmt.

In diesem Winter stehe ich exakt mit diesem Gefühlsmix an einem Bahngleis in Hannover. Wollmantel, Reiserucksack. Ich muss den ICE wechseln, um nach Bielefeld zu fahren: zu meinen Brüdern und den Abifreunden. Für eine Vorweihnachts-Stippvisite und eine Nacht auf der Besuchercouch. Es schneit, aber in Wahrheit ist es Regen; ich freue mich auf zu Hause, aber in Wahrheit bin ich fertig. Vom Hochgeschwindigkeits-Leben, das mittlerweile jeder um mich herum zu führen scheint. Vom Wegschieben der Nachrichten, vom Kraftakt, weiter zu lächeln.

Als die Durchsage der Bahn kommt, dass der Zug nach Bielefeld leider ausfällt, schwappt eine Welle schlechter Laune über den eh schon ziemlich düsteren Bahnsteig, der voller Reisender ist. Weihnachtspendler, jetzt mit der Körperhaltung einer geschlagenen Fußballmannschaft. Leute beginnen, auf ihre Telefone zu tippen, Verwandte anzurufen, wütend, traurig, die Endmoräne ihrer Geduld erreichend.

«Ja, ich bin's, nee, wird später, die Bahn.»

Ich bin zu diesem Zeitpunkt so platt und abgerockt, dass ich entweder ein Taxi nehmen, etwas zerschlagen oder mich aus Protest auf den Bahnsteig legen will. Es ist kalt, es ist windig, es ist kacke. Dann schickt die Bahn einen Mitarbeiter auf den Bahnsteig. Ein Typ mit Bauch und Fusselbart, einen Bollerwagen mit Kaffeekanne und Bechern hinter sich herziehend. Ein billiger PR-Trick, vermutlich um zu verhindern, dass die Fahrgäste den Bahnhof niederbrennen oder einen Social-Media-Kreuzzug beginnen. Ich drängele mich nach vorne, weil ich einen Kaffee will und nicht bereit bin, mich noch mehr rumschubsen zu lassen von … keine Ahnung, von wem genau. Vom Leben, von diesem ganzen Weihnachtsgefühls-Mix-Schrott.

Bahntyp füllt einen Becher, die Frau vor mir, Ende 60, Wanderjacke, bekommt ihn gereicht. Und dann ereignet sich das Wunder. Was jetzt passiert, ist so trivial wie großartig. Und ich weiß jetzt schon, dass ich es nicht angemessen aufgeschrieben bekomme.

Denn es passiert das hier: Die Frau vor mir bekommt ihren Kaffee, trinkt ihn aber nicht, sondern dreht sich zu mir um und sagt: «Hier, bitte.» Ich halte den Becher in der Hand, wir haben kurz Blickkontakt, und es ist klar, was ich jetzt machen soll. Ich drehe mich auch um und reiche den Becher nach hinten, zu einem Teenager hinter mir. «Hier.» Auch der Teenager reicht ihn weiter. Wanderjackenfrau bugsiert jetzt immer mehr Becher nach hinten, ich gebe sie weiter, alle lächeln, alle finden es plötzlich toll, nehmen ihr Ego zurück und machen Platz für etwas anderes. Für: Was auch immer uns allen gerade fehlt. Großzügigkeit. Verbundenheit. Ich lehne mich jetzt sehr weit raus: Liebe. Hannover, auf Gleis 7. So eine kleine Geste. Ich könnte losheulen. Aber das liegt sicher nur an Weihnachten. Ich reiche das mal so weiter.

Larissa Hoppe

Das Wichtelhaus

Ich bin eine Bastelmutti. Ich bin eine Bastelmutti. ICH. BIN. EINE. BASTELMUTTI. Mantraartig versuche ich die Worte zu verinnerlichen, während wir auf den Eingang des Bastelgeschäfts zusteuern. Großeinkauf für ein Wichtelhaus. Das wir selbst bauen wollen. Wir, das sind ich und meine zweitbeste Hälfte, Tim.

Ich bin eine Bastelmutti. Ich bin eine Bastelmutti. Ich bin eine verdammte Bastelmutti... Engagierte Mütter und junge Frauen zeigen in kurzen Videos auf Facebook oder Instagram, wie man Haus und Wintergarten verschönern kann. Mit selbst gemachten Kränzen, verzierten Lampions, raffinierten Tischgestecken, mit selbst gemalten Grußkarten und natürlich mit Bastelideen für die lieben Kleinen. Die Videos, die die Arbeit im Zeitraffer zeigen, dauern nicht länger als 30 Sekunden. Feine Fingerspitzen mit perfekt manikürten Nägeln fliegen blitzschnell über Tannengrün, fixieren filigrane Äste in Steckschaum, arrangieren noch ein bisschen Blüten-Chichi dazu, ein paar Kerzen, fertig ist das Bouquet. «Das ist schnell gemacht und schmückt jeden Tisch», säuseln die Bastelmuttis mit extrem sanfter Stimme in die Kamera.

Nun. Ich habe kein Haus, keinen Garten, keine Kinder und auch keine Lust, mich in Schleifenband und Kartonpapier zu suhlen. Aber dieses Mal muss es sein. Und es wäre doch gelacht, wenn ich das nicht hinkriege.

Ich kann doch wohl auch so itzibitzi kleine Schleifchen schnüren, Sterne auf Kork kleben, mit meinen nicht ganz so perfekt manikürten Nägeln Papier zusammenfalten.

«Na, dann wollen wir mal», sagt Tim und schnappt sich einen Korb. Er ist müde von der Arbeit, und die Aussicht darauf, an einem Freitagabend die Welt der Pappkartons und Knöpfe zu erobern, ließ ihn nicht in Begeisterungsstürme ausbrechen. Aber es ist ja auch *sein* Wichtelhaus. In den nächsten vier Wochen soll es im Wohnzimmer stehen. Vorausgesetzt, wir finden heute alles und legen die kommenden Tage noch ein, zwei oder auch drei Bastelsessions ein. Es ist unser erstes Wichtelhaus, und zu so einer Premiere kann man sich ein wenig Mühe geben.

Was das soll mit dem Wichtelhaus? Der Brauch kommt angeblich aus Skandinavien. Zur Adventszeit wird eine Art Puppenhaus aufgestellt. Darin versteckt sich der Wichtel. In der Nacht, wenn die Hausbewohner schlafen, traut er sich hinaus – und hinterlässt kleine Geschenke, Briefe, Rätsel, Aufgaben, Süßigkeiten. Oder er spielt Streiche. Er leert den Wäschekorb aus und verteilt den Inhalt auf dem Boden, zum Beispiel. Eltern und Kinder können jeden Morgen gespannt sein, was sich der Wichtel in der Nacht ausgedacht hat.

Und ich kann gespannt sein, was sich mein Schatz ausgedacht hat. Es ist so ähnlich wie ein selbst gemachter Adventskalender. Nur aufwendiger. Und teurer. Denn wir haben noch kein Haus. Und wir haben auch keinen Kunstschnee. Wir haben weder Glitzer noch Sterne, um das Haus zu verzieren. Und geht man es richtig an, bekommt das Haus neben weihnachtlicher Dekoration mit Lichterketten und Kränzen noch einen Briefkasten und einen Gartenzaun und eine Fußmatte, drinnen ein paar

Möbel, auch Geschirr, ein liebevoll bezogenes Bett oder zwei, einen Kamin, einen Schlitten. Alles im Mini-Mini-Format.

«Wollen wir denn wirklich ein Haus, oder reicht eine Tür», fragt mich Tim, während er orientierungslos durch die Gänge schlurft. Ja, es gibt auch Wichteltüren. Die werden über der Fußleiste an der Wand angebracht. Dahinter soll der Wichtel wohnen, und von dort kann er auch Schabernack treiben oder Geschenke ablegen. Aber bei uns soll er ein Haus bekommen; ein großes, ein schönes.

«Hier, schau mal. Da stehen Möbel.» Ich beuge mich über die Ausstellungsfläche. Alles im Maßstab 1:12. Einem Stuhl mit einer Sitzhöhe von 48 Zentimetern entspricht also ein Stühlchen mit Sitzhöhe vier Zentimeter. Auf die Sitzfläche passt ein Fingerhut. Oder ein schlanker Wichtel. «Was – sieben Euro für so einen Stuhl?» Scharf ziehe ich die aufgeheizte Luft des Ladens ein. «Und wenn wir es einfach ohne Möbel einrichten?», frage ich. «Ich meine, es ist ja unser erstes Haus. Vielleicht ist es besser, wir fangen klein an?» Tim betrachtet den Stuhl mitleidig. «Kommt auf den Wichtel an.»

Langsam steuern wir durch den nächsten Gang. «Was ist hiermit?» Tim zeigt auf ein Stück grüne Filzmatte. Na gut. Mir fehlt die Fantasie, wie das am Ende gut aussehen soll. Auf Fotos im Netz sind die Häuschen bis ins letzte Detail rundum liebevoll und nur aus Holz und Papier gestaltet. Bei uns scheitert es schon an Möbeln, und die Grundlage wird grober Filz. «Jetzt brauchen wir noch Tannen und Schnee», sage ich schnell, um nicht zu lustlos zu werden. 100 Gramm Deko-Schnee (sieben Euro) und vier kleine Tannenbäume, vier Euro je Stück, landen im Korb. Ich denke an die Bastelmuttis. Ihre Wichtelhäuser platzen vor Mobiliar und Schnickschnack. Töpfe, Pfannen, Tellerchen, Teeservice in Blau-Weiß, Miniaturmarmeladengläser, Körbe mit Wolle, kleine Blumentöpfe, Werkzeugkoffer und mindestens eine Leiter. Welcher Normalsterbliche soll das bezahlen? Oder darf man von Wichteln Miete verlangen?

Tim hypnotisiert die Regale links und rechts. «Hier! Das ist es! Unser Haus!» Er greift einen Kasten heraus. Schlichtes Naturholz, eine Rückwand, zwei Seitenwände, Satteldach, Boden, offene Front. Acht Euro. «Das find ich gut.» Er nickt zufrieden, dreht und wendet den Holzkasten. «Dann braucht es auch gar nicht mehr so viel. Das wird nett.» Nett. Nett ist an Weihnachten nicht genug. Nett ist an Weihnachten ein Armutszeugnis. Weihnachten und alles, was dazugehört, muss glanzvoll sein. Alles nur Konsum und kommerzieller Druck, der ganze Familien zerstören kann? Es braucht nur Nächstenliebe und Besinnlichkeit? Papperlapapp. Wäre das so, könnten wir in Turnhallen unter Fluchtlicht feiern.

Wir spazieren weiter die Gänge ab. Der Laden ist zu warm. Unter meinem Strickpulli staut sich die Hitze. Dazu rutscht der rechte Ärmel von meinem Wintermantel immer wieder runter, sodass mein XXL-Schal eingeklemmt wird und eng an meinem Hals liegt. Der Gurt der Handtasche drückt auf meine Schulter. Ist das alles anstrengend. «Und hier?» Tim hält ein Starter-Weihnachts-Deko-Set in die Höhe. Glocken, grüne und rote Pfeifenputzer, Sternensticker in Gold und Silber, zwei Päckchen Glitzerstaub.

Auch gut. Landet im Korb. Genau wie Krepppapier in Orange und Rot, goldfarbenes Schleifenband, zwei kleine Strickmützen, Moos-Imitat, Flüssigkleber, ein Wollknäuel und eine Bastelschere. Wir stehen vor Christbaumkugeln und mit Goldglitzer bestäubten Rentierchen. Ich beobachte die anderen Frauen. Bastelmuttis. Sie sortieren Wäscheklammern und Miniaturgeschenke aus Kisten und Boxen, die auf einem überladenen Ausstellungstisch stehen. Verliebt betrachten sie kunstvoll gepresstes Glas. So haben die ihre Männer seit zehn Jahren nicht mehr angeschaut.

«Dann haben wir's, oder?» Mein Schatz ist schon halb auf dem Weg zur Kasse. Ich nicke. «Ja, das muss reichen. Es ist ja nur ein Wichtelhaus.» Ein Wichtelhaus, das gewaltig zu Buche schlägt: 107 Euro und 86 Cent. «Als hätte ich ein echtes Haus gekauft», witzle ich mit schiefem Lächeln. «Ja, na ja», antwortet die Kassiererin und schiebt die prall gefüllte Tüte über den Tresen. «Jetzt können Sie richtig loslegen, viel Freude damit!» Ich nicke. Richtig loslegen. Freude. Ich bin gespannt.

Natürlich legen wir nicht richtig los. Nicht an diesem Abend. Auch nicht am Wochenende. Und nicht an den Feierabenden in der Woche danach. Zehn nach unserem Einkauf steht die Tüte noch unberührt vor dem Esstisch. Meine bessere Bastelhälfte hat es vermieden, das Thema anzusprechen. «Wir müssen das aber noch machen», hatte ich an einem Abend zu ihm gesagt, als wir auf dem Sofa saßen. «Hmmm», hatte er gebrummt, halb im Schlaf versunken – und dann nie wieder ein Wort dazu verloren.

Ich habe nicht die Muße gefunden, ihn noch mal zu animieren und dabei zu erklären, dass das eine sehr lustige Sache sein könnte! So lustig wie bei den Bastelmuttis, deren Videos ich seit unserem Einkauf noch viel häufiger in meinem Facebook- und Instagram-Kanal angezeigt bekomme. «Fünf einfache Tipps und Tricks für den perfekten Weihnachtskranz.» Zu sehen sind lachende Kinder an einem ohnehin schon festlich geschmückten Tisch. Und noch breiter lachende Eltern, die mit aller Seelenruhe Tannenzweige zusammentüdeln. Das alles ohne den leisesten Anflug von Verzweiflung, Stress oder Chaos auf Tisch und Boden. «Wenn ihr mögt, könnt ihr noch ein paar kleine Kugeln oder Schleifen einarbeiten», trällert die Bastelmutti in die Kamera. «Eurer Kreativität sind keine Grenzen gesetzt.» Ihr Mann steckt konzentriert den nächsten Tannenzweig fest. Wi-der-lich. Und bei uns? Nix. Unser Wohnzimmer ist von Weihnachtsglanz so weit entfernt wie der Bastelpapa von einem selbstbestimmten Leben.

Noch gute zwei Wochen, dann werde ich zu meiner Familie in den Weihnachtsurlaub fahren. Mein Blick fällt auf die Tüte am Esstisch. Meine zweitbeste Hälfte ist gerade nicht daheim. Ich habe freie Gestaltungsbahn und kann zumindest mal anfangen. Guter Plan. Ich springe vom Sofa auf. Schnell. Nicht, dass ich es mir noch anders überlege.

Also zuerst der Filzboden. Darauf klebe ich das Haus. Flüssigkleber gezückt, los geht's. Einen Streifen hier, einen Streifen da. Da kann auch noch einer hin. Ich schmiere zehn Klebstofflinien auf den Unterboden des Hauses. Das soll ja schließlich halten. Festdrücken. Es hält nicht. Noch mal die Tube auf. Noch mal zehn Linien. Jetzt muss es aber halten.

Passt! Zumindest ein bisschen. Einfach nie wieder bewegen, dann klappt das schon. Jetzt der Weg über den Rasen zum Hauseingang. Ich krame mich durch die Tüte. Einen Zaun haben wir nicht gekauft; der war zu teuer.

Aber man kann einen Weg ja auch andeuten. Ah, Pfeifenputzer in Rot. Das gibt gleich einen starken Kontrast. Soll der Wichtel später nicht behaupten, er habe den Weg nicht gefunden. In einer leichten S-Kurve klebe ich die puscheligen Drahtwürmer auf den Filz. Aha. Ja, kann man so machen. Andere basteln aus so was Blumen und Schildkröten. Ich lege die einfach aus. Toll.

Jetzt der Kunstschnee. Großzügig verteile ich Kleberkleckse auf dem Filz. Allzu oft sollte ich diesen Trick nicht mehr anwenden müssen. Der Inhalt der Tube neigt sich dem Ende zu. Aber noch ist es nicht so weit, also rauf damit. Ich rupfe ein paar Flocken aus der Tüte, verteile sie auf der zähflüssigen Masse. Hier noch eine Flocke. Und da ... Mist. Die weißen Büschel kleben an den Fingern. Mit der linken Hand versuche ich, die rechte zu befreien. Vorsichtig abzupfen. Jetzt kleben sie an der linken Hand. Oooch. Vielleicht kann ich die Finger auf dem Filz sauberstreichen. Dumme Idee. Jetzt ist alles gelaufen.

Schnaubend stapfe ich in die Küche. Gründlich abspülen. Und dann eben Glitzerstaub. Das sollte selbst mir gelingen. Tut es nicht. Zu viel an der einen Stelle, zu wenig an der anderen, das meiste unter den Fingernägeln. Und dann fällt die Tüte auf den Boden. Warum ist das denn so? Verzweifelt schaue ich auf den feinen Glitzergriesel, der sich auf dem Parkett verteilt hat. Also Staubsauger holen. Und vorher wieder Hände waschen.

Jetzt weiß ich wieder genau, warum ich seit der Grundschule keine Bastelschere mehr in der Hand hatte. Schon damals war es nervig. Ich brauchte drei Anläufe, um mithilfe eines Luftballons, reichlich Kleister und Unmengen Papier eine Laterne zusammenzustöpseln, nur damit sie am Ende doch nicht so schön war wie eine gekaufte. Oder Windräder. Da wurde geschnibbelt, gefaltet, geknickt und gesteckt. Mit Wutanfällen zwischendurch. Und wofür? Damit man am Ende einmal reinpustet, feststellt, dass sich das olle Ding nicht dreht, worauf es bis zum nächsten Großputz in der Ecke vergammelt.

Nach weiteren fünf Minuten unterm Wasserhahn trotte ich zum Sofa. Aus sicherer Entfernung analysiere ich den Schaden. Schneegriesel hat sich auf Esstisch, Stühlen und Boden verteilt, Glitzerstaub hängt an der Fußleiste. Das Haus steht genauso kahl wie vorher da. Die Pfeifenputzer sind an einem Ende vom Filz hochgeploppt. So wird der Wichtel nicht einziehen. Es sieht abschreckend aus. Aber ich werde jetzt keine Korrektur betreiben. Ich werde nicht mal aufräumen. Es bleibt so. Als Mahnmal, sollte ich wieder auf die Idee kommen, allein basteln zu wollen. Enttäuscht schlurfe ich in Richtung Bett.

«Was ist denn im Wohnzimmer passiert?», fragt mein Schatz am nächsten Morgen, während er sich einen Kaffee eingießt. Er grinst. Es ist ihm bewusst, dass er gerade sehr, sehr dünnes Eis betreten hat. Denn er hat mich mit unserem Wichtelhaus alleingelassen. Das ist immer so. Am Anfang ist er dabei und findet die Ideen richtig gut, um sich nach einem Drittel der Strecke auszuklinken. Fertig machen sollen andere. Also ich.

«Ich habe versucht, unser Wichtelhaus zu bauen.» Kurzes Schweigen. «Sieht gut aus», sagt er. Wieder Schweigen.

«Aha», sage ich knapp. «Finde ich nicht so.»

Er geht ins Wohnzimmer. Behutsam nähert er sich dem Tisch, als ob er ein Minenfeld betritt. Richtig so. «Also ich finde, mit dem Rasen und dem Schnee passt das doch ganz gut. Noch ein bisschen Verkleidung ans Haus, und dann ist das fertig.» Ich schaue auf den Filzboden mit den weißen Flecken und auf den nackten Holzkasten. «Das ist überhaupt nicht so, wie ich mir das vorgestellt habe. Das ist nicht charmant. Null.»

«Das ist doch nicht schlimm.» Vorsichtig zupft er an einem Schneepuschel. «Es ist doch unser Haus. Und wenn es so aussieht, ist das schön so. Ich mache heute Abend noch Krepppapier drum und ein paar Sterne dran. Das wird.»

Ich nicke matt. Die Illusionen sind dahin. Ich habe keinen Nerv, mich weiter mit der Akte Wichtelhaus zu beschäftigen. Aber ich bin gespannt, ob Tim sein Versprechen wahr macht.

Und er macht. Als ich nach Hause komme, steht er mit Krepppapier am Esstisch und klebt vorsichtig einen Streifen aufs Dach. «Schau mal.» Stolz präsentiert er die Rückseite des Holzkastens. «Unten ist jetzt überall das Rote für die Backsteine. Und oben nehme ich jetzt das Orangefarbene, als Dach. Innen kommt auch noch Verkleidung rein, und darauf die Sterne.» Er sieht so zufrieden aus, dass ich lächeln muss.

«Klingt gut», sage ich und setze mich an den Tisch. «Kann ich dir helfen?»

«Du kannst diese Seite festhalten.» Er zeigt auf ein Endstück Krepppapier, das er auch allein hätte festhalten können. Aber wir wollten es ja zusammen machen. Trösten kann er. Dann hält er die fast leere Tube mit Flüssigkleber hoch: «Und sag mal, haben wir noch mehr davon?» Jetzt muss ich lachen.

Nach einer Stunde ist das Häuschen fertig und das Chaos auf Tisch und Boden beseitigt. Am nächsten Morgen, mein Schatz schläft noch, mache ich schnell einen Zettel fertig. Mögen die Wichtelspiele beginnen.

Es bleibt der einzige Zettel in diesem Advent. Keine Aufgaben, keine Rätsel, keine Geschenke. Unser Wichtel kommt einfach nicht so richtig bei uns an. Verlassen steht das Ungetüm von Haus auf dem Esszimmertisch und nimmt ein Drittel der Fläche ein. Als mein Bruder zu Besuch kommt, betrachtet er den zusammengeschusterten Korpus. «Äh, was soll das sein?» – «Ein Wichtelhaus.» – «Ah.» – «Jap.» – «Und das bleibt so, oder wird das noch fertig?»

Er hat ja recht. Es sieht nicht gut aus. Wegschmeißen kann ich es aber auch nicht. Es stecken zu viel Geld und Zeit und Nerven drin. Das Schlimmste: Über den ganzen Ärger ist mir die Lust vergangen, die eigentliche Weihnachtsdeko aus dem Keller zu holen. So sieht meine Wohnung am 15. Dezember noch immer ziemlich trostlos aus.

Bis zum nächsten Abend. Als ich nach Hause komme, stehen zwei Tüten in der Diele. «Was ist da drin?», frage ich Tim, während ich Jacke und Schuhe ausziehe.

«Ein kleines Geschenk.»

Uuhhh, ich liebe Geschenke. Als ich nachsehe, die Überraschung: In den Tüten sind Weihnachts-Ballon-Figuren. Zwei XXL-Zuckerstangen mit pink-weißen Streifen, zwei Herzen, zwei kleine Zuckerstangen in Rot-Weiß und zwei XXL-Lebkuchenmännchen in knalligem Rot.

«Die können wir an die Türen oder an den Rahmen kleben, dachte ich», sagt er und schaut mich gespannt an.

«Oooh, die sehen ganz fantastisch aus! Richtig schön. Das gefällt mir. Wo kommen die her?»

«Gekauft.» Er grinst breit. «Ich dachte, die selbst zu basteln, sprengt nun wirklich den Rahmen. Und dein Nervenkostüm. Ein bisschen weihnachtlich soll es aber schon noch werden.»

Vorsichtig stelle ich eines der Männchen in eine Ecke im Flur. Sehr süß. Kitschig, weihnachtlich, schön. So habe ich mir das vorgestellt. Die gute alte Massenware aus China. Herrlich.

«Und ich habe noch was», sagt Tim und geht mit langen Schritten ins Wohnzimmer. «Damit habe ich mich, so viel kann ich sagen, selbst übertroffen.»

Was kommt jetzt? Er zeigt auf den Wohnzimmertisch. Ein Adventskranz! Oha.

«Der ist schick, ne?»

«Ja, der ist sehr schick.»

Mit Tannenzweigen, Ästen und kleinen Blättern. Sehr aufwendig und fein gearbeitet. Das sieht nicht nach Massenware aus. «Und wo kommt der her?» Ich mustere die Fäden, die vorsichtig um das Grün gewickelt wurden. «Den habe ich selbst gemacht», flötet er. Die beste Bastelmutti, sie sitzt abends neben mir auf der Couch.

Michele Coviello

Alles für die Katz

Die Weihnachtszeit begann schöner denn je: Himmel wolkenlos, Rodelbahn leer. In der scharfen Linkskurve erreichte unsere Stimmung den Höhepunkt. Ich kippte vom Schlitten und überschlug mich zweimal. Ein drittes und viertes Mal rollte ich als Showeinlage wie ein Stuntman weiter. Die Kinder prusteten und rangen nach Luft. Ihr Lachen hielt bis zur Talstation. Unten stampften wir den Schnee von den Stiefeln und setzten uns auf die Terrasse. Es roch nach Sonnencreme und Zimtrollen.

Wir hatten uns kurzfristig zu diesem besonderen Adventwochenende entschieden: raus aus dem Schweizer Mittelland, diesem Flecken Erde, der im Herbst selbst dem größten Optimisten die Lebensfreude aussaugt. Würde es einen Dokumentarfilm über den November in unserer nebelverhangenen Region geben, er hieße «Fifty Shades of Grey».

Ausnahmsweise war niemand von uns fünf krank. Alma hatte am Donnerstagabend die Wetter-App nach Fluchtzielen durchforstet. Wir saßen in Decken gewickelt auf dem Sofa, als es aus ihr herausplatzte: «Tschiertschen!» – «Gesundheit.» – «Nein! Tschiertschen, Graubünden, Schnee und Sonnenschein das ganze Wochenende!» Am Samstagmorgen stiegen wir in den Zug.

Nach der Schlittenfahrt erkannte ich auf Maiks Lippen so etwas wie gute Laune – für coole 16-Jährige eigentlich streng verboten. Nicht einmal seine jüngere Schwester konnte ihn nerven. Selma durfte Maiks Handy anfassen und ein Foto schießen. Motiv: Brüderchen Ole mit lebkuchenverschmiertem Mund. Ich schaute zur Sonne und flüsterte: «Beste Wahl ever, Alma!»

Da ahnte ich noch nicht, dass alles Teil einer subtilen Manipulation war.

«Und zum Abendessen gibt es Raclette – mit Speck und Würstchen», setzte Alma obendrauf. Sie wusste, was sich jetzt in meinem Kopf abspielte. Da geht der Italiener mit mir durch. Melden sich primitive Bedürfnisse, bin ich leicht zu verführen. Fleisch und Käse sind weit vorne dabei. Und so schweizerisch bin ich dann auch wieder. Ein Raclette im kuschligen Chalet zum Auftakt der Adventszeit: perfekt.

Keine Stunde später waren die Kartoffeln gar, der Tischgrill brutzelte, der Käse schmolz. Im Raum breitete sich dieser Duft aus, der an Hefe und Stall erinnert – und an Mief grenzt. Soeben hatte ich die erste Gabel in den Mund geschoben. Da räusperte sich Alma und sagte: «Hand hoch, wer auch eine Katze will?»

Mein Bissen Raclette landete wie Beton im Magen. Beiläufig war das Traktandum auf den Esstisch geplatzt – als wäre das Dachfenster samt dem Meter Schnee auf mich gestürzt. Ich schaute in die Runde. Und sah vier erhobene Hände. Die angeblich demokratische Abstimmung war in Wahrheit eine Absprache des Katzen-Kartells.

Selma, von Beruf Teenagerin, unterlegte ihre Stimme dramatisch. «Papa, bitte!» Sie setzte den Dackelblick auf. Alma schenkte mir Gewürztraminer nach und schaute mich genauso an wie Selma – wohlwissend, dass mein eisiges Herz mit Weißwein und Raclette-Ofen-Wärme auftauen würde. Klein Ole zerrte an meinem Hosenbein: «Komm! Als Weihnachtsgeschenk, für uns alle!»

Ich konnte meine Abwehr nicht einordnen. Sie war instinktiv, vielleicht sogar archaisch. Mein süditalienischer Vater mag Tiere, sofern man sie braten kann. Wir hielten früher Hühner und Kaninchen. Aber nie Haustiere. Für ihn gehören Hunde nicht ins Haus, sondern vor die Tür – angekettet. Katzen wurden vom Hof gejagt. Aber das konnte es jetzt nicht sein. Dazu sage ich schon zu lange «grüezi» und nicht «ciao».

Trotzdem blieb ich dagegen. Meine Verteidigungslinie bröckelte innerhalb von Minuten. «Aber wer mistet dann das Kistchen aus? Das bleibt dann wohl wieder bei mir und der Mama hängen?» Selma meldete sich bereit, trotz Abneigung gegen feuchte Putzlappen und einer Vorliebe für Eyeliner und Lipgloss. Hochheilig versprach sie es: Sie würde nicht vor dampfenden Häufchen zurückzuschrecken.

Kurz kämpfte ich weiter. Wir hätten eine Leiter zum ersten Stockwerk gebraucht, eine Katzentüre und somit ein neues Fensterglas, Impfungen, Kastration oder Sterilisation. Übrigens sind Haare auf dem Esstisch eklig. Und bestimmt würde das Kätzchen unseren Designer-Sessel mit einem Kratzbaum verwechseln, was wetten wir?

Ich versuchte die Klimakrise ins Spiel zu bringen, ein wichtiges Thema für Selma. Wir müssten dauernd Futter kaufen, tierisches Futter. «Wer weiß, wie das hergestellt wird, mit welchen Folgen für unsere Umwelt.» Selma hob ihre gekämmte Augenbraue und starrte aufs Rostwürstchen, das ich gerade anschneiden wollte.

Am selben Abend bestellten wir online ein Katzenklo.

Grummelnd saß ich danach im Bett und griff zu den

Büchern auf dem Nachttisch. Ich hatte zwei Titel mitgenommen, die ich schon lange aufgeschoben hatte. «People Pleasing – Raus aus der Harmoniefalle». Und «Wenn jeder dich mag, nimmt keiner dich ernst». Alma fuhr mir durch die Haare und sagte: «Katzen sind pflegeleicht, du wirst sehen. Schaffen wir locker.» Den letzten Satz hatte ich vor dem dritten Kind auch gehört.

Drei Babys im Abstand von je fünf Jahren bedeuten über ein Jahrzehnt Dauerrotz und Ausnahmezustand. Endlich kam das seltener vor. Ich sah Licht am Ende der verstopften Nase. Mir war nach mehr Karriere und nach Kicken mit Kumpels. Nicht nach Katzenkacke.

Wir verstauten unsere Rucksäcke im Intercity ab Chur. Der Zug fuhr los, zurück Richtung Nebel. Ole nieste zweimal. Als wir uns in Zürich in den Regio-Express setzten, schaute er müde durch die Sturmhaube, die Augen glasig. Daheim glühte seine Stirn.

So begann die erste Adventswoche mit Zäpfchen und Nasenspray, mit Ausfall auf der Arbeit und verpasstem Nikolaus-Singen im Kindergarten. Aber die Vorfreude aufs Kätzchen hielt die Familie bei Laune. Am Mittwochabend stand ich im Wohnzimmer auf einer Leiter und wollte am Fenster eine Lichterkette anbringen. Ich befand mich noch mitten im Entwirrungsprozedere, da rief uns Alma zusammen. Sie zeigte auf ihr Smartphone und fragte: «Ist der nicht knuffig?» Selma hielt sich beide Hände vor den Mund, quiekte und hüpfte. Auf dem Bild der Online-Anzeige lag das Tigerchen rücklings, umklammerte mit den Vorderpfoten einen Plüsch-Frosch und kaute daran. Ich sagte nichts. Dachte aber: «Schon noch recht herzig.»

Alma chattete im Minutentakt mit der Händlerin.

«Sechsmonatig, gesund und geimpft, verspielt und verschmust, stubenrein» – ein Sorglospaket von einem Kater. Immer wieder wollte Selma die Bilder sehen. «Zum Anbeißen», sagte sie. Wir nannten ihn Snack und fanden das lustig. Wir wussten noch nicht, wie zutreffend der Name sein würde.

Der Abholtermin fiel auf den zweiten Adventssonntag. Alles war bereit: Klo, Streu, Kratzbaum, Bett, Napf, Futter. Nach dem Mittagessen ging es los. Stolz schritt Ole mit der Transportbox durch unsere Tiefgarage. Meine Handflächen umklammerten das Steuerrad und fühlten sich trotz Kälte schweißig an. Noch bevor Maik seine übliche Frage stellte, blaffte ich: «Ja, du darfst dein Handy verbinden und deine Musik abspielen!» Selma wollte Mariah Carey einstellen und sang lauthals mit: «All I want for Christmas is youuuu-uuuu.» Im Takt tippte sie bei «youuuu-uuuu» mit beiden Zeigefingern auf die leere Katzenbox und grinste mich über den Innenspiegel an.

Ich versuchte, mich auf die Straße zu konzentrieren. Die Scheibenwischer schoben Schneeregen beiseite und tickten wie eine Uhr. Nach einer halben Stunde hielten wir vor einem gräulichen Holzhaus mit Erkern und spitzem Dach, einer Addams-Family-Villa im Kleinformat. Im Garten stand ein aufblasbarer Nikolaus. Als wir an ihm vorbeigingen, brummte er «Ho-ho-ho». Der Ton kam aus einem knisternden Lautsprecher. Es fühlte sich an wie an Halloween.

Der echte Gruselfaktor folgte sogleich. Kaum über der Türschwelle, stieg uns beißender Uringeruch in die Nase. Die Räucherstäbchen machten es nicht besser. Selma presste die Lippen aufeinander und sagte kein Wort. Überall wuselte es von Katzen. Eine unüberschaubare

Anzahl streunte umher, auf Sofas, Stühlen und Regalen. Aber da war Snack. Er sah aus wie ein Wollknäuel und schaute uns mit Kulleraugen an. Ich verstand ihn sofort: «Rettet mich!»

Der Händlerin hingen schwarze Locken bis zur Hüfte, sie schimmerten matt. Mit rauchiger Stimme bot sie uns Christstollen an, selbstgemacht. Ich würgte kurz und winkte mit einem Lächeln ab. «Wir kommen leider gerade vom Dessert.» Alma blätterte drei Hunderter-Noten auf den Tisch, dann stürzten wir uns mit dem Kleinen an die frische Luft und in den Wagen. Als wären wir auf einer Rallye, brausten wir schleudernd davon – unsicher, ob wir uns gerade strafbar gemacht hatten.

Am ersten Abend hüpfte Snack zu mir aufs Sofa. Er kuschelte sich an mich und schnurrte. Es war um mich geschehen. Weihnachten, das war an jenem zweiten Advent.

Die kommenden Wochen wurden anstrengend. Und der Heiligabend eine Katastrophe. Rückblickend war der Dezember nicht der beste Monat, um sich eine Katze ins Haus zu holen. Für den Spieltrieb und die Verfressenheit eines jungen Katers bietet die Weihnachtszeit täglich «low hanging fruits». Wir hatten die Kordel mit den 24 Filzstrümpfen des Adventskalenders höher gehängt – aber Snacks Sprungkraft unterschätzt. Zerfetzt, zerlöchert, zerkaut fanden wir etliche der nummerierten Socken am ersten Morgen auf dem Boden vor. Ole war begeistert. «Gut gemacht, Snack!» Dank seinem pelzigen Freund war er schneller an seine täglichen Überraschungen gekommen. Er bückte sich und hob einen Lego-Ninja-Kämpfer hoch. «Geilo!»

Weniger «geilo» fand Selma das folgende Wochenende. Ihr Sprint blieb nutzlos. Sie hatte gesehen, wie Snack auf dem Klavier saß und mit der Pfote ihren Engel aus Ton anstupste. Einmal, zweimal. Kleine Schubser. Sie hatte ihn in der Schule geformt, gebrannt und tagelang bemalt. Ihr «Neeeein!» mischte sich mit dem lauten Geklirr. Snack schaute zuerst lange auf die Bruchstücke runter, dann unschuldig Selma in die Augen. Als würde er fragen: «Is was?»

Und so ging es weiter: Geschenkpapier kann man gut mit den Zähnchen durchlöchern. Der Lichterkettenvorhang klimpert so schön, bevor er krachend herunterfällt. Und herrlich schmeckt der Teig der Vanillekipferl, den Frauchen Alma fünf Sekunden lang unbeaufsichtigt lässt.

Weihnachten war nahe, als wir auch den Adventskranz aufgeben mussten. Wir hatten nach dem Abendessen am letzten Sonntag alle vier Kerzen ausgemacht. Etwas später setzte sich Snack in die Mitte des Kranzes, rollte sich zusammen und schlief ein. «Da ist ja unser Weihnachtsgeschenk», sagte Ole. Selbst Maik schoss ein Foto: Katze mit Kerzen. Wir gingen schlafen. Am nächsten Morgen war der Esstisch voller Nadeln, der Kranz zerrupft.

Das stellte uns vor die Baumfrage. Wir schmücken den Baum jeweils am Morgen des 24. Die Sache mit den echten Kerzen schlossen wir schon mal aus. Trotzdem blieben einige Fragezeichen. Ich sah schon vor mir, wie Snack die handbemalten Kugeln vom Zürcher Weihnachtsmarkt als Punching-Ball nutzen und die Nordmanntanne wie einen Dreitausender besteigen würde. Auf YouTube suchte ich nach Ratgebern. Jemand wickelte den Baum in eine Plastikfolie, eine andere Katzen-Familie stellte die Tanne in die Duschkabine – samt Geschenken. Wir entschieden uns für ein Set bruchsicherer Kugeln und einen extraschweren Standfuß.

Dass nicht Snack den Baum zerstören würde, hätten wir niemals geahnt.

Das Heiligabend-Menü war fast bereit. Ich stand unter Druck. Erstmals feierten meine betagten Eltern bei uns – und nicht umgekehrt. Ich fühlte mich wie in der Sendung «Kitchen Impossible», in der Sterneköche Zutaten aus Gerichten erraten und sie dann möglichst originalgetreu nachkochen müssen. Die Messlatte war hoch. Selbst nach einfachen Mittagessen bei meinen Eltern sagt Maik jeweils: «Wieso hatte Nonna nie ein eigenes Restaurant?» Und an Weihnachten erst ...

Deshalb musste alles streng nach süditalienischer Familientradition sein. Fisch, Fisch und nochmals Fisch. An Heiligabend herrscht rigoroses Fleischverbot, das gibt es erst am Weihnachtstag wieder. Hoch konzentriert flitzte ich im Zickzack durch die Küche. Hier Petersilie für die Spaghetti Vongole schnippeln, da die Lachstranche aus dem Ofen nehmen, dort Zwiebeln für den Tintenfisch-Salat hacken, dann noch eine Knoblauchzehe für die Crevetten schälen. Darauf besteht Mamma. Wehe, wenn das Gesetz gebrochen wird: den Tintenfisch-Salat nur mit Zwiebeln anrichten, die Crevetten unbedingt mit viel Knoblauch.

Ich war im Flow. Und auf der Hut. Snack lauerte mir auf. Was unbeaufsichtigt liegen bleibt, wird weggefressen. Die letzten Wochen hatten es mich gelehrt. Keinen Topf mit Haferflocken nach dem Frühstück stehen lassen, die Carbonara erst auftischen, wenn mindestens eine Person am Tisch sitzt.

An Heiligabend kochte ich unter schwersten Bedingungen. Die Fischgerüche betörten Snack. Er saß auf dem Barhocker vor der Kochinsel. Sein Kopf folgte pausenlos meinen Handgriffen. Rechts, links, rechts, links. Es war ein Duell, wie zwischen zwei Boxern. Wir bewegten uns synchron, aber ich fühlte mich in die Defensive gedrängt. Immer wieder musste ich mich zum Herd wenden und Snack den Rücken zudrehen. Ich war schnell wie ein 100-Meter-Sprinter und vorausschauend wie ein Schach-Großmeister.

Also stellte ich alles in verschließbare Gefäße. Lachs und Tintenfisch-Salat waren bereit und in Sicherheit, die Spaghetti quollen im brodelnden Wasser. Mit Schwung goss ich einen kreisrunden Schwall Olivenöl in die Bratpfanne. Jetzt nur noch die Crevetten frittieren.

Aber wo war der Knoblauch? Der lag doch hier, geschält auf dem Schneidebrett? Ich hatte mich kurz weggedreht. Snack hüpfte gerade federnd davon.

Selbst jetzt spüre ich jenes Gefühl wieder. Als würde das Blut in meinen Adern gefrieren. Wir gewissenhaften Neo-Katzen-Eltern hatten uns eingelesen. Der Balkon war mit Netz gesichert, die Klobrillen nach Gebrauch immer geschlossen. Den giftigen Drachenbaum hatten wir an unsere Erbtante verschenkt. Und wir wussten: keine Schokolade, Rosinen oder Zwiebeln liegen lassen, erst recht nicht Knoblauch. Knoblauch ist des Todes.

Alma hatte gerade die Tür geöffnet und meine Eltern feierlich eingelassen – als ich schreiend und wie ein Pfeil an ihnen vorbeischoss, dem Kater hinterher. Schweigend sahen mir alle nach. Sekunden später war der Heiligabend ruiniert. Ich stolperte über die Lichterkette, die Tanne stürzte auf den gedeckten Esstisch mit den brennenden Kerzen. Eine Stichflamme schoss hoch.

Einige Minuten lang herrschte ein Lärmpegel im Haus, der ans Stadio Maradona in Neapel herankam. Ich hielt

Snack fest und prüfte ihn auf eine Knoblauchfahne. Maik zerrte den Balkon auf, und mein Vater schmiss fluchend den lodernden Baum ins Freie: «Mistviecher, sag ich doch, dass sie nicht ins Haus gehören!»

Wir kamen ohne Feuerwehr aus. Aber ich wählte die Nummer der Tierklinik. In der Warteschleife lief ein dramatischer Jingle, als wären wir in der Serie «Emergency Room». Gleichzeitig suchten alle die Wohnung nach der Knoblauchzehe ab. Nirgends zu finden. Ist abwarten und beobachten eine Option? «Das kann zum Nierenversagen führen», sagte die Tierärztin.

Ich zog den Mantel an und suchte nach den Autoschlüsseln. Alma wollte mich aufhalten: «Der würde doch niemals Knoblauch fressen!» Selma wies mich zurecht: «Pass einfach besser auf!» Dann umschlang sie den Kater, als würde er gleich von uns gehen. Ole grinste und hatte seinen Spaß an meinem panischen Gesicht. «Angsthase, Papa!»

Handeln oder nichts tun, einen unnötigen Arztbesuch oder einen toten Kater? Ich konnte nur verlieren.

Müsste ich zwischen Bungee-Jumping und Hüpfburg-Springen wählen, würde ich mich eine Million Mal für die Hüpfburg entscheiden. Wobei ich auch die nicht ganz ungefährlich finde. Sicherheit hat Vorrang. Ich musste in die Tierklinik. Mein Vater versuchte, die Anspannung aufzulockern. «Falls er abkratzt, machen wir morgen den Weihnachtsbraten damit.»

Unbekannt war mir, wie man Katzen den Magen auspumpt. Snack erhielt ein Narkotikum, damit ihm übel wurde. Dann steckte ihn die Tierärztin in seine Transportbox zurück. Nun musste sein Herrchen selbst Hand anlegen. Wir stellten die Kiste auf einen Bürostuhl, dann musste ich sie minutenlang drehen. Bis alles aus Snack herauskam. Ich fühlte mich wie der übelste Folterer aus Guantánamo und hätte mich am liebsten beim WWF angezeigt.

Freudig schlüpfte die Tierärztin in Latex-Handschuhe und durchwühlte die Masse. Ich stand daneben, als würden wir nach Diamanten suchen. Sie fand nichts, das einem Knoblauch glich.

Zu Hause saß die Familie zu Tisch – an einer kargen Tafel ohne Dekoration und ganz sicher ohne Kerzen. Dafür hatte die verbrannte Tanne einen Hauch Mitternachtsmesse hinterlassen. Es roch nach harzigem Weihrauch. Ole hatte ein erstes Geschenk ausgepackt und zusammengebaut. Er zeigte es mir stolz. Eine Playmobil-Tierklinik. «Wow, echt toll, mein Großer», sagte ich mit leichtem Schwindelgefühl.

Wir legten Snack sachte auf seinen Sessel. «Das Narkosemittel wird ihn auch morgen noch müde machen», hatte die Tierärztin gesagt. Müde, aber nicht halb tot, dachte ich besorgt. Dann setzte ich mich zu den anderen. Die Spaghetti waren leicht verkocht, die Vongole aber frisch. Allen schmeckte der Lachs. Alma holte den Tintenfisch-Salat aus dem Kühlschrank.

Ich habe Beerdigungen erlebt, an denen es heiterer zuging als an diesem Heiligabend. Wir aßen stiller als sonst, auch um Snack nicht zu stören. Ich saß zerknirscht da. In meinen Magen passte nichts – die einzige positive Note im Vergleich zu anderen italienischen Weihnachtsgelagen. War ich zu unvorsichtig mit dem Knoblauch gewesen? Oder zu überfürsorglich mit dem Tierarztbesuch? So oder so: Ich fühlte mich schuldig.

Mein Vater muss es mir angemerkt haben. Er ging zu

Snack und streichelte ihn. «Mach dir keinen Kopf», sagte er, «es war richtig, dass du mit ihm in der Klinik warst.» Dann unterbrach meine Mutter das Gespräch: «Entschuldigung: Wie kommst du auf die Idee, so etwas in den Tintenfisch-Salat zu tun?» Sie rieb mir eine Gabel unter die Nase. An ihr steckte sie, die verdammte Knoblauchzehe. Einatmen, ausatmen. Wo war noch gleich die Grappa-Flasche?

Zwei Tage später war Snack wieder der Alte. Ich überhaupt nicht.

«Tschiertschen?», fragte Alma.

«Sofort», sagte ich.

Der Kater fuhr mit. Dass die Ferienwohnung vollgestopft sein würde mit raffiniertester Weihnachtsdekoration, das ahnten wir natürlich nicht. Alles für die Katz.

Wiebke Lorenz

Unplugged

Ich habe Weihnachten abgesagt.

Nein, kein «mal sehen, ob wir dieses Jahr ein bisschen kleiner feiern», kein «diesmal ohne Gans, aber mit Raclette», nicht einmal ein «jeder schenkt nur einem was, und niemand darf mehr als zehn Euro ausgeben, außer Oma, die macht sowieso, was sie will».

Ich meine *abgesagt*. Komplett. Storniert. Gecancelt. Gelöscht aus dem Kalender inklusive der kleinen Glöckchen-Emoji. Frohe Nichtnachten.

Nicht nur wegen der alljährlichen familiären Endlosschleife aus Pseudoidylle und passiv-aggressiven Tischgesprächen. Nicht nur wegen der Krippe aus Fairtrade-Olivenholz oder der Diskussion, ob das Jesuskind eigentlich gegendert werden müsste. Nein – ich habe es abgesagt, weil ich nicht noch einmal zwischen Konsumterror, Lebkuchen-Hölle und kindlichen Erwartungsexzessen aufgerieben werden wollte, während mir auf Instagram suggeriert wird, dass andere Mütter selbst den Adventskalender für den Hund liebevoll besticken. Ich habe kapituliert. Und zwar lautlos – aber endgültig.

Der Tag, an dem ich es tat, war ein Dienstag. Dienstage sind besonders gute Tage für radikale Entscheidungen. Sie haben nicht die optimistische Frische eines Montags, aber auch nicht die resignierte Schwere eines Freitags. Dienstag ist der Tag, an dem man erkennt, dass die Woche noch lang ist – und das Leben zu kurz, um sich von goldbesprühten Tannenzapfen provozieren zu lassen.

Ich stand im Flur, umgeben von drei Paar nassen Gummistiefeln, einer halben zerdrückten Mandarine in einer Mütze und dem adventlich duftenden Müllsack mit gescheiterten Plätzchenexperimenten. Mein Mann hatte mich am Morgen zum vierten Mal gefragt, ob wir dieses Jahr nicht vielleicht doch den Baum früher kaufen sollten, «damit er sich besser entfalten kann».

Der Baum. Immer der Baum. Ein Symbol für das Elend der letzten Jahre. Denn nichts, *nichts* zeigt so deutlich, wie kaputt unsere Vorstellung von Harmonie ist, wie das alljährliche Drama um die Nordmanntanne. Sie muss hoch sein, aber nicht zu hoch. Breit, aber nicht fett. Gerade gewachsen, aber natürlich. Frisch, aber bio. Und wehe, jemand sägt unten zu viel ab – dann steht der Baum schief, was metaphorisch erstaunlich gut passt, weil er an Heiligabend eine Scheidung rechtfertigen würde.

Und genau in diesem Moment, mit der Hand noch am Müllsack, beschloss ich: Ich mache da nicht mehr mit. Ich mache bei diesem absurden Wettbewerb nicht mehr mit, wer am meisten backt, dekoriert, organisiert, spendet, strahlt und trotzdem noch aussieht wie aus einem Hygge-Magazin.

Ich bin raus. Und zwar vollständig.

Ich ging rein, setzte mich mit einer Tasse kaltem Kaffee an den Küchentisch (der war mal weiß, inzwischen trägt er Spuren von Edding, Nutella und einem unausgesprochenen Nervenzusammenbruch) und schrieb eine Nachricht in die Familiengruppe:

«Hallo, ihr Lieben. Nur kurz zur Info: Weihnachten fällt dieses Jahr aus. Ich bin müde. Liebe Grüße, Mama.»

Benni, zwölf, antwortete sofort mit einem GIF von einem brennenden Weihnachtsbaum. Greta, neun, schickte eine Sprachnachricht in tränenzerfressener Musical-Tonlage, in der sie mich beschuldigte, ihr Leben zu zerstören. Und Jakob, mein Jüngster, fünf, kam zu mir in die Küche und stellte sachlich fest: «Dann kriegen wir auch keine Socken, oder?»

«Nicht mal Socken», sagte ich. Und sah in seinen Augen so etwas wie ehrliche Erleichterung.

Mein Mann – nennen wir ihn Kai, obwohl er natürlich anders heißt, weil er sonst beleidigt wäre – versuchte es mit Ironie.

«Also gut», sagte er, als er zehn Minuten später die Tür hinter sich schloss, sich seufzend auf einen Stuhl sinken ließ. «Keine Lichterkette, kein Lametta, keine Diskussionen über Geschenkpapierfarben – du willst also die Apokalypse. Oder einfach nur einen ruhigen Dezember?»

«Ich will einfach mal *nicht* das Gefühl haben, dass ich die Jahresabschlussfeier der westlichen Zivilisation allein vorbereite.»

Er lachte. Ich nicht.

Denn während er im Büro noch überlegte, ob die Kollegen ein Wichtelgeschenk *mit Bezug zum aktuellen Projekt* wollten (Spoiler: Nein, wollten sie nicht), jonglierte ich mit Wunschzetteln, Ausgrenzungsängsten, veganen Spekulatiusrezepten und dem besinnlichen Weihnachtsbasar in der Schule, bei dem ich letztes Jahr vergaß, Muffins zu backen, und seither als «die Unorganisierte» gelte. Wobei das unfair ist – ich war sehr wohl organisiert, nur eben nicht *für Muffins*. Inzwischen hasse ich das Wort «besinnlich». Es klingt nach Druck in Glitzerpapier.

Natürlich blieb meine Absage nicht ohne weitere Konsequenzen. Am nächsten Morgen stand meine Schwiegermutter vor der Tür – in einem Rentierpullover, den sie mit so viel Stolz trug, als sei er eine Auszeichnung fürs Durchhaltevermögen.

«Ich hab das nur überflogen», sagte sie, ohne *Guten Tag*, «aber du meinst das nicht ernst, oder? Kein Weihnachten? Das kannst du doch den Kindern nicht antun!»

«Mir selbst aber auch nicht mehr», erwiderte ich.

Sie ignorierte mich. Ging an mir vorbei, stellte ihren Jutebeutel auf den Küchentisch und begann, stillschweigend Marzipankartoffeln auszupacken – eine Geste, die vermutlich Versöhnung signalisieren sollte.

Was ich nicht ahnte: Die Nachricht hatte nicht nur den erweiterte Familien-WhatsApp-Chat erreicht, sondern auch sämtliche Elterngruppen der Kinder. Das trat eine soziale Lawine los, die selbst ein Bergscout nicht hätte kommen hören. Gegen Mittag explodierte mein Handy. Nachrichten mit roten Ausrufezeichen flogen im Sekundentakt ein: «Hat jemand gehört, dass bei Familie M. Weihnachten ausfällt?» – «Was sollen denn die Kinder denken?» – «Ist das ein stiller Protest? Gegen den Schulbasar? Gegen unsere Werte?!»

Bis zum Abend erhielt ich sechs Anrufe – darunter ein empörter Vater aus Jakobs Kita, der wissen wollte, ob meine Haltung das Weihnachtsprogramm gefährde, an dem sein Sohn *seit September* probte (er war das achte Rentier von links).

Die Mutter eines Schulkameraden von Benni schrieb mir, ob wir «vielleicht wenigstens ein Fenster dekorieren könnten», damit unser Haus «nicht so traurig aussähe wie letztes Jahr bei den Schneiders wegen der Scheidung». Im Anhang eine vom Elternbeirat spontan erstellte Unterschriftenliste mit 347 Unterstützern ihrer Forderung.

Am Freitag Eskalationswelle Nummer zwei: Diesmal stand Gretas Klassenlehrerin vor der Tür – in voller Weihnachtsmann-Montur, mit einem Sack voller Bastelmaterial und der Bitte, ob Greta *symbolisch* einen Stern an die Haustür hängen wolle, damit sie in der Klassengemeinschaft nicht als «Problemkind» gelte. Hinter ihr wartete eine Gruppe Grundschulkinder mit Glöckchen in der Hand. Ich schwöre, eins davon hatte eine Blockflöte.

Ich sagte Nein. Und schloss die Tür.

Eine Stunde später brachte mir der Nachbar ein Carepaket vom «Solidarischen Adventskomitee»: eine Duftkerze (Zimt), ein Rezept für alkoholfreien Punsch und ein Ausdruck des Bundesfamilienministeriums mit dem Titel «Weihnachtliche Rituale zur Stärkung der Resilienz in Krisenzeiten». Dazu ein Post-it-Block: «Wir schaffen das. Gemeinsam.» Drei Menschen, bewaffnet mit Christbaumschmuck, Plätzchenteig und einer selbst gestrickten Girlande mit dem Schriftzug «Weihnachten ist, was du draus machst».

Ich schloss die Tür. Ohne ein Wort.

Am nächsten Tag fuhr ich zum Baumarkt. Ich brauchte nichts. Ich brauchte nur Luft. Und keinen Menschen, der mich fragte, ob ich die diesjährige Weihnachtsdeko eher im skandinavischen Landhausstil oder doch lieber rustikal-vintage plane.

Ich streifte ziellos durch die Regale. Blieb bei den Schneeschaufeln stehen. Sah einem älteren Mann dabei zu, wie er Grablichter kaufte. Und dachte zum ersten Mal seit Tagen: Vielleicht ist das hier der spirituellste Ort meines Dezembers.

In der Gartenabteilung stand ein beleuchteter Elch aus Drahtgeflecht. Ich stellte mich daneben, wirkte vermutlich wie eine der traurigen Dekofiguren. Und fühlte mich – zum ersten Mal seit Wochen – nicht überfordert, nicht genervt, nicht falsch. Einfach: da.

Die Erleuchtung kam nicht in Form eines Engels oder Lichterglanzes. Sie kam, als ich bemerkte, dass niemand in diesem Laden mich *brauchte*. Keine To-do-Liste, kein Drama, kein kindliches Ich-will-aber. Nur ich. Und der Elch.

Ich kaufte ihn. Den Elch. Für mich. Und stellte ihn ins Schlafzimmer. Unplugged, wie mein Leben.

Der Frieden hielt nicht lange. Zwei Tage später fanden sich plötzlich alle drei Kinder in meinem Bett ein – ungefragt, mit Decken, Snacks und ihren besten Argumenten bewaffnet.

«Mama, du hast gesagt, Weihnachten fällt aus. Aber das heißt doch nicht, dass wir gar nichts machen, oder?», fragte Greta mit dem Tonfall einer Anwältin in einem Netflix-Prozessdrama.

«Genau», sagte Benni. «Ich hab mal recherchiert: Weihnachten ist ursprünglich ein heidnisches Lichterfest. Wir könnten einfach ein alternatives Familienritual erfinden. Ohne Stress. Aber mit Geschenken.»

Jakob nickte zustimmend. «Und mit Pudding.»

Ich schaute die drei an. Vielleicht hatten sie recht. Vielleicht war es an der Zeit, die Regeln zu brechen, ohne gleich alles zu verbrennen. Vielleicht war Weihnachten ja wie dieser Elch – ein bisschen nutzlos, aber irgendwie tröstlich.

«Also gut», sagte ich. «Für jeden zwanzig Euro als Geschenk. Kein Baum. Kein Tamtam. Kein Besuch von

Leuten, die mir erklären wollen, wie schön das Fest ist, obwohl sie sich heimlich darauf freuen, dass ich wieder über die Bratensoße weine.»

Alle drei jubelten.

An Heiligabend saßen wir zusammen auf dem Sofa. Mit Pudding. Ohne Lametta. Ohne Erwartungen. Es war nicht das schönste Weihnachten aller Zeiten. Aber es war das ehrlichste. Das reichte für dieses Jahr. Dachte ich.

Denn was dann geschah, war eine Art karmischer Nachschlag für meinen Ungehorsam. Als ich am nächsten Morgen in die Küche kam, fand ich meine Schwiegermutter, meine Schwester, zwei Kinder aus der Nachbarschaft und einen völlig fremden Mann mit Gitarre im Wohnzimmer – sie sangen «Stille Nacht» in fünf verschiedenen Tonlagen. Kai hatte sie reingelassen. «Sie wollten helfen, die Stimmung zu retten», sagte er und schob mir einen Glühwein zu.

Die Stimmung ließ sich nicht retten. Benni hatte sich auf TikTok mit einem Video viral gemacht, in dem er behauptete, seine Mutter sei eine «coole Weihnachtsverweigerin», die Lichterketten aus ideologischen Gründen ablehne. Greta hatte heimlich Gäste eingeladen – zwei Mädchen aus ihrer Klasse, die als Elfen verkleidet waren und auf einer selbst gebauten Rutsche aus Geschenkpapier die Treppe runterrutschten. Und Jakob hatte den Elch angeleckt. Er dachte, der sei aus Schokolade.

Dann fiel der Strom aus. Niemand wusste, warum, aber ich vermute, es hatte mit der blinkenden Lichterkette zu tun, die jemand am Kühlschrank montiert hatte. Plötzlich saßen fünfzehn Leute in meinem Haus, in völliger Dunkelheit, während die brennende Duftkerze «Zimtzauber» das Wohnzimmer in eine Reizklimakammer verwandelte. Als dann noch jemand vorschlug, wir könnten gemeinsam singen, gab ich auf.

Weihnachten hatte gewonnen. Mit Plätzchen, Liedern, verkleideten Nachbarskindern, viralen TikToks und einem Yorkshire Terrier, der irgendwann durch die Küche lief, ein Lamettabüschel im Maul. Woher der Hund kam, weiß ich bis heute nicht.

Irgendjemand versuchte, mit einer Taschenlampe einen improvisierten Sternenhimmel an die Decke zu projizieren. Jemand anderes servierte aufgewärmten Punsch aus einer Gießkanne, weil alle Töpfe durch den Stromausfall blockiert waren. Meine Schwester erzählte der Gitarre spielenden Fremden, dass ich «immer schon ein schwieriges Verhältnis zu Freude» gehabt hätte. Und irgendjemand filmte das Ganze für einen Instagram-Story-Adventskalender mit dem Hashtag #weihnachtswunder.

Ich ließ es geschehen. Ich ließ alles geschehen. Ich war nicht mehr Teil dieser Welt, ich war ihre stille Zeugin. Also ging ich ins Schlafzimmer, stellte den Elch wieder an seinen Platz, zog mir die Decke über den Kopf und murmelte: «Ich hab's versucht.» Das Letzte, was ich hörte, bevor ich wegdämmerte, war Kai, der draußen im Flur sagte: «Ich glaube, sie weint gerade ein bisschen. Vor Rührung.»

Vor Rührung. Natürlich.

Julia Hackober

Hiiiiiiii!

«Hiiiiiiii!», schmettert mir Fabiana entgegen. Dann umarmt sie mich auf eine herzliche und zugleich distanzierte Art, sie schlingt ihre sehnigen Arme um mich und berührt mich dabei kaum. «Wie schön, dass du gekommen bist!»

«Danke für die Einladung», sage ich brav. «Ist ja schon gut was los.» Ich blicke mich im Vorraum des Berliner Restaurants um, in dem Fabiana ihren jährlichen Christmas-Cocktail für «weibliche Opinion Leaders» veranstaltet, wie es in der Einladung geheißen hatte. Eine Schmeichelei, der man sich nur schwer entziehen kann, weshalb sich an der Garderobe allerhand Prominenz aus den Wintermänteln schält: eine Politikerin, die auf Instagram regelmäßig Outfit-Fotos aus dem Bundestag postet, was ihr viel Kritik einbringt, ihr aber auch zu einem Cover-Shooting für ein Frauenmagazin verholfen hat. Eine Influencerin, die früher mal Fitnessvideos drehte, inzwischen aber Onlinekurse mit Finanztipps für Frauen verkauft. Und eine ehemalige Fernsehmoderatorin, die nach dem Aus für ihre Talkshow gut dotierte Keynote-Vorträge zum Thema «Neu durchstarten mit 50+» hält.

«Ja, es sind ein paar wirklich megainteressante Frauen da, bestimmt für dich als Journalistin superspannend», sagt Fabiana und erinnert mich daran, warum ich zu derlei Events eingeladen werde: Ich soll all die megainteressanten Frauen in die Medien bringen.

Ich nicke und ringe mir ein Lächeln ab. «Auf jeden Fall, total spannend», sage ich mit meiner fröhlichsten Stimme, die ich mir extra für diese Art von Events antrainiert habe. Im Advent spreche ich fast nur noch in dieser Stimmlage. Es ist Hochsaison im Berliner Power-Netzwerk-Game, ein Dinner reiht sich ans nächste. Die Politikerin, die Finanzinfluencerin und die Fernsehmoderation habe ich in den vergangenen Wochen schon bei drei verschiedenen Veranstaltungen getroffen, auf denen alle geladenen Gäste der Meinung waren, Female Empowerment sei zwar leider, leider zu einem Buzzword verkommen, aber die Idee dahinter, die sei schon wichtig, Frauen müssten einander noch viel mehr unterstützen, so toll, dass es jetzt solche *Räume* für *wertvollen Austausch* und *Vernetzung* gibt, in diesem Sinne, cheers!

Fabiana mustert mich.

«Du siehst wirklich toll aus, was für ein Kleid.» Meine Wangen werden heiß, denn ich weiß, dass mir das Etuikleid aus schwarzem Samt eigentlich ein bisschen zu eng geworden ist, der Reißverschluss am Rücken ging nur dank meines neuen Spanx-Bodys zu. Plötzlich gleitet Fabianas Blick über mein Gesicht hinweg, Erkennen blitzt in ihren Augen auf. Sie zieht die Augenbrauen hoch, grinst und winkt einer Person hinter mir. Dann wendet sie sich mir wieder zu.

«Du, ich muss dahinten ganz kurz Hallo sagen, aber wir müssen uns unbedingt später noch in Ruhe unterhalten! Amüsier dich gut!»

«Ja, klar, supergern», sage ich lahm. Fabiana ist schon davongerauscht. Ich höre sie ein noch lauteres, noch freudigeres Hiiiii rufen. Sie und eine Schauspielerin, die ich aus irgendeiner Vorabendserie kenne, liegen sich in den Armen. «Mein Herz, ich danke dir so sehr fürs Kommen», ruft Fabiana und legt die Hände vor der Brust zusammen. «Gerade so kurz vor Weihnachten – ich weiß ja, dass wir alle übervolle Terminkalender haben.»

«Natürlich, du Liebe», antwortet die Schauspielerin. «Ich supporte dich wirklich gern, wann immer ich kann.»

Fabiana nickt eifrig. «Und genau darum geht's mir ja, dass wir Frauen einander unterstützen!» Sie nimmt die Schauspielerin bei der Hand. «Lass uns mal ein Foto zusammen machen, ja, sonst vergessen wir das später!»

Fabiana zieht die Schauspielerin vor eine Fotowand. Das Logo ihres Frauennetzwerks FemPossible, eine rosa Rakete, ist dutzendfach aufgedruckt, dazwischen prangen die Logos der Sponsoren dieses Abends, darunter eine Sektmarke, eine Berliner Privatbank und eine Kosmetikfirma.

Ich beobachte Fabiana und die Schauspielerin, wie sie auf dem pinkfarbenen Teppich vor ein paar Fotografen posieren. Die Körper wenden sie einander zu und schieben je ein Bein nach vorn. Das Abendkleid der Schauspielerin hat einen tiefen Schlitz, Fabiana trägt Overknee-Stiefel zu ihrem kurzen Kostüm-Rock.

Ich frage mich, ob sie Chanel trägt, davon träumte sie damals, als wir vor gefühlten 100 Jahren gemeinsam ein Praktikum in einer Moderedaktion gemacht haben. «Eines Tages werde *ich* ein Chanel-Kostüm tragen und alle anderen herumkommandieren, das verspreche ich dir», sagte sie, während wir stundenlang Pressemappen alphabetisch in die Ablage sortierten, eine idiotische Praktikantenaufgabe, mit der die Chefredakteurin unseren Biss und unsere Leidensfähigkeit testen wollte. Sieht so aus, als ob sie das mit dem Chanel-Kostüm geschafft hat, denke ich, während sie und die Schauspielerin mit den Fingern Victory-Zeichen formen wie die Spice Girls, Girlpower forever.

«Aperitif?» Eine Hostess im pinkfarbenen T-Shirt, auch darauf das FemPossible-Logo gedruckt, hält mir ein Tablett vor die Nase. Auch die Drinks darauf sind pink. Ich nehme einen und trinke einen sehr süßen Schluck. Ich hasse die erste Viertelstunde auf solchen Events, wenn man noch unschlüssig herumsteht und nach bekannten Gesichtern sucht, ach hallo, du auch hier, wie schön, dich zu sehen. Man darf nicht zu lange damit warten, mit dem Small Talk loszulegen, sonst verliert man jede Motivation dazu. Es ist ein bisschen wie beim Joggen, auf den ersten Metern meint man zu sterben, nach einer Weile vergisst man, wie anstrengend das Laufen gerade ist. Also muss man schnell darin sein, Anschluss zu finden, sich warmzureden. Ich finde jedenfalls, nie fühlt es sich einsamer an, allein an einem Drink zu nippen, als neben lauter Powerfrauen in pastellfarbenen Anzügen, die Gruppenselfies schießen, auf denen sie sich auf ihren Social-Media-Accounts später gegenseitig vertaggen werden, Hashtag Sisterhood.

Ich lasse meinen Blick schweifen. Das Restaurant, in dem der Christmas-Cocktail stattfindet, ist eines von der Sorte, die für meinen Geschmack ein bisschen zu oft auf Instagram zu sehen sind. Rostrote Samtmöbel, Trockenblumen-Deko, zu kleine Tischchen in Marmoroptik, an denen man sich beim Business-Lunch unangenehm nahekommt. Heute stehen kleine pinke Plastikweihnachtsbäume auf den Tischchen. Drum herum haben sich bereits große Gruppen von Frauen versammelt, die aufgeregt aufeinander einreden. Dazwischen steht man etwas ratlos herum und versucht, einen der pinkfarbenen Drinks vom Hostessen-Tablett zu ergattern.

Mir winkt eine Frau im tief ausgeschnittenen Paillettenkleid zu. «Juhu! Wie schön, dich zu sehen!» Ich bin mir unsicher, woher wir uns kennen, und als sie das bemerkt, zeigt sie auf sich.

«Bettina? Wir saßen neulich beim Female-Founders-Lunch nebeneinander?»

«Ja, na klar, genau», stammele ich und erinnere mich wieder an eine aufgekratzte Unterhaltung, in der Bettina mir von ihrer Marke für nachhaltigen Kinderschmuck erzählte. «Wie geht's dir? Was macht das Schmucklabel?»

«Super, es ist wirklich so schön, an einem echten *Herzensprojekt* zu arbeiten», sagt Bettina. Sie hält mir ihr Handgelenk unter die Nase, an dem mehrere bunte Perlenarmbänder baumeln. «Die sind aus meiner neuen Kollektion, ich habe jetzt auch eine Linie für die Mamis. Die goldene Plakette in der Mitte kannst du individuell gravieren lassen, guck mal hier, bei mir steht ‹Supermom› und ‹Mom of the year›, das sagt Thorsten immer zu mir, süß, oder?»

Ich nicke. «Total hübsch.» Thorsten ist Bettinas Mann und hat ein erfolgreiches IT-Unternehmen gegründet, wie mir jetzt wieder einfällt. Nach dem Lunch vor ein paar Wochen hatte ich sie gegoogelt, weil mir der Nachname bekannt vorkam.

«Ich schick dir sehr gern mal mein Pressematerial zu», sagt Bettina, «vielleicht hast du ja Lust, mich zu interviewen. Ich bin da ja sehr offen, also, Mutter zu sein und Gründerin, das ist schon ein heftiger Struggle, aber ich sag immer: Es ist alles eine Frage der Organisation, dann kriegt man das schon hin.» Und eine Frage der Wahl des

Ehepartners, denke ich, aber dann fühle ich mich gleich kleinlich und gemein, schließlich sind wir beide hier, um weibliche Solidarität zu feiern, nicht, um Lebensentwürfe gegeneinander aufzuwiegen.

Bettina blickt mich an. «Du hast keine Kinder, oder?»

«Nein», antworte ich und sehe in Bettinas erwartungsvollen Augen, dass sie auf das gesellschaftsfähige «noch nicht» wartet. Das will ich ihr aber nicht gönnen. Meine Familienplanung geht sie nun wirklich nichts an. Ich nehme noch einen Schluck von meinem grauenhaft süßen Drink und mache mir eine mentale Notiz, mich gleich mal auf die Suche nach einem trockenen Weißwein zu machen.

Bettina nimmt noch einen Anlauf.

«Und die Selbstständigkeit, wie läuft die für dich? Ich finde das ja so mutig von dir, dass du den Schritt gewagt hast!»

«Super», sage ich und denke an die vielen offenen Rechnungen, die bis Weihnachten hoffentlich noch bezahlt werden, doch dann gelingt es mir, meinen Standardsatz herunterzuleiern: «War wirklich genau die richtige Entscheidung, frei zu arbeiten, bin megahappy.»

«Schön. Echt schön», sagt Bettina. Zwischen uns macht sich eine unangenehme Gesprächspause breit, wir spüren beide, dass wir einander nicht viel zu sagen haben an diesem Abend.

Bettina fängt sich zuerst wieder. «Ja, also wie gesagt, ich stehe dir gern als Interviewpartnerin zur Verfügung. Allerdings erst ab Februar, im Januar sind wir in Cape Town und machen digitalen Detox.»

«Ach, wie schön», sage ich.

«Ja, wir haben in den vergangenen Jahren einfach gemerkt, wie gut uns das tut, auch so als Familie. Und Maxi kommt nächsten Herbst in die Schule, die Urlaubsfreiheit müssen wir jetzt noch mal auskosten.»

«Klar», sage ich, «verstehe ich», und ich wundere mich nur einen kurzen Moment darüber, dass ich Bettinas Wunsch nach einem sonnigen Januar in Südafrika wirklich verstehen kann. Ich meine, wer würde im Winter nicht aus Berlin abhauen, wenn er könnte?

Bettina blickt sich mit glänzenden Augen im Restaurant um. Ich merke, dass sie sich freut, schon mal einen Punkt auf ihrer Netzwerk-To-do-Liste abgehakt zu haben, nämlich, einen Pressekontakt aufzufrischen.

«Ich dreh mal eine Runde», sagt sie. «Es war wirklich superschön, dich so schnell wiederzusehen, bis später vielleicht noch mal!»

Sie schmatzt mir zwei Luftküsse um die Ohren, winkt noch mal fröhlich und steuert dann auf eine Gruppe von Frauen zu, die sich gerade gegenseitig Aufklebe-Tattoos mit dem FemPossible-Logo auf die Arme drücken. «Ihr Lieben!», ruft Bettina, «Du Süße!», antworten die Frauen, und alle umarmen sich herzlich, aber mit weit vom Körper weggestreckten Armen, damit die Tattoos nicht kaputtgehen. Ich bewundere Bettina für ihre Energie. Ich bin seit einer halben Stunde bei diesem Event und fühle mich jetzt schon ausgelaugt.

Im Restaurant wird es immer voller. Zur Bar muss ich mich regelrecht durchkämpfen. Eine Bekannte klopft mir auf den Arm, der ich verspreche, gleich mit Getränk zu ihr zurückzukommen, was ich ganz sicher nicht vorhabe, sie ist nämlich auch Journalistin und hält gern Monologe über den Niedergang der Medienbranche. Sie hat die 90er-Jahre noch miterlebt, als es den großen Zeitungen bombig ging, und kommt darüber nicht hinweg. Wenn ich mich mit ihr unterhalte, denke ich jedes Mal, es ist besser, dass ich erst ins Berufsleben gestartet bin, als die goldenen Zeiten in dieser Branche schon vorbei waren.

«Einen Weißwein, bitte», bestelle ich bei der Barkeeperin, die ihre Haare wie alle Gen-Z-Girls in zwei Knödel auf dem Kopf gedreht hat.

«Here you go», sagt sie und schiebt mir den Wein über die Theke.

«Thanks», sage ich.

«Jenny, Wein ist alle», ruft die Barkeeperin ihrer Kollegin zu, und ich fühle mich peinlich berührt, weil ich nicht gecheckt habe, dass sie Englisch nur im Slang spricht, und ich mich jetzt doof und alt fühle.

Ich schiebe mich schnell zurück in die Menge. Eine Fotografin, die es mit einem Bildband über Menschen, die mittags aus Berliner Klubs rausstolpern, zu einem gewissen Szeneruhm gebracht hat, schiebt sich durch die Frauengrüppchen und hält all die angeregten Unterhaltungen fest. Eigentlich kommt sie mir zu edgy für Partyfotografie vor, aber wahrscheinlich kann auch sie sich den Verheißungen der Netzwerk-Kultur nicht entziehen. Vielleicht lernt man ja doch eine spannende Persönlichkeit kennen, vielleicht ergibt sich was, man weiß ja nie. Hauptsache, sichtbar sein, denn Sichtbarkeit ist Relevanz.

Plötzlich werden die Stimmen um mich herum lauter, die Musik leiser, Scheinwerferlicht richtet sich auf ein kleines Podest in der Mitte der kleinen Restauranttischchen.

«Ladies and Gentlemen», dröhnt eine tiefe Männerstimme aus einem Lautsprecher, «I present to you:

Mrs. Fabiana Schimmler, die Gründerin von FemPossibleeeee!»

Die Frauen um mich herum kreischen verzückt und klatschen, dann werden die Handys in die Richtung gehalten, aus der Fabiana lachend und winkend durchs Restaurant schreitet. Auf dem Weg zum Podest umarmt sie hier und da eine Freundin, winkt in die Menge.

«Ihr seid so super», ruft sie und steigt auf das Podest. Eine junge Frau, wahrscheinlich ihre Assistentin, reicht ihr ein Mikrofon. Fabiana tippt auf den Mikrofon-Kopf.

«Test, eins, zwei», sagt sie und lacht. Dann wird sie ernst.

«Ihr Lieben, ich möchte euch gar nicht lange stören – es freut mich so sehr zu sehen, dass ihr schon so angeregt im Austausch miteinander seid!» Sie lässt den Blick über ihr Publikum schweifen.

«Aber ich wollte euch doch gern an dieser Stelle ganz herzlich und offiziell», hier schiebt sie wieder einen kleinen Lacher ein, «zum diesjährigen FemPossible-Christmas-Cocktail begrüßen!»

Wieder brandet Applaus auf.

«Wenn ich mich hier umgucke, dann ist mein Herz einfach voll», fährt Fabiana fort und greift sich mit der linken Hand an die Brust. «Viele von euch wissen ja, dass FemPossible vor inzwischen unglaublichen sieben Jahren aus der fixen Idee heraus entstanden ist, dass wir Frauen uns einfach besser vernetzen müssen. Und aus diesem Gedanken und den ersten Treffen in meinem persönlichen Netzwerk ist diese *un-glaub-liche* Community gewachsen.»

Sie legt eine wirkungsvolle Pause ein, wartet den Applaus ab und das Gekreische, das ihr signalisiert, wie froh hier alle sind, Teil einer so fantastischen Community zu sein. Ich muss an Fabiana denken, wie sie damals war, als wir gemeinsam von einer steilen Karriere im Magazinjournalismus träumten. Ehrgeizig und strebsam waren wir beide, aber sie schien immer einem genauen Plan zu folgen. Sie ging schon immer selbstverständlich davon aus, dass sie, was immer sie sich vornahm, erreichen würde. Es wundert mich jedenfalls nicht, dass sie jetzt im Chanel-Kostüm hier auf der Bühne steht. Ihr langes braunes Haar schimmert im Scheinwerferlicht auf die Art seidig, die man nicht mit Drogerie-Shampoo hinbekommt, und es gefällt mir gar nicht, dass ich darauf ein wenig neidisch bin.

«Und wenn ich heute nur einen Wunsch äußern darf, schließlich ist bald Weihnachten», sagt Fabiana mit einem koketten Grinsen, «dann wünsche ich mir, dass wir uns heute ganz dem FemPossible-Spirit hingeben. Lasst uns uns gegenseitig nicht als Konkurrentinnen sehen, sondern als Verbündete. Lasst uns Banden bilden und einander unterstützen. Lasst uns Leitern bauen und Mauern einreißen. Es gibt genug Platz für uns alle, ganz oben, *women to the top*! Ich meine, was das Patriarchat kann, können wir Frauen schon lange, habe ich recht, Ladys?»

«Wohooo», ruft eine Frau hinter mir, und Fabiana strahlt.

«Okay, und jetzt habe ich gerade geschwindelt, denn ich habe noch einen weiteren Wunsch.»

Leises Gelächter.

«Ich denke, wir alle hier sind uns unserer Privilegien sehr bewusst», erklärt Fabiana, nun in deutlich ernsterem Ton. Um mich herum nickende Köpfe, *check your privileges*, zumindest öffentlich, das Prinzip hat inzwischen jede kapiert. «Und deshalb ist es mir ein Herzensanliegen, heute auch was zurückzugeben. Auf den Tischen vor euch findet ihr kleine Flyer, auf denen ein QR-Code aufgedruckt ist. Den könnt ihr jetzt sofort scannen, per Paypal an meine Partner-Charity-Organisation EduPossible spenden und so Bildungsprojekte für benachteiligte Mädchen in Brennpunktbezirken unterstützen! Ihr wisst ja, mein Credo ist: *Make it fempossible!*»

Wieder großer Jubel, eine kleine Gruppe hinter dem Podest startet «Fa-bi-a-na»-Sprechchöre, die aber schnell abebben, weil bereits alle nach ihren Handys kramen und Flyer herumreichen. Eine Frau neben mir hält mir den QR-Code hin: «Hast du schon?» Ich kann nicht verhindern zu erkennen, dass sie 500 Euro an die Mailadresse geschickt hat, zu der der QR-Code führt.

Ich gerate ins Schwitzen. Auf meinem Konto herrscht Ebbe, so kurz vor Weihnachten, und ich habe nicht damit gerechnet, an diesem Abend spenden zu müssen. Aber ich kann auch nicht *nichts* spenden, mit Sicherheit werden die Namen und Mailadressen gesammelt. Ich kneife die Augen zusammen, tippe 50 Euro ein und drücke auf «Geld senden».

«Ich hoffe mal, wir bekommen eine Spendenquittung zugeschickt», sagt die Frau neben mir. «Mhm», mache ich und trinke sehr schnell den Rest von meinem Wein aus.

«Ich danke euch so sehr, ihr Lieben», meldet sich Fabiana noch mal zu Wort. Sie breitet die Arme aus. «Dieser Moment hier, das bedeutet mir wirklich alles, *das* ist gelebtes Female Empowerment.»

Ich klatsche brav wie alle anderen und denke pflichtschuldig einen Moment lang darüber nach, was dieser

Abend gekostet haben mag und wie viel Spendengeld am Ende in die Bildungsprojekte fließen wird.

«Und jetzt wünsche ich uns allen noch einen fantastischen Abend – let's partyyyyy!», ruft Fabiana, reicht ihrer Assistentin das Mikrofon zurück und steigt vom Podest. Die Musik wird wieder aufgedreht, Beyoncé schallt aus den Boxen: «Who run the world? Girls!» Neben mir fangen ein paar Frauen Anfang 50 an zu tanzen, auf diese seltsam enthemmte Art, die ein bisschen zu sehr demonstrieren soll, wie frei und sexy man sich noch fühlt.

Ich blicke auf die Uhr. Es ist erst neun, und ich bin mir unsicher, ob es sehr unhöflich rüberkommt, jetzt schon nach Hause zu gehen. Mir fällt auf, dass ich vergessen habe, Fabiana bei ihrer Rede zu filmen, ich habe also nicht mal Material, das ich morgen posten kann, guckt mal, wo ich wieder eingeladen war, was für ein superinspirierender Abend, vielen Dank für die tolle Einladung!

Ich merke, wie schlechte Laune meinen Nacken hochkriecht. Aus der Ferne winkt mir meine Journalistenkollegin zu, mit der ich mich immer noch nicht unterhalten habe, aber ich fühle mich außerstande, jetzt noch über die Frage zu reden, ob KI-generierter Content künftig die letzten interessanten Medienjobs wegrationalisieren wird.

Zeit zu gehen, denke ich, und steuere auf den Ausgang zu. An der Garderobe händigt man mir mit meinem Mantel eine Goodie-Bag aus. In der Tüte stecken ein Piccolo-Sekt des Getränkesponsors, ein Lipgloss und ein pinkfarbenes FemPossible-T-Shirt. «Wir freuen uns, wenn du was posten magst», sagt eine sehr junge Frau, die natürlich auch das T-Shirt mit dem Raketenaufdruck trägt. «Aber bitte denk dran, uns zu vertaggen, das wär mega.» Ich nicke freundlich und tue so, als ob ich ernsthaft vorhätte, einen Instagram-Post zum Inhalt der Goodie-Bag zu gestalten.

Vor der Tür des Restaurants atme ich die kühle Dezemberluft ein. Ich habe null Komma null Lust auf die BVG, außerdem schmerzen meine Füße, obwohl ich nicht mal High Heels trage, also bestelle ich mir ein Uber. Wartezeit mindestens 15 Minuten, es scheint viel los zu sein an diesem Abend in Berlin.

«Haust du schon ab?», durchbricht plötzlich eine Stimme die Stille. Fabiana tritt hinter einem Mauervorsprung hervor, in der Hand hält sie eine Zigarette. Als mein Blick darauf fällt, lacht sie leise. «Tja, mein bestgehütetes Geheimnis – ich rauche und kann es nicht lassen!», sagt sie.

«Jeder hat so seine Laster», sage ich. «Und ja, ich gehe schon, ich muss morgen früh raus. Aber vielen Dank für die schöne Einladung, es war ein fantastischer Abend! Wirklich toll, wie du das alles aufziehst!» Meine Netzwerk-Stimme hört sich deutlich brüchiger an als zu Beginn des Abends, aber das ist alles, was ich jetzt noch hinbekomme.

«Ach, komm», sagt Fabiana und zieht die Augenbrauen zusammen. «Du findest das hier doch alles total albern.»

Ich schweige und weiß nicht, was ich sagen soll. Ich muss an Bettina denken und ihre Perlenarmbänder, daran, dass ich morgen auf LinkedIn wieder schleimige Zeilen über den *wertvollen Austausch* an diesem Abend lesen werde, daran, dass ich vermutlich trotzdem all diese Posts liken und kommentieren werde, so schön, dass wir uns gestern kurz gesehen haben.

«Ich find's ja auch albern», sagt sie. «Also, manches. Meinst du nicht, dass ich mir komisch vorkomme, euch zum Spenden zu animieren? Aber wenn ich's nicht tue, frage ich mich, was das Ganze hier überhaupt für einen Sinn haben soll.» Sie hält mir die halb leere Zigarettenschachtel hin. «Auch eine?»

«Nee, danke, ich rauch nicht mehr», sage ich. «Immerhin etwas, das ich hingekriegt hab.»

Fabiana blickt mich an.

«Ich finde eigentlich, dass du ganz schön viel hingekriegt hast», sagt sie. «Ich meine, du bist eine richtige Journalistin geworden, du hast eine eigene *fucking* Kolumne, wie Carrie Bradshaw, das wolltest du doch immer! Weißt du eigentlich, wie cool das ist?»

«Und du kommandierst die Leute im Chanel-Kostüm herum», sage ich und muss grinsen. Vielleicht sind wir genau richtig da, wo wir sind. «Wir haben beide ganz schön viel auf die Reihe bekommen, oder?»

«Stimmt», sagt Fabiana.

Mein Handybildschirm blinkt, der Uber-Fahrer ist angekommen.

«Danke für die Einladung, wirklich», sage ich und umarme Fabiana.

«Lass uns im neuen Jahr noch mal in Ruhe treffen», sagt sie. «Ich ruf dich an.»

«Mach das», sage ich. «Fröhliche Weihnachten!»

Helmut Maaß

Granulat im Buchladen

«Dieselbe Dekoration!», beharrt Evelin. Es ist der letzte Sonntag vor der Adventszeit. «Wie in jedem Jahr!» Na gut. Wahrscheinlich wäre die Kundschaft irritiert, wenn wir die Buchhandlung mal anders schmücken würden. Also wie immer. Folgsam fädele ich die achthundert silbernen und goldenen Christbaumkugeln an die Leuchtkörper der Zwischendecke. Die Stufen der Trittleiter rauf, die Stufen runter. Die Leiter weiterrücken. Stufen rauf. Und runter. Weiter.

Am Abend rechne ich nach: Den Eiffelturm hätte ich bis knapp vor die Aussichtsplattform geschafft. Das Völkerschlachtdenkmal anderthalbmal hoch und runter. Beides wäre ertragreicher gewesen. Denn im Laden ist die Mühe vergebens. Die Kunden würdigen den Glanz nicht. Sie schauen nicht auf zu unserem Himmel. Winterlich eingemummelt drängen sie ins Geschäft – wir leben in einer schneesicheren Kleinstadt – und trampeln erst mal ihr Schuhwerk ab. Die Schneereste sickern in den Teppichboden. Das Granulat, das der Winterdienst großzügig auf die städtischen Wege verteilt, bleibt liegen. Nach Geschäftsschluss sauge ich es auf, kiloweise. Zu einem Rückkauf haben sich die Stadtwerke bislang nicht bewegen lassen. So viel zur Nachhaltigkeit.

Die Ladentemperatur beträgt siebzehn Grad. Die Kunden sind gut eingepackt. Wir tragen dünnere Sachen, die unsere Gesundheit gerade noch aufrechterhalten. Etlichen Besuchern ist es zu warm. Sie knöpfen auf, ziehen aus, legen ab. Wohin mit den Klamotten, wohin mit den prallen Tüten aus anderen Geschäften? Wir räumen zusätzliche Sitzmöbel in den Laden. Einige Kunden legen sich gleich selbst darauf ab. Und informieren ihre Familienangehörigen, dass sie es glücklich zu uns geschafft haben.

Ein stürmischer Tag. Die Ferne droht mit Gewitterwolken. Ein dandyhaft gekleideter Herr Mitte vierzig betritt das Geschäft. Das Handy mit der Linken ans Ohr haltend, redet er auf eine ferne Gesprächspartnerin ein. Er sucht keine Bücher. Er sucht nur ein wenig Wärme, um wichtige Angelegenheiten zu klären. «Doch keine Kartoffeln! Mach Klöße dazu! Und, Bella, lass die Soße nicht wieder anbrennen!» Es folgen Anweisungen über die Zubereitung des Fleisches. Gestikulierend schlendert er durch den Laden. «Ja!», ruft er aus. «Gut!» Oma Ammler, eine unserer langjährigen Kundinnen, fährt erschrocken zusammen. «Ja, guten Tag auch», erwidert sie irritiert. Der Herr schreitet weiter.

Wir hören seine Spekulationen über das Wetter bis Heiligabend. Ich versuche, Blickkontakt mit ihm aufzunehmen. Wenn er herüberschauen würde, müsste ihm etwas in meinem Blick auffallen: die grausame Entschlossenheit eines Serienmörders. Er schaut nicht herüber. Draußen grummelt es. Leichter Schneefall setzt ein. Der Handybesitzer hat sich bis in die Belletristikabteilung vorgequatscht. Ohne das Telefon abzusetzen, nimmt er mit der freien Hand einen Roman aus dem Regal. Hegt er doch eine Kaufabsicht? «Du sitzt doch gerade am Computer?», fragt er seine Bella. «Ich sag dir jetzt einen Titel durch, und du guckst bei Amazon, ob der was taugt. Nee, nee, bei Amazon! Die Ladenheinis hier finden sowieso alles toll. Sieh schon nach!»

Mein Blutdruck nähert sich der tiefroten Marke. «Was? Wie viele?», schallt es durch den Laden. Empfindsame Kundinnen ducken sich. Der Mann stellt das Buch empört zurück ins Regal. Es hat keine fünf Sterne bekommen von den Profirezensenten bei Amazon. Also organisiert er nach raschem Blick auf die Uhr seine Heimfahrt. «Hör mal, du musst mich mit dem Wagen abholen. Bei dem Wetter renn ich jetzt nicht zum Bahnhof! Fahr gleich los! Okay, also in einer halben Stunde. Ich steh dann direkt vor der Buchhandlung Mewes.»

Oh, da freue ich mich. Weil seine Gesprächspartnerin sich gleich auf den Weg macht, schaltet der Mann endlich sein Handy aus. Ein schmerzbefreites Aufseufzen geht durch die Kundschaft. Er schlendert noch ein paar Minuten lässig durch die Regale und tritt dann herrschaftlich nach draußen. Unter dem Vordach ist er vor Schneefall sicher. Die verabredete Zeitspanne vergeht. Schön zu sehen. Niemand kommt, ihn abzuholen. Ohne das geringste Mitgefühl verfolge ich seine Versuche, die Abholerin per Telefon zu erreichen. Bella ist in der Eile ohne Handy losgefahren. Immer wieder schaut der Dandy auf die Uhr. Und schließlich macht er sich wütend stampfend durch die Nässe in Richtung Bahnhof davon. Und obwohl ich gewöhnlich nicht gläubig bin, bete ich inständig, dass seine Schöne immer noch und möglichst lange am anderen Ende des Ortes steht, vor der Tür unseres lokalen Mitbewerbers, der Buchhandlung Mewes.

Die Umsätze steigen. Meine Frau hat morgens schon ansteckend gute Laune, weil sie die geliebten Kugeln an der Zwischendecke betrachtet. Ja, die hat der Ehemann dort aufgehängt. Ich bringe die neu eingetroffenen Kalender in den Verkaufsraum. Kalender sind beliebt als Geschenk. Nur ein bestimmtes Segment ist schwer zu verkaufen, wenn ein Paar es betrachtet. So geschieht es heute. Ein charmanter Familienvater, Anfang dreißig, verharrt fachkundig vor einem Kalender mit Jungbäuerinnen, diesmal fürs kommende Jahr in stimmungsvollem Schwarz-Weiß. «Vor den Frauen habe ich großen Respekt», erklärt er. «Das tun die, um den elterlichen Hof zu finanzieren!» Er beginnt zu blättern. «Aber keine in Farbe.» Die Frau zieht ihn weg: «In Farbe hast du mich!» Und befördert ihn unglücklicherweise gleich ganz aus dem Laden. Ich habe nicht schnell genug reagiert. Es gibt solche Kalender auch für Ehefrauen. In diesem Jahr bayerische Jungbauern, in prachtvollem Kolorit.

Zum spirituellen Ausgleich schnappe ich mir den Besen und fege meditativ den Bürgersteig vor dem Laden. Fort mit dem Granulat! Nach wenigen Minuten bin ich durchgefroren und im seelischen Gleichgewicht. Das Geschäft erscheint jetzt saunahaft überheizt. Hinter mir möchte jemand mit hinein. Ich halte die Tür auf. Eine junge Frau, dick vermummt gegen den Nordostwind, schiebt ihren Kinderwagen in die Buchhandlung. Schneereste kleben an den Wagenrädern. «Es ist zu kalt», erklärt sie. «Da kann man sein Kind nicht draußen stehen lassen.» Dafür muss sie sich nicht entschuldigen. «Bei dem Wetter», pflichte ich bei, «könnte man nicht mal den Mann draußen lassen.» Sie stutzt und überlegt kurz: «Doch, den ja!»

Ein wenig von der vorweihnachtlichen Sonderbelastung junger Ehen ist zu spüren. Witwen sind vergleichsweise heiter gestimmt. Sie haben alle Strapazen hinter sich. Eine ältere Dame fällt angenehm auf, die ruhig und in sich gekehrt den Drehständer mit Geschenkbüchern sichtet. Erst nachdem sie ein Dutzend Bücher mit Sentenzen und Lebensregeln angeschaut hat, entscheidet sie sich. Als gerade niemand ansteht, kommt sie zur Kasse. Still lächelnd fingert sie einen Zwanzig-Euro-Schein aus einem Miniportemonnaie, um die fälligen fünfzehn Euro dreißig zu begleichen. Meiner Bitte um dreißig Cent kommt sie nach – und legt außerdem eine Metallmutter in die Geldschale. «Können Sie noch eine Schraube gebrauchen?» Eigentlich nicht, aber ein Kalauer fällt mir noch ein: «Sehe ich aus, als ob bei mir eine locker wäre?» Sie seufzt: «Ach, manchmal wäre es besser, es wäre so.» Ach so. Ja, vielleicht. In tief empfundener Übereinstimmung nicken wir einander zu, vorweihnachtlich erleuchtet.

Es drängeln jetzt nicht mehr nur Stammkunden ins Geschäft. Erfreulich mehrt sich auch die Zahl derjenigen, die sich überhaupt nur zu Weihnachten in eine Buchhandlung trauen. Die meisten haben gute Laune. Einigen ist die Anspannung anzusehen. Und wenn Kinder quengeln, die Taschen zu schwer und die Gänge zu eng werden, kann es zu knurrigen Unmutsäußerungen kommen. Die Großen nörgeln, die Kleinen greinen. Darüber legt sich besänftigend der Klangteppich leiser Weihnachtslieder.

Und immer mal wieder kommt einer, der stört. Der sieht sich nicht erst im Laden um. Er tritt nicht an die Regale. Er strebt sofort an das Ende der kleinen Schlange vor der Kasse. Und trifft seine Vorbereitungen. Drei Kassiervorgänge später hat er sie abgeschlossen und steht mit einem aus der Manteltasche gezerrten Blatt am Tresen. Dass hinter ihm zwei weitere Kunden warten, bemerkt er nicht.

«Ich habe hier eine kleine Liste mit Büchern, von denen ich gern die Preise wissen möchte.» Er wedelt mit dem Blatt vor meiner Nase herum. «Und ob das die aktuellen Ausgaben sind, bevor ich die kaufe.» Ich versuche positiv zu denken, indem ich mich auf das letzte Wort konzentriere.

«Na, dann wollen wir mal schauen – um was für Titel geht es denn?», frage ich ihn und ein bisschen auch die drei hinter ihm anstehenden Kunden.

«Es geht um lieferbare Bücher über Cerambycidae», antwortet er.

Ceram? Küchenherde? «Geht es um eine Gebrauchsanleitung?»

«Es geht um Bockkäfer», erklärt er. «Meine Freundin studiert in München Koleopterologie.» Das sagt mir nichts, und die vier Kunden hinter ihm wundern sich ebenfalls. Der junge Mann hätte im Web nachsehen können. Aber wozu hat man einen Buchhändler? Dann bin ich zu Diensten. Dem Onlinekatalog vertraue ich also das Wort «Bockkäfer» an. Nur wenige Treffer. Mein Ego erklimmt wieder Normalhöhe. Scheint nicht alle Welt zu interessieren, was die Freundin des Mannes umtreibt.

«Sie wünscht sich etwas Spezielles über den Eichenbock.»

Der hinter ihm Stehende verdreht die Augen und hüstelt. Die sechs Kunden dahinter können nur ausharren. Im Moment halte ich die einzige besetzte Kasse. Wobei ich nicht zum Kassieren komme, weil ich ja dem Eichenbock nachspüren muss. Doch ebenso wenig, wie ich ihn in freier Wildbahn erkennen könnte, vermag ich über ihn ein lieferbares Buch zu finden. Ein fratzenhaftes Bild der Freundin in München schwebt mir vor Augen. Warum beschäftigt sie sich mit so etwas Abseitigem? Ihr Verehrer will mithilfe weiterer Begriffe Klarheit schaffen: Heldbock, Spießbock und Riesenbock, alles Pseudonyme des Großen Eichenbocks. Trotzdem kein Fund. Auch das missmutige Gemurre der sieben hinter ihm Anstehenden bleibt erfolglos.

«Na schön», beschließt der junge Mann endlich gnädig. «Dann bestellen Sie mir den Band mit der Gesamtübersicht über die Familie der Bockkäfer.» Er wendet sich an die sieben Anstehenden und informiert sie: «Hoffentlich hat meine Freundin den nicht!» Man starrt ihn glasig an. Er will noch wissen: «Sonst darf ich den doch nach Weihnachten umtauschen?»

«Aber selbstverständlich.»

«Auf Wiedersehen!», grüßt er die Schlange.

«Du Riesenbock», erwidert der Erste. Da das einer unserer Stammkunden äußert, darf ich nicht widersprechen.

Eine Umfrage im weihnachtlichen Buchhandel hat ergeben, dass zahlreiche Fachkräfte auf die Beanspruchung mit muskulären Verspannungen und Schlaflosigkeit reagieren. Jenseits von Nikolaus wachsen Gereiztheit, innere Unruhe und Nervosität. Mit jeder Kerze auf dem Adventskranz steigern sich Anfälle von Antriebslosigkeit, Migräne und Magengrimmen. Mein vorbeugendes Mittel bleibt das Aufsaugen von Granulat und das beherzte Fegen des Bürgersteigs.

Meine Frau hat das nicht nötig. Selbst im Kundensturm bleibt sie Frohnatur. «Das ist jeden Tag aufs Neue hübsch!», ruft sie, wenn wir am Morgen die Buchhandlung betreten. Ich brumme, klaube die Scherben zweier über Nacht abgestürzter Kugeln auf und bringe neue an.

Es gibt weitere Kugeln, die mir Sorgen machen: die größeren auf einem Verkaufstisch mitten im Laden. Wir haben Globen geordert, da wir in den Vorjahren zu Weihnachten immer etliche davon verkauft haben. In Zeiten schrumpfender Globalisierung kann man im Wohnzimmer überlegen, weshalb das T-Shirt aus China trotz des Transportweges billig ist. Oder warum das dort gedruckte Kinderbuch nicht über Nacht herbeizuschaffen war. Ein Leuchtglobus ersetzt zeitweilig die Zimmerbeleuchtung, spart Strom und ist auch ökologisch eine runde Sache.

Und nun geschieht das Gewünschte: Eine Mitarbeiterin aus dem gegenüberliegenden Kaufhaus huscht zu uns herüber, um einen Globus für ihren schulpflichtigen Sohn zu erstehen. Engagiert führe ich den ballongroßen Leuchtglobus vor, der ihr geeignet erscheint. Licht im Inneren an, Licht im Inneren aus – einmal kann sie die physikalische Oberfläche bewundern, dann die Staaten der Erde. Die anderen Kunden im Geschäft müssen vorübergehend Toleranz aufbringen, denn für diese Demonstration schalte ich die Ladenbeleuchtung aus. Die Mühe bleibt vergebens. Die Aufteilung der Welt missfällt der Dame: «Da sind zu viele Länder drauf.» Mögen es so viele Länder bleiben, denke ich, gehe ins Büro und gebe mir die letzte Mozartkugel, die noch im Nikolausstiefel zu finden ist.

Je näher Heiligabend kommt, desto schwieriger wird es, den Geboten der Ernährungs-Docs zu gehorchen. Für vollwertiges Gemüse, Hülsenfrüchte und kerngesunde

Ballaststoffe fehlt einfach die Zeit. Essen muss schnell gehen. Wir können auch nicht unsere eigenen Festvorbereitungen erledigen, geschweige denn Konzerte oder Krippenspiele besuchen. Die Kundschaft erlaubt dergleichen Ablenkung nicht. Und wir nehmen das gerne hin. Auch wenn zuweilen Geduld erforderlich ist.

Eine geschmackvoll gekleidete Dame betritt den Laden. Achtsam bürstet sie den Schnee von den Schultern des Kunstpelzmantels. Dann entledigt sie sich in Zeitlupe der eleganten Handschuhe. Kein Tropfen soll unsere Büchertische treffen. Solche Rücksicht erleben wir nicht immer. Nun tritt sie in die Mitte des Geschäftes, führt den Zeigefinger der linken Hand an ihre von Kälte und Alter gebleichten Lippen und sieht sich lange um.

Ich lege einen Auftritt hin, wie ich ihn auf der diesjährigen Weiterbildung erlernt habe: Mit leicht geöffneten Armen und liebenswürdigem Blick trete ich vor und biete mit freundlichen Worten meine Hilfe an.

«Das lassen Sie bitte!», zischt sie.

Oh. Verstört verkrieche ich mich hinter den Kassentresen. Waren die Arme womöglich zu weit geöffnet? Oder nicht weit genug? Schien ihr der Blick zu fordernd? Aber jetzt naht sie doch. Am Tresen bleibt sie stehen. Sie schweigt. Sie sinnt.

Ich traue mich mit gesenkter Stimme: «Haben Sie einen konkreten Buchwunsch?»

«Ja!» Erneut schaut sie mich unschlüssig an. Und wird plötzlich scharf: «Jetzt hab ich es vergessen! Weil Sie mich unterbrochen haben!» Ich murmele etwas, das als Entschuldigung ausgelegt werden könnte. Und, ah, sie lächelt: «Jetzt habe ich's!» Der gewünschte Titel ist im Gedächtnis aufgetaucht. «Ich will einen Bücherscheck!»

Gut. Das kriegen wir hin. Meine Frau blickt feinsinnig herüber. Ich stelle den Bücherscheck aus, ergreife den Besen und fege Granulat in den Rinnstein.

Frauen lesen mehr und anderes und lieber als Männer. Genderforscherinnen können das erklären. Aber an den Tagen vor Weihnachten wagt sich auch immer mal wieder ein Mann ins Geschäft. Gewöhnlich sieht er sich in einer Buchhandlung meist weiblichem Personal gegenüber, dem er sich unterlegen, ja ausgeliefert wähnt. Fremde Frauen sagen ihm fachkundig und bestimmt, was er zu tun, sprich zu kaufen hat. Aber kurz vor Weihnachten muss er da durch. Und vielleicht erwischt er ja mich. Etwa wenn es um Käfer geht. Oder wenn ich gerade dabei bin, die Tür abzuschließen.

«Ist noch geöffnet?», drängt ein Herr herein, Mitte sechzig, Stiefel, Jeans, Lodenmantel.

«Selbstverständlich», antworte ich reflexartig. Dreiundfünfzig Sekunden vor Toresschluss! «Wie kann ich Ihnen behilflich sein?» Gewöhnlich lasse ich der Kundschaft Zeit, sich umzusehen. Das muss jetzt ausfallen.

«Ich suche ein Geschenk für meinen künftigen Schwiegervater», entgegnet der Mann und lächelt stolz. «Ja, da staunen Sie!», meint er. Das trifft zu, aber eine Erläuterung benötige ich nicht. «Ja, auch ich werde endlich in den Hafen der Ehe einlaufen», führt er aus. «Obwohl mir das Ungebundensein viele Jahre lang gut gefallen hat. Man ist ja als Single, anders als ein Ehemann, obwohl ja auch – leider, muss man sagen ...»

«Wie recht Sie haben!», kürze ich ab. «Und woran haben Sie jetzt gedacht?»

«An ein passendes Buch aus Ihrem Laden», erwidert er.

«Ah, das ist eine gute Idee!» Der Mann ist an der Pensionsgrenze. Wie alt mag sein Schwiegervater sein? Wir haben nützliche Bücher zu Seniorengymnastik und Gedächtnistraining und sogar einen regionalen Hospizführer. «Hat Ihr künftiger Schwiegervater altersgemäße Hobbys? Modelleisenbahn, Angeln, Nordic Walking?»

«Mein Schwiegervater ist vierundvierzig!»

«Ach?!» Das verwundert tatsächlich. Und die alsbaldige Gemahlin, erklärt der Mann, sei kaum über zwanzig. «Wir feiern zum ersten Mal Weihnachten zusammen, und wissen Sie was?» Ich habe keine Ahnung. «Im Haus meiner Schwiegereltern findet sich kein einziges Buch!»

Das ist allerdings bedenklich. Die nachfolgende Beschreibung der Zimmer im Haus der Brauteltern und der Einrichtung und der knarrenden Treppe mit den geschnitzten Geländerdocken bietet keine Anhaltspunkte für das perfekte Erstbuch. Eher die beklagte Reserviertheit der Schwiegereltern angesichts dieses altersmäßig fortgeschrittenen Bräutigams. Bei passender Gelegenheit würde mich die Konstellation interessieren. Aber jetzt, da nicht mal die nahe Kirchturmuhr die Rebellion meines Magens übertönt, muss ich rigoros sein.

«Sie schenken ihm einen Ratgeber!», fällt mir ein.

«Ah?», freut er sich.

«Ja, da haben wir was, wie man mit plötzlichen Wendungen des Schicksals fertig wird!» Tatsächlich gibt es einen herausragend formulierten Titel. Einen, von dem jeder sich auf Anhieb gemeint fühlt, besonders aber ein Vater, dessen Tochter sich in einen Hochbetagten verliebt: «Wenn guten Menschen Böses widerfährt».

«Großartig!», ruft der Mann mit entwaffnender Naivität. «Damit ist er auf alles vorbereitet, was noch kommen mag.»

«Sogar auf Weihnachten!», beteuere ich und dränge ihn zur Kasse.

«Es ist eine Freude, mit einem Fachmann über Buchgeschenke zu reden», meint er, während er im Portemonnaie zu suchen beginnt. «Buchhändler sind doch auch Psychologen. Und Sie nehmen sich Zeit für Ihre Kunden!»

Unbedingt, ja. Seufzend steckt er die Geldbörse wieder weg. Ob er mit Karte bezahlen könne? Selbstverständlich. Warum soll ich nicht das Kartenlesegerät wieder hochfahren, das ich zum Ladenschluss ausgeschaltet habe? Erleichterung, als ihm nach längerem Nachdenken beim zweiten Versuch die Geheimzahl einfällt. Die Anleitung zum Gedächtnistraining wäre etwas, das sein Schwiegervater ihm schenken könnte.

«Wenn Sie mir das Buch noch hübsch als Geschenk verpacken würden, hätten Sie einen rundum glücklichen Menschen vor sich!» Der Mann strahlt in Vorfreude. Was bleibt mir übrig? Eine Tüte lehnt er wortreich ab, obgleich ich ihm keine angeboten habe, und erläutert die ökologischen sowie ästhetischen Gründe.

Schließlich wendet er sich doch noch zur Tür, durch die er vor einer halben Stunde gekommen ist. Ich bin mit dem Schlüssel ungebührlich nah hinter ihm. Dabei lässt mein Magen ein diktatorisches Knurren hören. Der Herr wendet sich um, auf einmal sehr ernst, und hebt den Zeigefinger: «Hören Sie meine Lebensmaxime: regelmäßig essen und pünktlich Feierabend machen!»

«Oh, das muss ich mir merken!»

Mit Blick auf seine feinen Schuhe bemerkt er noch kritisch: «Vielleicht fegen Sie vorher noch rasch den Gehweg.»

Das mache ich gern. «Und Ihnen wünsche ich ein erheiterndes Fest!»

Gerlinde Unverzagt

Wollen wir was spielen?

«So, meine Lieben, heute bleibt die Glotze kalt», trällere ich und entwinde dem Jüngsten die Fernbedienung aus der Faust. Ich bin kein Unmensch. Meistens nicht. Zur «Maus»-Zeit am Sonntagmorgen hätte ich so etwas nicht gewagt. «Aber heute Abend spielen wir mal was!»

Der Vater meiner Kinder zieht vor Schreck ganz scharf die Luft ein. Die Oma kriegt leuchtende Augen. Sie presst das erste Kinn ins zweite und frohlockt: «Wie früher!» Aus acht Kinderaugen schlägt mir abgrundtiefe Verachtung entgegen.

«Oh nee, ne?» – «Manno!» – «Echt jetzt?» – «Na toll!»

Man tippt sich und dem Nachbarn an die Stirn. «Aber gleich kommt ‹Drei Haselnüsse für Aschenbrödel›!»

«Heute haben wir eine Nussallergie», versuche ich witzig zu sein. Keiner lacht. Courage. Ich wechsle die Strategie. «Ihr seid Kinder! Und Kinder spielen gern!» Umfragen führender Spielehersteller aus der Vorweihnachtszeit besagen, dass Kinder gemeinsame Spielabende mit ihren noch ungetrennten Eltern schmerzlich vermissen.

Das weiß doch jeder: Kaum leuchten die Lichter am Baum, hebt das untote Herz des Kapitalismus zu schlagen an, und das heilige Ritual aus profanen Zutaten wie Papiergeld, Würfeln, Spielmännchen und klitzekleinen Hotels wird putzmunter. Monopoly ist eine Arena, in der Legenden geboren, Allianzen geschmiedet, dreiste

Täuschungen ersonnen, Existenzen ruiniert, Helden geschleift und Beziehungen auf die Probe gestellt werden.

Ja, zu Weihnachten wollen glückliche Familien miteinander spielen. «Aber doch nicht mit dir!», jault meine Tochter und versucht gar nicht erst, diplomatisch einzulenken. «Du kannst doch gar nicht spielen!»

Zugegeben, ich bin nicht gut im Veranstalten imaginärer Tortenschlachten mit Teddys. Ich werde beim Barbiepuppenumziehen schnell müde. Und ich hege einige erwachsene und deshalb spielverderbende Vorbehalte gegen das Ansinnen, mich als Hund an die Leine legen zu lassen oder als ICE-Zugführer meinen Text aufzusagen, damit der Legozug losfahren kann. Auch finde ich es meist wichtiger, die Wäsche aufzuhängen, den Kühlschrank abzutauen oder mit einer Freundin zu telefonieren, als brummend durch die Wohnung zu laufen und dabei ein Plastikflugzeug über dem Kopf zu schwenken.

Aber auch wenn ich beim Memory eine Lusche bin – richtige Spiele spielen ist doch etwas ganz anderes: schnell irgendwo ankommen, möglichst viel zusammenraffen oder etwas ganz fix loswerden. Mit Karten, Würfeln und Figuren dem Sieg entgegen und auf dem Weg zum Siegertreppchen Rivalen eiskalt ausstechen, abhängen und in die Wüste schicken. Jeder gegen jeden. Allein gegen alle. Oder zu zweit im Bund gegen die anderen. Schummeln, tricksen, lügen, Mitleid heucheln, im Zweifel kurz vor der unabwendbaren Niederlage das Spielbrett zusammenknallen und endlich einmal im safe space, denn was sonst will die Familie sein, die Contenance verlieren.

Alle schreien herum, Tränen fließen, Fäuste fliegen, Flüche ploppen auf. Es ist herrlich. Familienbande in des

Wortes schwärzester Bedeutung. Alle Jahre wieder erleben wir den Zauber der Weihnacht in Gestalt von ein, zwei Abenden, an denen sich unterirdische Aggressionen, Rache, Rivalitäten, spontane Häme und schwelende Ressentiments auf kleine rote, blaue und grüne Spielsteine übertragen.

Das Halligalli verwandelt sich später zu goldenen Erinnerungen an die heimische Nestwärme, an heimeligen Plätzchenduft und Kerzenglanz auf den Scheiteln der unterm Weihnachtsbaum versammelten Lieben. Sobald die Feiertage überstanden sind, geht das los. Mit den Jahren verstoffwechselt der Erinnerungsoptimismus das familiäre Geschehen nach der Formel Humor ist Tragödie plus Zeit.

War das damals schon großartig, wenn mein Bruder die Karte zog: Gehe nicht über Los, ziehe nicht 4000 Mark ein, gehe direkt ins Gefängnis.

Die Finger weiß vor Wut klammerte er sich am Tisch fest und drohte, das Möbel durchs Wohnzimmer zu werfen, gerade noch gebändigt durch die stahlharten Blicke unserer Mutter, die sie mit gezischten Drohungen untermalte. Was für ein Move!

Und wie meine kleine Schwester Rotz und Wasser flennte, nur weil sie beim Mensch ärgere dich nicht immer als Erste rausflog. Hochmütig wehrte ich die Versuche meiner Mitspieler ab, mir Milde abzuringen. Pah, weil sie die Kleinste ist? Doch nicht mein Problem! Kann ich was dafür, wenn sie immer Pech hat?

Oder die Halma-Nachmittage am Küchentisch mit einer uralten Großtante, die ständig mit einem schmatzenden Geräusch ihre dritten Zähne einsog, während sie mich unbarmherzig abzockte und am Ende meine Tränen kaltschnäuzig kommentierte: «Jetzt hab dich mal nicht so, es ist doch nur ein Spiel!»

Die ganze Bagage meiner Kindheit bestand kaum aus vorbildlichen Verlierern oder moralisch einwandfreien Gewinnern. Aber sie machten unsere Geburtstage, Weihnachtsfeiern, Osterfrühstücke unvergesslich. Denn dafür braucht man die peinliche Verwandtschaft. Niemand erinnert sich an eine Familienfeier, auf der sich alle gut benommen haben.

Also. «Nun lasst uns doch mal was spielen!» Meine Kinder gähnen. Ihr Vater verdreht die Augen. Seine Mutter kreischt: «So jung kommen wir nicht mehr zusammen!» Sie ist die einzige Verbündete. «Die Welt ist eine Bühne, das Leben ein Spiel, stimmt's, Oma?», versuche ich. Das ist Shakespeare. «Ein Märchen ist's voll Klang und Wut», sagt sie. Wie bitte? «Und es bedeutet nichts.» Aha. Ist vielleicht auch Shakespeare.

Und es ist ja wahr! Dieser Sound! Das lustige Verschieben winziger Spielsteine, das Klackern der Würfel, das Klatschen der Karten, das Horten von Spielgeld, das ramboeske Uno und erst Mensch ärgere dich nicht, aufgeladen mit erlesener Bosheit. Für jeden gibt es was: Trivial Pursuit für Angeber, Siedler von Catan für Brainies, Scrabble für Schwätzer, Mikado für Grobmotoriker, Mau-Mau für Schlitzohren und Malefiz für uns Borderliner.

Dabei fördern wir en famille unsere Reaktionsgeschwindigkeit, üben Impulskontrolle und verbessern die Frustrationstoleranz. Oder wir lernen was. Alle zusammen. Zum Beispiel über die Tiere der Welt. Gaaanz wichtig. Wie groß ist eigentlich eine Antilope, wie lang ist der Schwanz eines Eisbären, und wo genau wohnt die Sattelkröte? Ich wusste es mal. Wird Zeit aufzufrischen.

Und Kartenspiele – bitte sehr, sind die etwa nicht eine großartige Chance, sich zu entspannen, Spaß zu haben und kognitive Fähigkeiten zu schärfen? Bei Spielen wie The Mind muss ein gemeinsames Ziel erreicht werden, ohne dass miteinander kommuniziert wird. Kein Reden, kein Zeigen, kein Deuten. Klingt verrückt. Ist es auch, und funktioniert doch wie im Familienleben nach ein paar Runden immer besser. Die Message von Stein, Brett und Karte kommt rüber wie das Leben: Wer die meisten Punkte hat, gewinnt.

Es ist der Generationen betörende Charme von Monopoly, seine Verwandten kalt lächelnd in die Pleite zu treiben, der an diesem Abend dann doch verfängt. Die antikapitalistische Restsüße klingt bis heute nach. Auch wenn alle mit dem gleichen Budget anfangen, gewinnt am Ende immer nur einer. Wer früh Häuser und Hotels baut, kann als Miethai oder wenigstens als Immobilien-Guppy reüssieren und seine Mitspieler ruinieren.

Wie der Vater der Kinder, der sich am Brett regelmäßig als begnadeter Regel-Zusatz-Erfinder erweist. Wenn Blicke töten könnten, wären meine Kinder seit etlichen Weihnachtsfesten Halbwaisen.

«Jedes Mal, wenn jemand eine Straße kauft oder ein Hotel baut, muss er zehn Prozent an die Bank zahlen.»

«Seit wann das denn?», echot die Familie in vermeintlicher Einigkeit.

«Seit ich die Bank bin», bescheidet er allseits in machtgeiler Patenpose und lässt die imaginären Hosenträger knallen. Dass der Stamm nicht weit weg vom Apfel steht, belegt das nichtswürdige Verhalten meiner Schwiegermutter, der lieben Oma. Ihr finanzielles Imperium scheint nicht nur unaufhaltsam zu wachsen, weil sie jeden kleinen Moment der Ablenkung nutzt, um eine Transaktion der Bank auf ihr eigenes Konto zu tätigen.

«Für die Instandhaltung von Elektrizitäts- und Wasserwerk», flötet sie, als sie erwischt wird, und nuschelt noch etwas von Investitionsstau hinterher. Was für ein listiger Kommentar zur zunehmenden Ungleichheit um uns herum. Das hat Potenzial: Sobald Regeln, Wettbewerb und Zufall wie die Geißeln der Menschheit aus Pandoras Büchse an die frische Luft gelassen werden, erwachen die Untoten zum Leben.

Die Jagd auf das E-Werk, der Versuch, alle Bahnhöfe zu kaufen und sich gegenseitig mit Hypotheken zu überhäufen, der schnelle Griff in die Kasse, um ein paar Scheinchen als Notgeld auf die Seite zu schaffen und dann im richtigen Moment bei der Investition in die teuerste Immobilie zu zücken – das entzweit uns als Familie und eint uns zugleich als eiskalte Turbokapitalisten, Raffzähne und lupenreine Gierlappen. Jedem das seine und mir das meiste, das ist, was hier gespielt wird.

«Der Mensch ist nur ganz Mensch, wo er spielt», kommentiert der Vater meiner Kinder meinen Offenbarungseid. Dabei zieht er zart, aber unnachgiebig das Spielbrett an sich, bevor ich alles in die Luft werfen kann. Unbeeindruckt, man könnte sagen, eisig sortiert er die Figürchen in den Karton und verpackt alles für die Wiederauferstehung beim nächsten Weihnachtsfest. Ich habe verloren, miethaushoch. Stand ich eingangs am Abgrund, bin ich jetzt einen Schritt weiter. Das ist Familie. Das ist die Hölle, die uns wärmt.

Daniel Bielenstein

Ein Engel namens Manfred

Was macht eine Familie, die an Weihnachten wegen eines Motorschadens in der Wildnis strandet? Richtig, sie streitet sich.

Meine Frau Ulrike macht den Anfang: «Weißt du, woran es liegt, Daniel? Daran, dass du zu schnell fährst, zu stark bremst, zu selten blinkst und zu oft überholst!»

Ich sehe Ulrike erstaunt an: «Seit wann geht ein Auto kaputt, weil man zu selten blinkt?»

«Lenk nicht ab.»

Joshua, unser fünfzehnjähriger Sohn, meldet sich von der Rückbank: «Ich finde nicht, dass Papa zu schnell fährt. Eher so im Gegenteil. Voll lahm.»

«Du hältst die Klappe», fährt Ulrike ihn an.

«Halt sie doch selbst.»

«Wie redest du mit deiner Mutter?!», rufe ich.

«Ach, auf einmal seid ihr wieder ein Team, oder was?»

«Du gehst gleich zu Fuß, junger Mann», sage ich.

Joshua grinst: «Wir gehen gleich alle zu Fuß. Wollen wir wetten!»

Kathi, unsere Sechzehnjährige, meldet sich zu Wort. Mit erstaunter Stimme fragt sie: «Warum halten wir eigentlich? Und dann noch mitten im Wald?»

Seit wir losgefahren sind, hat sie sich mittels Smartphone und AirPods von der Wirklichkeit verabschiedet. Sie ist tief in die bunten Welten von TikTok abgetaucht.

«Das Auto ist kaputt», erklärt Ulrike.

«Ach so», sagt Kathi und verabschiedet sich wieder in die Weiten des Internets.

«Kathi? Hast du gehört, was wir gesagt haben? Das Auto ist kaputt. Wir können nicht weiterfahren.»

«Doch, habe ich gehört. Kein Problem. Hier ist ja Empfang.»

Sie sieht nicht einmal von ihrem Telefon hoch.

Ich denke, dass es viele Gründe gibt, keine Kinder in die Welt zu setzen. Ab und zu sind die Kinder selbst einer der Gründe.

Es ist der 24. Dezember, und am späten Nachmittag haben wir uns auf den Weg zu meinen Schwiegereltern gemacht. Es ist vereinbart, dass wir dort den Heiligen Abend verbringen.

Warum? Weil es sich nicht verhindern ließ.

Ulrike und ich haben die zurückliegenden Wochen damit zugebracht, eine Art Schlachtplan zu entwickeln: Wann werden welche Großeltern, Geschwister und weitere Angehörige besucht? Und in welcher Reihenfolge? Dazu ist eine ausgefeilte Planung notwendig. Es geht nicht nur darum, die Verwandten zeitlich und räumlich unter einen Hut zu bringen, sprich möglichst keine unnötigen Wege zurückzulegen.

Es geht immer auch darum, das familiäre Gleichgewicht nicht ins Wanken zu bringen, also keinem unserer Angehörigen das Gefühl zu geben, dass er oder sie in der Hierarchie der Besuche zu weit hinten kommt. Waren wir im letzten Jahr erst am zweiten Weihnachtstag bei meinen Eltern, müssten sie dieses Jahr eigentlich schon an Heiligabend dran sein. Allerdings kann das zu

Konflikten mit meinen Neffen, also den Kindern meiner Schwester, führen. Schließlich wollen sie die Geschenke ihrer Großeltern nicht erst am ersten oder zweiten Feiertag bekommen, sondern sofort. Es läge nahe, dass meine Schwester und ich gemeinsam zu meinen Eltern fahren. Aber das geht nicht, da ich, sobald ich meinen Schwager sehe, einen anaphylaktischen Schock bekomme und mich um Luft ringend über den Boden wälze. Auch unsere Kinder sind inkompatibel, und das obwohl sie die gleiche Kleidung tragen, die gleiche Musik hören, die gleichen Influencer bewundern und die gleichen Zukunftsträume hegen, nämlich eine work-freie Life-Balance zu pflegen und jeder noch so kleinen Anstrengung aus dem Weg zu gehen.

Irgendwann in ferner Zukunft werden solche familientaktischen Berechnungen mithilfe von Quantencomputern binnen Sekunden gelöst werden. Im Moment erfordern sie noch eine wochenlange Planung, mit Zetteln, Stiften und einigen Flaschen Merlot.

Am Ende hat sich dann herausgestellt, dass es kein Entkommen gibt. In diesem Jahr müssen wir am 24. Dezember zu meinen Schwiegereltern fahren, zu Helmut und Hannelore. Die beiden wohnen in einem winzigen Dörfchen in der sogenannten Holsteinischen Schweiz. Der Name mag Bewohnern gebirgiger Landesteile übertrieben erscheinen, da die höchsten Erhebungen zwischen Plön und Preetz gerade mal 160 Meter über dem Meeresspiegel liegen. Für echte Norddeutsche sind solche Höhen bereits hochalpin. Man sollte ein Sauerstoffgerät mit sich führen, wenn es dort hinaufgeht. Schön ist die Landschaft dort allemal. Und mitunter auch einsam.

Trotzdem konnte ich mich auf den weihnachtlichen

Ausflug nicht freuen. Mein Verhältnis zu den Schwiegereltern ist nicht das sonnigste. Die beiden halten mich bis heute für eine Art Kidnapper, der ihnen die Tochter mithilfe des Standesamtes entrissen hat und seitdem in ehelicher Geiselhaft hält. Die Tatsache, dass Ulrike freiwillig Ja gesagt hat und ich außerdem bis heute keine Lösegeldforderungen gestellt habe, bringt sie von dem Gedanken nicht ab.

Wäre ich kein Buchautor, sondern Zahnarzt mit florierender Praxis oder Wirtschaftsanwalt mit Cum-Ex-Einkünften, lägen die Dinge anderes. Dann wäre ich längst zum Lieblings-Schwiegersohn aufgestiegen. So aber hätte Ulrike auch einen Obdachlosen heiraten können – mein Ansehen bei Helmut und Hannelore wäre kaum geringer.

Das soll nur erklären, warum ich mit einem sanften Lächeln reagierte, als ich kurz hinter einem malerischen Örtchen namens Kalübbe die ersten seltsamen Rumpelgeräusche aus dem Motorraum hörte. War dies etwa eines der Weihnachtswunder, von denen die Menschen immer wieder sprechen? Kranke werden geheilt, Arme von einem Geldsegen überrascht – und ich darf dank einer Autopanne einem Abend mit meinen Schwiegereltern entgehen?

Ach, lieber Weihnachtsmann – ich glaube ab sofort doch wieder an dich!

Und es passierte wirklich. Das gleichmäßige Tuckern des Motors ging in ein wildes Schlagzeugsolo von Gene Krupa über, wenn auch ohne Takt und Rhythmus. Sekunden später quollen schwarze Rauchwolken aus den Ritzen der Motorhaube und legten sich als Schleim auf die Windschutzscheibe.

«Danke, lieber Gott! Du hast meine Gebete erhört!», entfuhr es mir – woraufhin Ulrike, die auf dem Beifahrersitz saß, mich befremdet ansah.

«Verstehe ich das richtig? Du jubelst?»

«Ich ... nein, ich freue mich, weil es noch einmal gut gegangen ist. Der Qualm wird schon weniger!»

Das Rumpeln hatte aufgehört, der Motor war tot, und der Wagen ging von einem klimaschädlichen Antriebsmodus in eine Art Gleitflug über. Wir rollten nur noch dank des bisherigen Schwungs durch die Dunkelheit.

Im Lichtkegel der Scheinwerfer – sie funktionierten immerhin noch – entdeckte ich die Einmündung eines Waldweges. Ich lenkte den Wagen von der Straße hinunter. Die Reifen gaben ein von Schnee und Matsch knirschendes Geräusch von sich. Dann kamen wir endgültig zum Stehen.

Stille.

Frieden.

Weihnachten.

Ach, könnte es nicht immer so sein?

Joshua unterbricht als Erster das Schweigen. «Papa?»

«Ja?»

«Glaubst du, es gibt hier Wölfe?»

«Bestimmt nicht, mein Großer. Du musst dir keine Sorgen machen.»

«Mache ich nicht. Aber wenn es hier keine Wölfe gibt, könntest du doch einfach mal aussteigen und den Wagen reparieren, oder?»

Ulrike lacht. «Gute Idee, Schatz. Tust du es? Für uns?»

Ich stöhne. «Ich bin Schriftsteller und kein Kfz-Monteur.»

Joshua gibt ein verächtliches Schnalzen von sich.

«Ihr müsst euch keine Sorgen machen», fällt mir ein. «Es gibt ja den ADAC. Da rufe ich jetzt an. Die machen uns wieder flott!»

«Dann mach mal. Weil, es wird langsam kalt.»

Joshua hat recht. Dieses Jahr ist eingetreten, was dank Klimawandel nicht mehr vorkommen sollte: Wir haben weiße Weihnachten. Die Temperaturen sind nicht kurz vor den Festtagen auf sommerliche Höhen geklettert. Im Gegenteil, es ist deutlich unter null, und der Schnee der vergangenen Tage ist tatsächlich liegen geblieben.

Auch jetzt schneit es wieder. Die Scheiben sind bald von einer weißen Schicht bedeckt, sodass wir nicht einmal mehr nach draußen sehen können. Auch kriechen arktische Temperaturen ins Wageninnere. Da der Motor nicht mehr anspringt, können wir die Heizung nicht laufen lassen.

Die Einzige, der es nichts auszumachen scheint, ist Kathi, die gebannt auf ihr Handy starrt. Gut möglich, dass sie nach wie vor nicht realisiert hat, was vor sich geht.

Ich wähle. Es klingelt. Es klingelt lange. Es klingelt noch länger. Kann es sein, dass die an Heiligabend gar nicht arbeiten?

Schließlich höre ich eine fröhlich zwitschernde Stimme. «Hier ist der Pannenservice. Wir wünschen Ihnen fröhliche Weihnachten. Wie können wir Ihnen helfen?»

Ich schildere, was passiert ist, und versuche, so genau es geht, unsere Position zu beschreiben.

Die Dame gibt daraufhin ein Beispiel dafür, was aus der Tugend der Pünktlichkeit geworden ist. Man weiß es ja. Pakete werden zwischen sieben Uhr morgens und acht Uhr abends geliefert, Handwerker kommen irgendwann oder gar nicht, und mit dem Arzttermin ist mit viel Glück im Laufe des Jahres zu rechnen.

«Ich habe alles notiert. Ein Kollege ist unterwegs und ist in ein bis drei Stunden bei Ihnen.»

«In ein bis drei Stunden?!»

«Es ist Heiligabend. Wie viele unserer Wagen sind heute im Einsatz? Was glauben Sie?»

«Schon gut. Hauptsache, es kommt überhaupt jemand.»

«Ich bin zuversichtlich. Sollten Sie auch sein.»

Ulrike ruft ihre Eltern an und erklärt, dass es später wird. Das Angebot ihres Vaters, uns abzuholen, lehnt sie ab. Helmut sieht nachts nicht mehr gut und bei Schneefall noch schlechter.

«Und wann können wir mit euch rechnen?», höre ich Helmuts Stimme.

«In ein bis drei Stunden.»

Die Zeit bis zu unserer Rettung vergeht quälend langsam. Wir können sie streitend verkürzen. Ulrike äußert den Verdacht, ich hätte am Motor rumgefummelt, um dem Abend mit ihren Eltern zu entgehen. Joshua wirft uns vor, wir hätten den Ernst der Lage nicht begriffen. Es könnte sein, dass der Pannendienst überhaupt nicht kommt und wir erst in einigen Tagen als tiefgefrorene Ötzi-Familie gefunden werden. Ich wiederum halte ihm entgegen, dass es eine schlechte Idee war, im Dezember mit Baggy Pants und T-Shirt aus dem Haus zu gehen. Seinem Gemurmel entnehme ich, dass ich als Boomer den Planeten zerstört habe.

Plötzlich schreit Kathi auf. Ihr Akku hat nur noch fünf Prozent! Sie braucht eine Lademöglichkeit! Sofort!

Im selben Moment hören wir ein ungewöhnliches Geräusch. Etwas rumst gegen den Wagen. Gibt es hier etwa doch Wölfe? Werden wir in diesem Jahr selbst zum Weihnachtsbraten?

Dann wird uns klar, dass jemand aufs Autodach klopft. Eine Stimme ist zu hören: «Ich möchte nur ungern stören ... sind Sie die Pannen-Familie?»

«Das kann man so sagen», antworte ich.

Draußen wird der Schnee von der Windschutzscheibe gewischt. Wir blicken in ein gut gelauntes pausbäckiges Gesicht. «'n Abend. Schulze mein Name, Sie können einfach Manfred sagen. Wollen wir doch mal sehen, ob wir Sie wieder flottbekommen.»

«Sie schickt der Himmel», sage ich.

«Ja, das könnte man meinen. Aber egal, öffnen Sie bitte die Motorhaube.»

Das Folgende geht dann sehr schnell. Manfred wirft einen Blick in den Motorraum, schlägt mit einem Schraubenschlüssel hier und dort gegen einzelne Teile und gibt dann ein herzerweichendes Seufzen von sich.

«Da ist nichts mehr zu machen. Der Motor ist hin.»

Ich bin ausgestiegen. «Und nun?»

«Wenn Sie sich dünn machen, bekomme ich Sie alle vier in meinen Wagen. Ich bringe Sie in die nächste Stadt.»

«Und der Wagen?»

«Den hole ich morgen. Lohnt sich nicht, dass wir uns heute die Arbeit machen. Wohin wollten Sie denn?»

Ich nenne den Ort, in dem meine Schwiegereltern wohnen. Manfred winkt ab. Das sei nicht weit. Da könne er uns hinbringen.

Er sieht mich prüfend an. Der Tonfall, in dem ich die Schwiegereltern erwähnt habe, ist ihm aufgefallen. «Sie haben eigentlich gar keine Lust, oder?»

«Ist das so offensichtlich?»

«Allerdings. Aber lassen Sie mich mal machen. Ich kann nicht nur Autos reparieren.»

Ich sehe ihn fragend an. Er lässt sich keine weiteren Erklärungen entlocken.

Kurz darauf sitzen wir dicht gedrängt im gelben Pannenfahrzeug und fahren durch das immer dichtere Schneetreiben. Die Heizung läuft auf höchster Stufe, im Radio dudeln amerikanische Weihnachtsschnulzen. Ulrike fasst nach meiner Hand und flüstert: «Tut mir leid. Mein Verdacht, dass du den Motor manipuliert hast, war wirklich albern.»

«Schon gut», flüstere ich zurück. «Wenn ich es könnte, hätte ich es vielleicht wirklich gemacht.»

Wir unterhalten uns mit Manfred und erfahren, dass er nichts gegen Sonderschichten an Weihnachten hat. Andernfalls würde er nur alleine zu Hause herumsitzen. Hat er keine Familie? Er sei geschieden, erklärt er, und seit zwei Jahren habe er weder mit seiner Ex-Frau noch mit den Kindern auch nur ein einziges Wort gewechselt.

Er sieht mich an: «Ich konnte meine Schwiegereltern nicht leiden. Aber keine mehr zu haben, ist auch nicht besser.»

Am Ziel setzt Manfred den Blinker und hält am Straßenrand. «Tja, dann ... schöne Weihnachten.»

Ulrike und ich wechseln einen Blick. Sind wir der gleichen Meinung?

«Wissen Sie was?», sagt Ulrike. «Wenn Sie Zeit und Lust haben, kommen Sie mit rein und essen mit uns. Es gibt Gänsebraten, Rotkohl und Klöße ... oder müssen Sie zum nächsten Einsatz?»

«Muss ich.» Manfred grinst. «Aber das hat Zeit. So etwa ein bis drei Stunden. Ich nehme die Einladung an.»

Helmut und Hannelore machen pikierte Gesichter, als Manfred im ölverschmierten Monteuranzug ins Wohnzimmer tritt. Da müssen sie durch. Ulrike erklärt ihnen, dass wir nur dank Manfred überhaupt hier sind. Sie geben sich milde. Hannelore legt ein weiteres Gedeck auf.

Dann sitzen wir um den Tisch und genießen. Manfred vertilgt einen Kloß nach dem anderen, dazu die Hälfte der Weihnachtsgans und noch mehr vom Rotkohl. Niemand von uns traut sich, ihn zurückzuhalten. Er ist ja unser Retter.

Nebenbei erzählt er mit vollem Mund von seiner Scheidung. Der Hauptgrund sei sein mieses Verhältnis zu den Schwiegereltern gewesen. Die hätten immer nur genörgelt. Ein Kfz-Mechaniker sei nicht das gewesen, was sie sich gewünscht hatten für ihre Tochter. Egal wie viel er gearbeitet habe, es sei nie genug gewesen. Umgekehrt habe auch er kein gutes Haar an den beiden gelassen.

Erst im Nachhinein sei ihm klar geworden, dass er seine Frau in ein unlösbares Dilemma gestürzt habe. Sie habe ihn geliebt, aber ihre Eltern auch. Am Ende blieb ihr nichts anderes übrig, als sich von ihm scheiden zu lassen. Gleichzeitig brach sie den Kontakt zu den Eltern ab. Denen sei es ja auch nie um sie gegangen, sondern immer nur um sich selbst.

Der Friede in den Familien sei ein kostbares Gut, das

man erst zu schätzen wisse ... aber gut, nun müsse er los, er müsse noch weitere Unglückliche vor der Kälte retten. Und vor den Wölfen. Die gebe es neuerdings in der Gegend.

Wir treten vor die Tür und winken. Wir bleiben noch stehen, bis die roten Rückleuchten des Werkstattwagens im Schnee verblassen. Dann kehren wir ins Wohnzimmer zurück, tauschen Geschenke aus und machen es uns vor dem Kamin bequem.

Mein Schwiegervater bietet mir zu meiner Überraschung von seinem kostbarsten Brandy an. Wir prosten uns zu. Und zum ersten Mal, seit wir uns kennen, erkundigt er sich nach meinem neuesten Buch. Ich wiederum gebe mir alle Mühe, mich an der Entwicklung seines Aktiendepots interessiert zu zeigen. Joshua erzählt von seinem bevorstehenden Austauschjahr in den USA, und Kathie verzichtet zu unserer Überraschung darauf, ihr Smartphone wieder zur Hand zu nehmen. Die Stimmung ist versöhnlich und bleibt es sogar, als Hannelore die Weihnachtslieder der Kastelruther Spatzen auflegt.

Unsere Behaglichkeit wird ein einziges Mal unterbrochen, als ausgerechnet mein Handy klingelt. Ich nehme das Gespräch an. Es ist die Mitarbeiterin des Pannendienstes, die gar nicht mehr so freundlich ist. Der Helfer habe endlich unser Auto im Wald gefunden, aber wir seien ja gar nicht mehr da ...

«Aber er hat uns doch schon längst geholfen! Er hat uns sogar mitgenommen in seinem Wagen.»

«Das kann nicht sein. Wie gesagt, unser Kollege ist erst jetzt vor Ort.»

«Er hieß Manfred. Manfred Schulze.»

«Tut mir leid. So jemand ist nicht für uns tätig.»

Ich beende die Verbindung. Im gleichen Moment lässt ein Luftzug eines der Glöckchen klingeln, die im Weihnachtsbaum meiner Schwiegereltern hängen.

Mir wird klar, dass Manfred in genau diesem Moment seine Flügel bekommen hat.

Ich setze mich zurück aufs Sofa, gebe Ulrike einen Kuss und erkläre meinen Schwiegereltern, dass ich lange nicht mehr einen so schönen Heiligen Abend verbracht habe.

Pia Faller

Dank an Bob Ross

In meiner kurzen Ehe ist meine künstlerische Begabung nicht besonders gefördert worden. Ja, ich durfte meine kleinformatigen Werke aufhängen. Aber nur in der Gästetoilette. Und nachdem zwei Gäste sich unprofessionell darüber geäußert hatten, habe ich sie abgehängt und im Schrank verstaut. Also, die Bilder.

Nun aber, als glückliche Single-Frau, bin ich wieder dabei. Eine schlaflose Dezembernacht hat mich wieder zur Kunst bekehrt. Passiert ist das beim Zappen. In einem fernen Programm, es war wohl Alpha, stand jemand in einem dunklen Studio ganz allein vor einer Staffelei und malte. Mitten in der Nacht. Ein älterer Mann mit extrakrausen Locken, mit liebevollem Lächeln und einschmeichelnd leiser Stimme. Sein Englisch wurde nicht übersetzt. Das war auch nicht nötig. Auf seine Malkunst kam es an. Mit wenigen Pinselstrichen schuf er in zwanzig Minuten ein prächtiges Landschaftsgemälde. «And you can do it, too», sagte er.

Und ja, ich wusste, dass ich es ebenfalls konnte. Ich weiß es.

Es gibt nur noch eine einzige Person, die zu Weihnachten ein Geschenk von mir erwartet, das ist mein Patenonkel. Onkel Christoph. In diesem Jahr wird er also etwas Besonderes bekommen: eine selbst gemalte Winterlandschaft. Schnee ist rar geworden in unseren Breiten. Ich werde Schnee malen. Und zwar im Stil von Bob Ross, so heißt der Fernsehartist.

Google behauptet, er sei längst verstorben. Auf Alpha malt er immer noch jede Nacht. Und im Web prangen all seine Winterlandschaften: Hütte am Wald im Tiefschnee, Weidezaun mit Schneehauben in weißer Weite, zugefrorener See vor majestätischem Bergpanorama, Blue Winter, Copper Winter, Russet Winter, Wintermorgen, Winterabend, Winterfrieden. Mehr als zwei Dutzend weihnachtstaugliche Idyllen stehen zur Wahl.

Im Laden für Künstlerbedarf beuge ich mich über den Tresen, um ehrgeizige Konkurrentinnen nicht mithören zu lassen. «Führen Sie Malutensilien im Stil von Bob Ross?», flüstere ich und setze an, dem Verkäufer zu erklären, wer Bob Ross ist. «Zu unserem Bob-Ross-Raum», sagt er, ohne die Stimme zu senken, «gelangen Sie dort durch die Tür. Da finden Sie alles von seinem Label, seine Farben, seine Pinsel, seine Messer.» Eine weitere Kundin folgt ungebeten. Will sie mich nachahmen?

Über eine Staffelei verfüge ich noch; aus einem lange verjährten Kreativ-Angebot von Tchibo. Die steht jetzt, aus dem Keller ans Licht geholt, erwartungsvoll in meinem Gästezimmer, mit einem Laken als Unterlage, um das Laminat zu schützen. Bob Ross, habe ich gesehen, schlägt die Pinsel regelmäßig an der Staffelei aus. Das sieht lässig aus, produziert aber Farbspritzer. Ich werde also einen Kittel benötigen. Ja, ich werde meinen Freundinnen im bunt besprenkelten Kittel die Tür öffnen. Endlich Künstlerin! Mein Gästezimmer ist mein Atelier.

Ich wähle eine Leinwand im Format dreißig mal vierzig, oder besser zwei davon, sollte der erste Versuch misslingen. Eine Zusammenstellung der wichtigsten Bob-

Ross-Pinsel gibt es in einer Art schwarzen Federtasche: Ein-Zoll-Pinsel, Zwei-Zoll-Pinsel, Fächerpinsel, von Bob *Fan Brush* genannt, dazu zwei Malmesser für Gebirgsgrate. Nun noch die erste Garnitur von zwölf Farbtuben, Terpentinersatz zur Pinselreinigung – und eine Palette, eine große aus Plexiglas.

Das Lächeln des Verkäufers an der Kasse beim Einscannen wirkt ein wenig süffisant. Ich mache meinen Rücken gerade und schaue ihn selbstbewusst an. Mit seiner dämlichen französischen Baskenmütze ist er künstlerisch hoffnungslos zurückgeblieben. Genau deshalb muss er hier den Kassierer mimen.

Bald ist vierter Advent. Es geht los. Bob benötigt zwanzig Minuten für ein Bild. Ich rechne mit ein paar Minuten Nachspielzeit. Ein weißes Herrenhemd – welcher Mann hat es zurückgelassen? – dient als Malerkittel. Ein Glas steht zum Auswaschen der Pinsel bereit, ein zweites zum Ablegen, falls ich den gefächerten Fan Brush oder die Spachtel benutze. Daneben alte Lappen und Küchenpapier. Die Staffelei rücke ich in einen lichtfreundlichen Winkel ans Fenster.

Und nun das Bild selbst. Als Vorlage leuchtet vom Tablet eine üppig verschneite Landschaft mit majestätischen Bergen im Hintergrund, einer kleinen Hütte im Vordergrund neben dunklen Tannen und einem halb zugefrorenen Bach. Das ist die Szenerie von Bob Ross. Könnte Alaska sein. Ich werde eigene Akzente setzen.

Also los. Ich trage die originalen Bob-Ross-Farben auf. Erst einmal *Liquid White* auf die ganze Leinwand. Ganz dünn, mit lockeren X-Bewegungen über die gesamte Fläche. Die anderen Farben kommen dann direkt in dieses feuchte Weiß. Diese Technik ist Bobs Markenzeichen:

Wet in Wet, feuchte Farbe in feuchte Farbe, zum Trocknen ist später immer noch Zeit. Im Spiegel sehe ich meine Wangen glühen.

Für den Himmel gibt es einen Farbton mit der Bezeichnung *Phthalo Blue*. Aufzutragen mit dem breiten Zwei-Zoll-Pinsel. Ja, so geht es. Ganz einfach. Da ist er schon, ein intensiver Himmel, vielleicht nicht ganz so friedlich, wie ich ihn mir gedacht habe. Ich sollte ihn mit etwas Nebel dämpfen. Nebel kommt mit trockenem Pinsel großzügig über das Blau.

Ups, das sieht nun ein bisschen gestreift aus. Dann sind es also eher leichte Wolken. «Little clouds, being lazy», habe ich Bob Ross raunen gehört. Kleine Wolken, die am Himmel faulenzen. Schöne Vorstellung. Eine rutscht jetzt allerdings ein bisschen herunter auf dem zu feuchten Untergrund. Ich kann sie noch abfangen. Dann mache ich eine große Wolke daraus. Und noch ein bisschen Nebel darübergetupft. Später lässt sich das immer noch ändern.

Jetzt die Berge. Dafür drücke ich *Midnight Black* auf die Palette, dazu *Crimson*, ein dunkles Purpur. Mit dem Malmesser wird die Silhouette der Gipfel festgelegt. «Let your knife do the work.» War mein Schwarz nicht trocken genug? Es rinnt langsam abwärts. Das soll kein Problem sein, da setze ich später einen Baum hin. Noch einmal Berge. Rechts und links im Wechsel setze ich kleine Dächer, aus denen dann die steil abfallenden Grate werden. Einen Schritt zurücktreten. Ja, das ist gelungen. Die Berge sind allenfalls ein bisschen zu tief im Bild angelegt. Es muss noch Platz bleiben für einen kleinen See.

Onkel Christoph ist früher viel in den Bergen gewandert. Und er schwimmt auch gern. Das Bild wird perfekt für ihn. Nur noch die schneeigen Highlights auf die Bergkanten. Habe ich zu stark aufgedrückt? Das sieht sonderbar aus. Aber «there are no mistakes, just happy little accidents». In der Welt von Bob gibt es keine Fehler. In meiner bitte auch nicht.

Noch einmal Weiß auf die Messerkante und auf des Berges Höhen angesetzt, dann vorsichtig nach unten gezogen. «Just whisper across the canvas!» Flüsternd gleitet die Klinge über die Leinwand. Wieso schabt sie Farbe ab? Das hat jetzt Schneematsch ergeben. Die Berge sind noch so feucht, dass sie verwischen. Hängst das mit dem Klimawandel zusammen? Erschaffe ich hier gerade ein mahnendes Zeichen? Oder sollte ich die Berge sein lassen und lieber einen Wald daraus machen?

Erst mal den See in den Vordergrund, ein erfrischendes Eisbad für Onkel Christoph. Ich ziehe eine Linie unter dem Nebel. Das ist die obere Seekante. Darunter werden sich durch leichtes Herunterziehen mit der Messerkante wie von selbst Spiegelungen ergeben. Der Horizont sackt ein wenig nach rechts. Und aus der zarten Spiegelung laufen Tropfen aus. Das kann passieren bei *Wet in Wet*. Zur Rettung gibt es immer noch Bäume, «happy little trees». Für sie werden vertikal braune Stämme gezogen – und darauf mit dem Fan Brush in *Phtalo Green* die Blätter getupft.

Ups. Das war jetzt mein Handballen. Er trägt nun die Farbe des Seeufers, und das Ufer ist leicht verwischt. Sogar stark verwischt. Ein Sinnbild für die schleichende Zerstörung der Landschaft. Ich könnte das Gemälde der Deutschen Umwelthilfe zu Weihnachten schenken. Für Onkel Christoph ist es jedenfalls nichts. Dafür ist es jetzt einfach zu breiig. Immerhin, geschafft habe ich das in nur 45 Minuten! Und ich habe noch eine zweite Leinwand. Die Generalprobe muss misslingen. Das ist Gesetz. Sonst geht die Premiere schief.

Für heute reicht es. Bob Ross malte auch nur ein Bild pro Sitzung. Als ich mir einen Kaffee machen will, komme ich am Flurspiegel vorbei. Ich sehe wirre Haarsträhnen in allen Farbnuancen, dominierend jedoch Weiß und *Phtalo Blue*. Das Gesicht geht Richtung *Crimson*. So sehen Genies aus, zumindest kurz vor ihrem Tod. Ich bin erschöpft.

Ellen meldet sich, meine ältere Cousine, Onkel Christophs Tochter. Sie wird mich Heiligabend abholen, und wir fahren gemeinsam zur Familie. Sie hat mal Kunstgeschichte studiert, wie ihr Vater. Das nützt jetzt auch nichts. Ich habe noch drei Tage Zeit. Bei allen Dezemberbildern von Bob fällt auf, dass kein einziger Rentierschlitten darauf erscheint, auch kein Weihnachtsmann, nicht einmal Knecht Ruprecht. Menschen kann er nicht. Ich würde mir das zutrauen. Vielleicht ganz am Schluss.

Jetzt verzichte ich erst mal auf die kleine Holzhütte. Kunst des Weglassens! Und der Bergsee muss nicht in einen reißenden Bach münden. Himmel, Schneeberge, See, ja, und ein paar kahle Bäume im Vordergrund. Das reicht als Weihnachtsbild. Meine erste chaotische Pinselei steht wie zur Mahnung auf dem Fußboden. Mittlerweile ist sie getrocknet.

Wieder Beginn mit dem Himmel. Ein helles, kristallfarbenes Pigment. *Phtalo Blue* in kräftigen x-Strichen. Darauf mit *Titanium White* zarte Wolken, weil das Blau doch wieder zu stechend geworden ist. Später kann sich noch Nebel erheben, aus den Niederungen. Diesmal zeichne ich die Berggipfel vor und zirkele mit dem Malmesser feste Farbbrocken rechts und links an die Gipfeldächer. Schon sieht das Panorama majestätisch aus. Nach kurzer Zeit bilden sie allerdings eine dritte Dimension auf der Leinwand, geradezu begehbar, wenigstens für Insekten. Den Schnee kann ich nun nicht mehr anbringen, geschweige denn feucht herunterziehen. Dann beginnt die Schneegrenze heute mal etwas tiefer.

Ich spüle den Zweierpinsel und schlage ihn an der Staffelei aus – wie der Meister! «Just beat the devil out of it.» Tief liegende Traumata werden gleich mitbeseitigt.

Nun der See. Der Untergrund trägt noch das Blau des Himmels. Durch feine weiße Striche mit dem Fächerpinsel wird die Spiegelung erscheinen. Doch die Berge lassen keinen See zu. Einzelne Farblinien laufen hinunter zum Bildrand. Dreißig Minuten und kein Ende in Sicht! Bob Ross macht schon Feierabend. Ich bleibe dran. Also dann ohne See, aber mit Bäumen. «Let's add some happy little trees.»

Die braunen Stämme setze ich vertikal auf die Leinwand, ein wenig unterschiedlich in Größe und Form. Dann noch einmal der Fan Brush für die gefächerten Nadelzweige. Oh, da habe ich jetzt den Zweierpinsel in den Kaffeebecher getaucht. Macht aber nichts. Das muss allen kaffeetrinkenden Künstlern mal unterlaufen sein. Dem Pinsel kann es nichts anhaben. Ich schlage ihn aus. Beat the devil out of it. Die Spritzer verteilen sich im ganzen Zimmer. So etwas nennt man *Action Painting*. Und den Bezug des kleinen Sessels wollte ich sowieso längst austauschen.

Jetzt das duftige Tannengrün. Ich mische *Midnight Black* und *Sap Green* (*Sap* für saftig) und *Van Dyke Brown*. Der Fan Brush leuchtet. «Just let it happen – trees know where they want to live!» Hoffen wir es. Tupfen, tupfen, tupfen. Ganz behutsam. So ähnlich stelle ich mir den Dschungel am Amazonas vor. Hier mal mit Schneebergen kontrastiert. Ich kann die Spitzen der Zweige noch aufhellen mit *Cadmium Yellow.* Doch wie schmelzende Butter rutscht dieses Gelb die Leinwand herunter. Einige Baumstämme scheinen dem Beispiel zu folgen.

Dann lasse ich eben Nebel aufziehen. Ich bin sicher, Onkel Christoph liebt die mystische Stimmung des Nebels, wenn alles gedämpft ist, wenn die Konturen verschwimmen und die vertraute Umgebung in Schleier gehüllt wird. Genauso soll es hier sein, ihm zu Ehren. «Now we'll just lift and tap. Make it disappear like a memory.» Ein Gemälde wie eine schwindende Erinnerung. Auch bei Christoph lässt das Gedächtnis nach, das hat Ellen erzählt. Es ist wirklich ein ganz persönlich auf ihn zugeschnittenes Kunstwerk.

Mit einem trockenen Pinsel kreise ich über die Leinwand. Schon liegt ein Schleier über dem Bild. «This is your world. You decide.» Allerdings ist es ein grauer Schleier, um nicht zu sagen ein schmutziger. Was darunter lag oder liegen sollte, ist kaum noch zu ahnen. Was ist das jetzt? Was soll das? Ich hasse Bob Ross! Ich schlage alle Pinsel nacheinander auf dem Bild aus. Dann ist alles egal! Schlieren, Kleckse, Tropfen füllen die Leinwand. Gut so!

Es klingelt. Mit grimmiger Miene, bekleckstem Männerhemd und mit wirrem Haar, den tropfenden Fan Brush noch in der Hand, schlurfe ich zur Tür. Eine blühend aussehende Ellen wartet davor: «Hast du dein Handy nicht an? Ich wollte dich einladen ... oh, Gott, wie siehst du denn aus?»

Es gibt eine Vorweihnachtsparty von Freunden, erfahre ich, ein ausgelassenes Fest von Gegnern feiertäglicher Harmonie. Ja, das passt. Ellen macht sich auf die Suche nach der Ursache meines desaströsen Erscheinungsbildes.

«Du malst?», stellt sie fest. «Ach ja, stimmt, du hast früher immer so niedliche Miniaturen fabriziert für euer Gästeklo.»

Sie nimmt meine beiden Katastrophen nacheinander in die Hand, dreht sie, wendet sie, denn man weiß bei beiden nicht, wo oben ist, und hält sie ans Licht. «Gar nicht mal schlecht! Das ist viel besser, das ist anarchischer, das ist freier, spontan. Das ist ein bisschen wie der frühe Jackson Pollock, abstrakter Expressionismus. Die Leute kennen immer nur seine Riesenformate, aber angefangen hat er so.»

Kleinlaut erzähle ich ihr, dass ich ein Weihnachtsgeschenk malen wollte, für ihren anspruchsvollen Vater. Sie lacht, sie nickt. «Na gut, das machen wir so, du überreichst es, und ich erkläre. Wir flunkern ein bisschen. Das hat er gern.»

Am Heiligen Abend, nach einem bescheidenen Weihnachtsmenü, dreht und wendet Onkel Christoph das bessere der beiden missratenen Bilder. «Aus New York, sagst du? Von einem Trödler in Brooklyn?»

«Genau», sagt Ellen. «Pia macht ja manchmal solche tollen Entdeckungen.»

Ich sage erst mal gar nichts. Aufklären kann man später.

«Ich dachte», sagt Ellen, «aber das wäre natürlich vermessen, ich dachte, das könnte so eine Art Jackson Pollock sein.»

«Nein.» Onkel Christoph schüttelt den grauen Kopf.

«Ausgeschlossen.» Schade. «Pollock», erklärt er uns, «hat immer signiert, mit vollem Namen, auch die ganz frühen Sachen. Nein. Dieses hier hat auch, das finde ich jedenfalls, und nimm es mir bitte nicht übel – ich finde, es hat einen weiblichen Strich.»

Ach so. Ja. So ganz falsch liegt er damit nicht.

«Weißt du was?», sagt er. «Das könnte Krasner sein!»

«Krasner?»

«Lee Krasner, Pollocks Frau! Die ist nicht so berühmt. Aber qualitätvoll! Das hat der Trödler wohl nicht erkannt. Denn die hat nicht immer signiert. Was hast du dafür bezahlt, Pia?»

Ich rechne meine Ausgaben für den Künstlerbedarf zusammen, hinzu kommt der fällige neue Bezug des Sessels, da bin ich schon bei einer erklecklichen Summe.

Onkel Christoph nickt. «Gut gemacht. Ich freue mich. Das behalten wir erst mal für uns! Ich danke dir, Pia.»

Gern. Und ich danke Bob Ross.

Sören Sieg

Selbstverständlich

Es ist kurz nach sechs an Heiligabend. Ich stehe im geräumigen Wohnzimmer eines Einfamilienhauses in einem südlichen Vorort von Warschau und trage zum ersten Mal im Leben ein Weihnachtsmannkostüm inklusive langem weißen Bart. Vor mir steht Janek, sechs Jahre alt, mit seiner Mutter Gosia und seinen Großeltern. Ihnen gehört das Haus. Die Einrichtung sieht aus wie in einem Hamburger Vorort in den frühen 70er-Jahren: überdimensionierte Polstermöbel in Hellbeige, Beistelltische mit Engelsfiguren aus Keramik, dicke Teppiche als Heimstatt für Milben, ein kleiner Weihnachtsbaum aus dem Baumarkt mit elektrischen Kerzen und lila Lametta. Die Wände sind übersät mit Familienfotos, Hochzeitsfotos, Schulfotos, dazu die typisch polnischen Requisiten: Maria mit dem Jesuskind, Papst Johannes Paul II., polnische Flaggen.

Janeks Großvater, Herr Kowalski, ist strenger Katholik, Major der polnischen Armee und treuer Wähler der «Partei für Recht und Gerechtigkeit» von Jarosław Kaczyński. So wie vermutlich alle polnischen Männer seines Alters. Und, wenn hier alles gut geht, mein zukünftiger Schwiegervater. Er sieht respekteinflößend aus: korpulent, kahler Schädel, breite Nase und aus blaugrauen Augen ein scharfer Blick, dem nichts entgeht. Wenigstens trägt er keinen Schnurrbart wie die Polen meiner Kindheit, Janosch und Lech Walesa.

Gosias Mutter trägt sorgfältig frisierte hellgraue Haare und ein Kleid mit Blümchenmuster, das selbst meiner Großmutter zu altmodisch gewesen wäre. Ihre Figur dürfte man wohl mit «mehrgewichtig» beschreiben. Der Blick aus ihren wässrig-hellblauen Augen strahlt etwas Passiv-Aggressives aus. Sie spielt, wie ich von Gosia weiß, in der Familie nur eine Nebenrolle. Das Sagen hat der Vater. Gosia glaubt, alle Familien auf der Welt seien so, während ich keine einzige solche Familie in Deutschland kenne.

Gerade habe ich als Weihnachtsmann den artigen Janek etwas gefragt, auf Polnisch, und zwar, ob er gerade Niederländisch lernt: «Podobno uczysz się niderlandzkiego?» Da ich kein Polnisch spreche, auch nach dreieinhalb Jahren nicht, musste ich den Satz auswendig lernen, was mich mehrere Tage gekostet hat. Vorgesehen war, dass Janek an dieser Stelle einfach nickt oder *Tak* sagt (Ja). Ich hätte dann weitergemacht mit: «To prawda? Bardzo dobrze!» (Wirklich? Sehr gut!»)

Soweit das Skript.

Stattdessen hat Janek, der in einen Anzug gesteckt wurde, in seiner hellen Kinderstimme lang und breit auf Polnisch zu reden begonnen. Und nun endet er mit einer Frage, die ich nicht verstehe. Was tun? Nicken? Heftig den Kopf schütteln? Ignorieren? Zumal Herr Kowalski mich sehr angespannt ansieht. Als wäre irgendwas nicht in Ordnung mit der Frage.

Ich entscheide mich, lässig mit einem der wenigen polnischen Worte zu antworten, die ich noch von meinem ersten Polnischkurs 2014 in Krakau erinnere: «Oczywiście!» (Gesprochen: Otschiwischtschie.) Das bedeutet *Selbstverständlich*. Ich habe in meinem Leben bereits versucht, nach Englisch und Französisch noch weitere Sprachen zu lernen: Spanisch, Japanisch, sogar Swahili. Übrig geblieben ist in allen Sprachen «selbstverständlich», weil man es in Gesprächen mit Einheimischen so beiläufig verwenden kann: *naturalmente, mochiron, bila shaka, oczywiście*. Sie sind dann entweder beeindruckt, weil sie glauben, man spreche ihre Sprache fließend, oder sie lachen, weil es nicht passt.

Und so wie Janek mich jetzt aus seinen großen blauen Augen ansieht, während ihm eine blonde Engelslocke ins Gesicht hängt, und so entsetzt, wie sein Großvater mich anstarrt, bin ich wohl bei der zweiten Variante gelandet. Gosia versucht, mir mit Lippenbewegungen einen Hinweis zu geben. Aber ich habe meine echte Brille gegen die runde, leere Brille des Weihnachtsmannkostüms tauschen müssen; ich sehe ihre Lippen nur verschwommen. Nun hält Janek sich sogar die Hände vor den Mund, um nicht loszuprusten. Er ist zu wohlerzogen, um den heiligen Weihnachtsmann offen auszulachen. Um Gottes willen. Was hat er denn bloß gefragt? Und wie komme ich hier raus? Wie bin ich überhaupt hier reingeraten?

Mein Verhältnis mit Polen begann 2010 mit dem Buch «Viva Polonia» meines Freundes Steffen Möller, in dem er die Polen als emotional intelligente Familienmenschen mit feinem Sinn für Ironie schildert, die mit Blumen am Bahnsteig warten, Polonaise auf Abibällen tanzen, politisches Schubladendenken verabscheuen und sich ständig gegenseitig Komplimente machen. In so einem Land wollte ich leben.

Als Hamburg 2021 wegen Covid eine Ausgangssperre verhängte und Ungeimpften den Zutritt zu Buchläden verbot, suchte ich mir eine Wohnung in Warschau.

Drei Jahre und einige Affären später lernte ich Gosia kennen – auf der Ausstellung einer befreundeten Woll-Künstlerin in Mokotów, dem Kreuzberg von Warschau. Zwischen großräumigen Installationen aus dicker heller Wolle kamen wir ins Gespräch über die schwindende Bedeutung moderner Kunst, und es stellte sich heraus, dass wir beide Politikwissenschaft studiert und viel in Afrika unterwegs gewesen waren, sie für eine Hilfsorganisation, ich als Autor und Komponist. Nach zehn Minuten war mir klar, dass wir ein Paar werden würden: ihre schwarzlockigen Haare, ihre ruhige Beobachtungsgabe, ihre spöttischen Kommentare, ihr makelloses Englisch, ihre blitzenden Augen. Was ich erst viel später entdeckte, waren ihre komplizierten Familienverhältnisse.

Da war Pablo, der winzige, aufbrausende, pazifistisch-sozialistische spanische Vater ihres Sohnes, mit dem sie damals noch zusammenlebte – wie ich erfuhr, keineswegs in Warschau, sondern in Brüssel. Und da war Gosias Vater, erzkonservativ, grantig, sarkastisch. Für Herrn Kowalski waren unverheiratete Frauen Huren, Schwule hatten in Polen nichts verloren, und die Lösung des Ukrainekriegs lag auf der Hand: eine Wasserstoffbombe auf Petersburg, zwei auf Moskau, nebenbei eine geräuschlose Liquidierung Wladimir Putins durch ein Spezialkommando der polnischen Armee. Wenn man ihn nur machen ließe!

Es müssen anstrengende Familientreffen gewesen sein, mit Herrn Kowalski und dem spanischen Sozialpazifisten im Dauerclinch. Zumal Herr Kowalski in der Schule nur Russisch gelernt hatte, während Pablo als guter Spanier auch nach vielen Jahren in Brüssel nur wenige Brocken Englisch beherrschte. Das Schlimmste: Als Anarchist weigerte sich Pablo auch nach Janeks Geburt, Gosia zu heiraten. Für Herrn Kowalski eine Todsünde. Seine Tochter eine Hure!

Inzwischen war Pablo schon lange ausgezogen, zurück zu seinen Eltern, und es war an der Zeit, mich Gosias Vater vorzustellen. Sie hatte das seit Wochen vor sich hergeschoben. Nun war schon Dezember. Ich musste ihn bald kennenlernen, um bei der Bescherung am Heiligen Abend im Kreise ihrer Familie in Warschau dabei sein zu können.

Es war der zweite Advent, draußen schneite es wässrige Flocken, die sich umgehend in grauen Matsch verwandelten, und wir saßen im Museumscafé in Brüssel bei einem Cappuccino. Er kostete hier sieben Euro, weil die Mitarbeiter der EU-Kommission so gut verdienten. Zum Glück gehörte Gosias Hilfsorganisation auch dazu.

«Du willst bei der Bescherung dabei sein?», fragte sie so ungläubig wie missgestimmt.

«Ich muss doch irgendwann deine Eltern kennenlernen!»

Sie starrte auf die Tischplatte, knabberte an einem tiefrot lackierten Nagel – in Polen lackieren sich auch Feministinnen die Fingernägel – und sah mich dann kritisch an. «Also, erst mal wird das nur gehen, wenn du bei ihm um meine Hand anhältst.»

Ich stutzte. Hatte sie eben von Hochzeit gesprochen? Was für ein ungemein charmanter Heiratsantrag!

«Selbstverständlich», antwortete ich ohne rechte Überzeugung. Als Libertärer lehnte ich die Institution der Ehe ab, aber es war der falsche Zeitpunkt, das ausgiebig zu diskutieren.

«Was die Ukraine betrifft», begann sie.

«Kein Problem», beruhigte ich sie. «Im Gegensatz zu Pablo unterstütze ich die Waffenlieferungen an unsere ukrainischen Brüder mit vollem Herzen!»

Im Fenster posierte ein Weihnachtsmann mit blinkendem Bart, und auch in Brüssel war George Michael die unvermeidliche Untermalung aus den Bluetoothboxen.

«Sonst wäre ich ja auch nicht mit dir zusammen», murmelte Gosia. «Aber könntest du vielleicht verschweigen, dass du als freier Künstler kein festes Einkommen hast?» Ihr Blick bekam etwas Flehendes.

«Selbstverständlich.»

«Aber das größte Problem ...» Sie vermied direkten Augenkontakt, was bei ihr selten vorkam. «... ist natürlich, also, wie soll ich es sagen ...» Sie schlürfte auffällig lange an ihrem Cappuccino mit extraviel Zimt auf dem Schaum.

«Du bist Deutscher!» – «Aber mit dänischem Großvater!» – «Und du bist Atheist, Sören!» – «Na ja, nicht immer.» – «Und du hast keinen Führerschein!»

Sie seufzte. Langsam fragte ich mich, ob ich mit ihrem Vater wirklich besser klarkommen würde als Pablo. Auf keinen Fall durfte er erfahren, dass ich damals Zivildienst statt Wehrdienst gemacht hatte.

«Ich sehe nur eine Möglichkeit, wie du das Herz meines Vaters erobern kannst.»

«Nämlich?» Mir schwante Schlimmes.

Sie räusperte sich. «Du musst Heiligabend für Janek bei meinen Eltern den Weihnachtsmann spielen.»

Mir blieb das Herz stehen.

«Wie bitte? Den Weihnachtsmann? Aber Janek kennt mich! Wir waren doch schon fünfmal zusammen schwimmen!»

«Ich besorge ein Kostüm, in dem er dich nicht wiedererkennt. Mit langem weißem Bart.»

«Und ich spreche nur zwanzig Worte Polnisch! *Guten Tag, herzlich willkommen, ich weiß, ich verstehe, bitte einen Americano, danke schön, gute Nacht, schlaf schön, ich liebe dich, selbstverständlich!!*»

Zu meiner Verteidigung muss ich hinzufügen, dass Polnisch zu den fünf schwersten Sprachen der Welt zählt. Es hat sieben Fälle und zieht sich wie ein xenophober Schutzwall um das Land. Niemand erwartet hier ernsthaft von einem Ausländer, diese Ansammlung von Konsonanten und Zischlauten zu beherrschen. Seit 2014 habe ich zehn Anläufe unternommen. Auf Duolingo komme ich immer zu dem Satz *Jestem lwem, nie jestem tygrysem* («Ich bin ein Löwe und kein Tiger»). Dann breche ich den Kurs ab.

«Ich schreibe dir fünf Sätze auf, die lernst du auswendig.»

«Und wenn Janek anfängt, Polnisch zu reden, und mich was fragt?»

«Janek ist total schüchtern. Der wird nur nicken. Und mein Vater wird deinen Todesmut bewundern. Für ihn seid ihr ein Volk von Schwächlingen.»

Hallo? Wir hatten Martin Luther! Wir hatten Karl Liebknecht! Wir hatten Graf Stauffenberg! Zugegeben, das war länger her. Und wenn man sich Steinmeier, Scholz und Merz so ansah ... Sie hatte mich bei meiner Ehre gepackt. Ein Schwächling wollte ich bestimmt nicht sein.

Gosia schrieb mir den Text auf. Auf Deutsch übersetzt lautete er: *Ho, ho, ho...! Gibt es hier auch brave Kinder? Ich habe gehört, dass Janek heute hier ist. Stimmt das? Janek? Du lernst gerade Niederländisch? Und schwimmen? Und spielst*

Klavier? Stimmt das? Sehr gut! Es ist wichtig, dass du dich anstrengst. Komm, ich habe hier etwas für dich! Bitte, hier ist ein Geschenk! Ich lerne gerade Polnisch.

Es waren genau genommen mehr als fünf Sätze. Und vor allem, es war alles auf Polnisch. Ich lernte jeden Tag einen Satz. Beim Einkaufen, beim Schwimmen, vorm Einschlafen schwirrten die Sätze durch meinen Kopf. *Podobno uczysz się niderlandzkiego?*

Und dann war der Vierundzwanzigste da, ich stand in diesem Wohnzimmer, das aussah wie eine originalgetreue Replik eines Wohnzimmers einer Postbeamtenfamilie aus Pinneberg 1972, und plötzlich hatte ich diese Eingebung: Die Polen sind in ihrer Mentalität da, wo wir 1972 waren. Mit klaren Lebenszielen: Eigenheim mit Garten, zwei Kinder und Hund, Urlaub an der Ostsee, sparen auf den Kleinwagen, Überstunden, Zusatzjobs, Hausaufgaben. Kein Wunder, dass Polen bei Pisa und beim Wirtschaftswachstum so weit vor uns liegt.

Aber da hingen an der Wand noch die Bilder von Pablo: Pablo mit Gosia, Pablo mit ihren Eltern, Pablo mit Janek. Unter seinen Augen würde ich mich jetzt entweder blamieren – oder triumphieren. Würden sie dann seine Porträts durch meine ersetzen? Morgen war ein offizieller Besuch von mir geplant. Wenn heute alles gutging.

Und danach sah es gerade nicht aus. Janek hatte es eben geschafft, sich ein lautes Lachen zu verkneifen, und sah mich nun scharf an. Mit seinen sechs Jahren sprach er bereits fließend Spanisch (vom Vater), Polnisch (von der Mutter) und Französisch (von den Mitschülern).

«Mowisz po polsku?», fragt er mich vorsichtig. Das heißt: Sprichst du Polnisch?

«Troche troche» (ein bisschen), antworte ich. Und

dann fällt mir noch der letzte Satz meines Monologs ein: «Ja dopiero uczę się polskiego.» *(Ich lerne gerade Polnisch.)*

Janek überlegt.

«Hablas español?»

«Poco, poco», wiegele ich ab.

«Mais, peut-etre – tu parle français?»

«Oui, bien sûr!», gebe ich erleichtert zurück.

Dann erklärt mir Janek auf Französisch, dass Niederländisch eine drollige Sprache sei. Aber Mamas neuer Freund, der sei ja Deutscher, und er habe gehört, dass Deutsch dem Niederländischen sehr ähnlich sei. Deswegen würde er das jetzt fleißig lernen. Denn seine Mama habe ihm erklärt, dass der neue deutsche Freund bald bei ihnen einziehen werde.

Davon wusste ich noch nichts. Ich sehe, dass Gosia nervös wird. Am Blick von Herrn Kowalski kann ich zugleich ablesen, dass er glücklicherweise kein Wort Französisch versteht. Zu gern würde ich Janek jetzt über Gosias neuen deutschen Freund ausfragen. Was für eine Gelegenheit!

«I think Santa Clause has still many, many visits in front of him», greift Gosia beherzt auf Englisch ein, das Janek auch schon seit drei Jahren in der Schule lernt.

«Isn't it so, Santa?»

«C'est vrai», improvisiere ich. «Je n'ai pas beaucoup de temps. Alors, il y a tes cadeaux! Proszę, oto prezent!» (Ich habe leider keine Zeit – hier sind deine Geschenke!)

Ich hole lauter liebevoll eingepackte Geschenke aus meinem Sack, und Janek ist augenblicklich abgelenkt. Zumindest sieht es so aus. Oder er möchte es so aussehen lassen.

Noch während er auspackt, bugsiert Gosia mich beherzt zur Terrassentür. «So we say thank you, and have a great trip!»

Sie öffnet die Tür und schiebt mich in den Tiefschnee.

«Jetzt aber nichts wie weg!», flüstert sie.

Das war es also mit unserer Beziehung, sage ich mir traurig. Wäre ich nur einmal über *Jestem lew, nie jestem tygrysem* hinausgekommen!

Aber ich bekomme eine zweite Chance. Am nächsten Tag werde ich zum Weihnachtsessen eingeladen. Es gibt Pierogi, das polnische Nationalgericht: labbrige Teigtaschen mit einer ungewürzten Sauerkrautfüllung. Kein Wunder, dass es auf der ganzen Welt keine polnischen Restaurants gibt. Aber ich weiß auch, wie sehr die Polen ihre Pierogi lieben, und lobe die Kochkunst der Mutter über alle Maßen. Die lächelt und umarmt mich mit ihren hundert Kilo plötzlich fest. Wird Gosia in zwanzig Jahren auch so aussehen?

Anschließend werde ich vom Vater auf Herz und Nieren geprüft: keine Atomkraft? Keine Kohle? Dafür Muslime ohne Ende? Und Geschlecht nach Belieben? Was denn in uns Deutsche gefahren sei? Liege es daran, dass fast alle deutschen Politiker schwul seien?

Ich versuche, ihm das schwermütige deutsche Naturell zu erklären: Weltrettung, Schuldbewusstsein, der Staat als gütiger Gottvater.

«But now you have this one good party in Germany – the Alternative! Will you vote for them?», möchte er wissen.

Gosia versucht abzulenken, indem sie ihrem Vater ein Glas Wein anbietet. Er bevorzugt Bier und fragt mich, ob ich ihm erklären könne, warum polnisches Bier so viel besser schmecke als das deutsche.

«I have no idea», gestehe ich. «I don't drink beer. Neither Polish nor German.»

Er blickt mich so entgeistert an wie nach Janeks Frage gestern Abend. Gosia wirft mir einen Blick zu, den ich so verstehe, dass ich jetzt auf keinen Fall erwähnen soll, dass ich keinen Führerschein habe. Und mich der Armee verweigert habe.

Als Janek im Bett ist, bietet mir Herr Kowalski das Du an.

«I am Mihal», erklärt er und reicht mir die Hand.

«I am Sören.»

Sein Händedruck schmerzt. Ich verziehe keine Miene.

«Suren?»

Niemand hier kann meinen Namen aussprechen. Ich korrigiere nicht, ich nicke bloß.

«Suren», er erhebt sein Bierglas, «I tell you something. Your German fellows are cowards. But you are brave. You played Santa Clause in Polish. Although you don't speak Polish. When will you marry my daughter?»

Nachts frage ich Gosia, auf welche Frage von Janek ich ahnungslos mit «selbstverständlich» geantwortet habe. Ihr Vater habe so entsetzt geguckt. Und Janek musste losprusten.

Das sei doch ganz egal, ihr Vater sei begeistert von mir. Bis auf die Sache mit dem Bier. Ohne Bier sei man kein richtiger Mann. Und nächstes Mal müsste ich diese einzige gute Partei in Deutschland wählen, aber davon würde er mich noch überzeugen, nach der Hochzeit.

«Nee, sag doch mal!», beharre ich. Ich muss noch dreimal nachfragen. Dann stützt sie ihr Gesicht in die Hand.

«Also ... Janek hat erzählt, dass seine flämischen Mitschüler ihn alle damit aufziehen, dass er noch an den

Weihnachtsmann glaubt. Und sie würden behaupten, der Weihnachtsmann sei schwul. Ob das denn stimme.»

Ob das stimmt?

Selbstverständlich!

Anna Herzog

Das Really Terrible Orchestra

Wenn wir uns in der Adventszeit treffen, hat Julia glänzende Augen. Hingebungsvoll näht sie Kalender aus rotem Filz und alten Jeans und beglückt damit jeden, der sich nicht wehrt; sie beginnt im Spätherbst, Weihnachtskarten zu malen, und ruft bei den ersten Flocken an, falls tatsächlich mal Schnee fällt. Aber so richtig blüht sie auf bei vorweihnachtlicher Musik.

Julia singt in drei Chören mit. Weil sie im Hochparterre wohnt und weil ihre Fenster genauso altersschwach sind wie ihr Dackel, kann man auf der Straße am Programm ihrer Chöre teilhaben. Früher sang der Dackel erstaunlich tonsicher mit, inzwischen ist er taub.

Das wurde er ungefähr zu der Zeit, als Julia anfing, sich ein Cello zu leihen. Ich konnte ihn verstehen. Sagen wir es so: In seiner aktiven Phase als Sänger traf der Dackel die Töne besser als Julias Cello. Julia rechtfertigte sich damit, von allen Instrumenten würde sich das Cello am heftigsten dagegen wehren, gespielt zu werden. Man müsse mühsam herausfinden, wo die Töne liegen. Das könne Jahre dauern. Sie murmelte etwas von «zehn bis zwanzig».

Ich überlegte, ob ich die nächsten zehn bis zwanzig Jahre einen Bogen um ihr Haus machen sollte. Aber dann würde mich der Weg an dem Haus vorbeiführen, in dessen erstem Stock meine Schwester Flötenunterricht gibt.

Es ist schwierig, in unserer kultivierten kleinen Stadt der Musik zu entgehen – oder denen, die sie auszuüben versuchen.

Eines Tages erzählte Julia aufgeregt, ihr Cello-Lehrer habe ihr vorgeschlagen, in einem Orchester mitzuspielen. In unserer Stadt gibt es drei Laienorchester. Das ist eine Menge für empfindliche Ohren. Julia suchte sich eines aus, ging bebend hin und kam strahlend zurück.

«Wie?», fragte ich. «Du kannst mithalten?» Ich hatte ihr den ganzen Abend die Daumen gedrückt. Nun saßen wir in einer kleinen Bar bei einem Glas Rotwein (ich) und Maracujaschorle (Julia).

«Kein bisschen», sagte Julia.

«Ach, komm!»

Sie schüttelte den Kopf. «Die spielen alle schon Jahrhunderte zusammen, wie es aussieht. Und lauter schwere Stücke. Ich muss erst mal herausfinden, wie Orchester überhaupt geht.»

«Aber es scheint dir gefallen zu haben.»

«Oh, es ist soooo schön!» Ihre Augen leuchteten. «Mitten in diesem goldenen Gewebe von Tönen zu sitzen, in dieser harmonischen Einheit von Musik und ...»

«Darfst du denn mitspielen?», unterbrach ich. Julia lappt manchmal ins Poetische.

Sie seufzte glücklich. «Ich habe ihnen gesagt, dass ich nicht alle Töne spielen kann. Und sie haben geantwortet: Ach, wer spielt schon alle Töne? Solange ich nicht störe ...»

«Ach, das tust du bestimmt nicht!»

«Ich spiele einfach nur jeden zehnten Ton. Und bisher habe ich noch in keine Pause hineingecellot.» Sie atmete tief ein und aus. «Und das soll auch so bleiben.»

Von einigen Berufsmusikern hatte ich Klagen gehört, wie es zuginge in Berufsorchestern – mit Hauen und Stechen, Konkurrenz, Missgunst, Intrigen. In Laienorchestern wäre das wohl nicht der Fall. Das waren lauter Menschen, die aus reiner Liebe zur Musik zusammenkamen, nicht wahr?

Ich wies Julia auf das «Really Terrible Orchestra» hin. Ein Laienorchester, das sich zusammengefunden hat, weil seine Mitglieder ihr Instrument allesamt nicht beherrschten, aber unbedingt in einem Orchester spielen wollten. Für Konzerte engagieren sie einen professionellen Dirigenten, der in einem Dokumentarfilm über das Orchester bekennt, besonders gewöhnungsbedürftig sei es, wenn man einen Einsatz dirigiere, aber niemand einsetze. Ich war begeistert, Julia auch. Leider lebt und übt das Orchester in Schottland. Die wöchentlichen Flugkosten waren ihr zu hoch.

Also übte sie. Sie wurde schneller. Statistisch hatte sie sich rasch dazu vorgearbeitet, im Schnitt jeden achten Ton zu treffen. Bald wusste ich, wie der Dirigent hieß – Klau-Pie, eigentlich Klaus-Peter. Ich erfuhr, wann er verschlafen hatte, wann die Bratschengruppe nicht aufgetaucht war und deshalb die Trompete deren Stimme übernommen hatte. Wann der Dirigent sich im Takt vergriffen, die Flöten falsch eingesetzt oder die Ton-Trefferqualität der zweiten Geigen zu wünschen übrig ließ. Ich fand das alles sympathisch. Es war ein Laienorchester.

«Weißt du, was so anstrengend ist», fing Julia eines Tages an.

Wir standen an unserem liebsten Heiße-Schokolade-Stand auf dem Kopfsteinpflaster des Weihnachtsmarktes.

«Das Leben», grunzte ich mit Schlagsahne in der Nase.

«Also neben dem Im-Orchester-nicht-Auffallen, meine ich», präzisierte sie.

«Jeden siebten Ton anzupeilen statt jeden achten?»

Sie schüttelte den Kopf. «Im Kopf zu behalten, wer mit wem warum und wie verwandt und verschwägert ist.» Kleinstadt. Ich erwähnte es bereits. Julia schaute sich um und beugte sich vor: «Neulich habe ich zu einer Flöte gesagt, dass ich es lustig finde, dass der Dirigent uns alle wie Schüler behandelt, und dass ich das darauf zurückführe, dass er Lehrer ist.»

«Ja, das ist naheliegend.»

«Aber wie sich herausstellte, ist die Flöte mit dem Dirigenten verheiratet. Und ebenfalls Lehrerin.»

«Oh.»

«Eben. Sie spricht nicht mehr mit mir.»

«Oha!»

«Die Tuba – die ist sehr nett – hat mich zur Seite genommen und mir erklärt, wer mit wem ...» Julia wurde noch leiser.

«Uuuuund?» Jetzt beugte ich mich ebenfalls vor.

«Nicht so, wie du denkst. Aber da sitzen ganze Dynastien. Söhne, Töchter, Tanten, Onkel. Und wenn sie nicht miteinander verwandt sind, waren sie in derselben Grundschulklasse. Oder spielen seit Jahrzehnten zusammen Golf oder Tennis. Wie soll ich mir das bloß merken?»

Weder Julia noch ich sind in dieser Stadt aufgewachsen. Wir sind Großstädterinnen und bleiben es auch ein bisschen. Statt Golf spielen wir Doppelkopf oder Malefiz. Oder Cello. Oder PlayStation. Manchmal.

Weihnachten kam näher. In den Schaufenstern tauchten Konzertplakate auf. Julias Orchester lockte mit der Ouvertüre zu «Hänsel und Gretel». Das Jahr tat uns den

Gefallen, kalt zu werden, sehr kalt. Raureif lag morgens auf den Büschen, auf den eisernen Vorgartenzäunen, den Windschutzscheiben. Die schräge erste Sonne ließ die bepuderte Stadt glitzern. Glühweinduft begrüßte uns im Käseladen und beim Bäcker Zimt und Kardamom. Die lange Pfütze, der im Stadtpark tagelang alle ausgewichen waren, fror zu, und alles schlitterte – ob groß, ob klein, ob Hund.

Meine Schwester ermutigte ihre Flötenschülerinnen, am Rande des Weihnachtsmarktes zu quietschen und einen Hut aufzustellen. Wie überhaupt alle Kinder, die noch Geld für Geschenke brauchten, ihre Instrumente herausholten – Trompeten, Geigen, Ukulelen – und Weihnachtslieder spielten. Häufig war man nicht sicher, um welches Lied es sich handelte. Und ob es ein Weihnachtslied war. Oder überhaupt ein Lied.

Jedenfalls machte es allen viel Spaß. Viele blieben stehen, einige summten mit – ob das Lied nun erkennbar war oder nicht. Weihnachten ist das Fest der Liebe und der falschen Töne.

«Zwanzig Euro», sagte Julia und streckte mir eine Karte entgegen.

«Excuse me? Wofür das denn?»

«Für das Weihnachtskonzert unseres Orchesters», sagte sie und leuchtete aus ihrem Inneren wie eine schwedische Kerzenpyramide.

«Dafür kriege ich einen Platz in der Philharmonie!», rief ich. Sie hielt mir unbeeindruckt die Karte hin. Der hohe Preis, erklärte sie, stelle sicher, dass das Publikum auch auftauchte.

«Verwandte, Patentanten, Freunde werden zwangsverpflichtet», freute sie sich. «Los, nimm die Karte!»

Und dann, wenig später schon, ausgerechnet zu der Zeit, an der man an diesen frostigen hellen Tagen um keine Ecke biegen konnte, ohne von Weihnachtsmusik empfangen zu werden, verstummte Julia.

Ich begann, mir Sorgen zu machen, als ich den dritten Tag an ihrem Fenster vorbeiging, ohne das Cello zu hören. Das Weihnachtskonzert rückte näher und näher – warum übte sie nicht mehr? Krank war sie nicht. Sie hatte aus dem Büro ein Foto von ihrem pinken Weihnachtsstern geschickt.

An Tag vier klingelte ich an ihrer Tür. Julia und der Dackel öffneten. Beide sahen blass aus.

«Was ist passiert? Warum übst du nicht mehr?»

«Sie haben mich rausgeschmissen.» Dicke Tränen stiegen ihr in die Augen.

«Wie bitte? Kurz vor Weihnachten? Unmittelbar vor dem Konzert? Wie konnte das denn passieren?»

«Vor fünf Tagen, bei der letzten Probe. Als ich mich an das letzte Pult verziehen wollte, da setzten die sich plötzlich neben mich.»

«Wer ... die?»

«Zwei aus der Cellogruppe. Die sonst nie neben mir sitzen, sondern immer an den vorderen Pulten.»

«Jetzt setzen sie sich zwecks Kontrolle zu dir? Konzertüberwachung?»

«Ja, und dann habe ich schwitzend fünfzig Prozent erreicht. Im schnellen Satz etwas weniger, aber ein paar Töne waren es auch. Und die beiden haben kaum mit mir geredet, sie waren irgendwie ...»

«Abweisend.»

«Ja, und als dann am nächsten Morgen Klau-Fie anrief, da wusste ich schon, dass was nicht stimmte.»

«Er hat dein freiwilliges Engagement nicht verlängert.»

«Er hat gesagt, dass die Cellogruppe mich schon eine Weile beobachtet hätte und ... jetzt und ... na ja ... durchgefallen, ich brauche nicht mehr zu kommen.» Julia biss sich auf die Unterlippe.

«Aber das wussten die doch! Und wenn jeder achte Ton für ein anständiges Laienorchester zu wenig ist – wo ist denn die untere Grenze?» Ich zog tadelnd die Augenbrauen hoch.

Julia seufzte. «Ich glaube, die sagten so was wie ‹die Hälfte wäre schon schön›.»

Die Hälfte sollte stimmen? Das fand ich übertrieben. Ich puffte sie. «Selbst wenn du den Mindeststandards dieser ehrenwerten Gesellschaft nicht entsprochen hast – so geht man doch nicht mit Menschen um!» Ich schnaubte. «Kurz vor Weihnachten! Ich geh da hin und gebe Klau-Pie die Karte persönlich zurück!»

Julia beknabberte ihre Unterlippe.

«Oder weißt du was?», fiel mir ein. «Wir gehen zusammen hin und lassen deinen Dackel dort jaulen!»

«Nein, nein, die Musik liegt ihm nicht.»

Ich stupste sie mit dem Fuß an. «Dann nehmen wir alte Eier oder überreife Tomaten und asiatische Stinkbomben!»

Julia rollte gequält mit den Augen.

Aber wir gingen hin. Das Konzert fand in einer ausrangierten Kirche statt. Man strömte hinein, die Karten kontrollierten zwei Jugendliche («die Kinder von der Posaune», wisperte Julia). Wir rutschten auf zwei Stühle in den hinteren Reihen, die Ex-Kirche roch muffig, als wäre ihr mit dem heiligen Geist auch die Frische ausgetrieben worden.

Das Orchester zog ein, man trug Schwarz und einen wichtigen Gesichtsausdruck, Klau-Pie kam als Letzter und warf ein paar Küsschen in die Menge. Er war schlaksig und hatte sich – neben einem chrysanthemenweißen Hemd – für einen Drei-Tage-Bart und eine runde Brille in Frühlingsgrün entschieden.

Auf der Bühne wurden die Instrumente gestimmt, im Zuschauerraum hustete man, raschelte mit Bärchentüten, jemandem fiel der Gehstock wiederholt auf den Boden, und hatte ich da wirklich einen Pups gehört?

«Es ist eben auch ein Laienpublikum», zischelte Julia. «Da kannst du nicht so viel erwarten.»

Sie zeigte mir die beiden hageren Damen mit langen grauen Haaren, die sich neben Julia gesetzt und sie rausgemobbt hatten. Neben der jüngeren saß ein Junge mit dem ausdruckslosesten Gesicht, das ich je gesehen habe.

«Oh», flüsterte Julia überrascht. «Fraukes Neffe! Vielleicht war der auch ein Grund, mich rauszuschmeißen.»

«Vorfahrt für Verwandte!», flüsterte ich zurück.

Jetzt zückte Klau-Pie den Taktstock und ... es quietschte. Laut und vernehmlich. Ursache war die Eingangstür. Alle drehten sich um.

Ein junges Mädchen im grünen Feenkostüm über dem Wintermantel trat ein, mit ramponierten und rosa glitzernden H&M-Flügeln. Es störte sie wenig, dass alle sie anstarrten. Sie tappte die Reihen entlang und suchte offensichtlich nach einem Platz. Sie schien zu niemandem zu gehören, denn niemand rief sie zu sich, sie sah auch niemandem ins Gesicht. Sie mochte vielleicht zwölf Jahre alt sein, eine Fee am Rande der Pubertät. In der Hand trug sie etwas, das ... ja, war das etwa das Futteral einer Blockflöte?

Schließlich schien sie einen Platz gefunden zu haben. Klau-Pie verdrehte die Augen und setzte erneut an. Die ersten Takte der Ouvertüre von «Hänsel und Gretel» machten gleich überdeutlich, dass es sich um ein Laienorchester handelte und die Kirche kein Profi-Konzertraum war: Die Töne verschwammen zur Unkenntlichkeit zwischen den Säulen.

Und da passierte es. Es war eine winzig kleine, leise Orchesterstelle. Was hatte der helle Blockflötenton darin zu suchen?

Die Leute schauten irritiert, Klau-Pie am Pult erstarrte kurz und dirigierte dann weiter. Doch die Blockflötenklänge mehrten sich, und bald erkannten wir sie als «Hänsel und Gretel verliefen sich im Wald».

Unerschütterlich, komplett gegen das Orchesterstück und immer lauter, spielte das Mädchen mit den rosa Flügeln. Ich sah, wie sie auf ihrem Stuhl saß, etwas vorgebeugt, niemanden ansehend, an allen vorbeischauend, und die meisten begriffen nun: Es war eines der neurodiversen Kinder unserer kleinen, aber aufgeschlossenen Stadt.

Klau-Pie brach der Schweiß aus. Jemand versuchte, der kleinen Fee die Flöte wegzunehmen. Sie wehrte sich. Sie sprang auf und stellte sich an den Rand; und sie spielte und spielte, immer aufs Neue: Hänsel und Gretel verliefen sich im Wald, da war es finster und auch so bitterkalt.

Klau-Pie lief der Schweiß das chrysanthemenweiße Hemd herab und färbte es grau. Die beiden grauen Mobberinnen starrten verbissen in ihre Noten, aber ich sah auch mehrere Musiker grinsen.

Als der letzte, lange Ton noch breiartig durch die

Kirche waberte, stolperte das Mädchen nach vorne. Sie stellte sich vor Klau-Pie, und immer noch ohne irgendjemanden anzusehen, vollführte sie einen komplizierten Hofknicks, wobei sie beinahe umgekippt wäre.

Einige lachten, und alle klatschten, und man spürte: Viele klatschten dem ungewöhnlichen Mädchen zu. Julia im Speziellen so sehr, dass ihre Handflächen danach feuerrot waren.

In der folgenden Pause gelang es jemandem, die junge Künstlerin mitsamt ihrer Flöte vor die Tür zu geleiten. Julia und ich schlüpften kurze Zeit später hinaus. Der Flötenengel war schon nicht mehr zu sehen. Vermutlich wurde er gerade nach Hause gebracht.

«So gestört habe ich nie!», flüsterte Julia mir zu. «Ich war immer unauffällig.» Dann fing sie an zu grinsen, breit und immer breiter. Schließlich sagte sie: «Das war das schönste Weihnachtskonzert meines Lebens.»

«Darauf einen Glühwein!», schlug ich vor.

Ich hakte sie unter, und wir schritten in die Dunkelheit hinüber zum Weihnachtsmarkt. Es hatte ganz leicht angefangen zu schneien.

«Sag mal, deine Schwester unterrichtet doch Flötenkinder!» Julia schaute mich prüfend an. «Kann es sein, dass du dieses Mädchen vorher schon kanntest?»

Ich zog die Schultern hoch. «Nun. Nicht. Direkt.»

Julia hob ihre linke Augenbraue. «Aber indirekt?»

«So könnte man es nennen. Freust du dich über dein Weihnachtsgeschenk?»

Julia sah mich erst ungläubig an, dann fing sie an, immer breiter zu lächeln.

«Du, ich hab eine Idee!» Ihre Augen glänzten. «Vielleicht hat die Kleine Lust, wirklich in einem Orchester zu spielen. In einem Orchester, das wir gründen, nämlich ...»

«... im richtig schrecklichen Orchester der Kleinstadt B?», fiel ich ein.

Julia nickte begeistert. «Aber wen nehmen wir als Dirigenten?», sie tippte sich an die Unterlippe.

«Klau-Pie», schlug ich vor. «Folter unlimited.»

Wir hakten uns unter und liefen Richtung Glühweinstand, wobei wir möglichst laut (und möglichst falsch) «O du Fröhliche» sangen.

Das Orchester haben wir übrigens tatsächlich gegründet. Schauen Sie doch gern mal vorbei!

Oskar Beck

Wenn Fußballer besinnlich werden

Man muss keinem Fußballfan erklären, wer Guido Buchwald ist. Schon gar nicht uns Schwaben. Wir beten ihn an, unseren Spätzles-Maradona, seit er am 8. Juli 1990 im WM-Finale gegen Argentinien in Rom keinen Geringeren als Diego Maradona, den größten Fußballer der Welt, geteert, gefedert und dem Erdboden gleichgemacht hat.

Mitte der zweiten Halbzeit, nach einem weiteren verlorenen Zweikampf, hockte der Allmächtige entzaubert auf seinen vier Buchstaben, schüttelte verzweifelt den Wuschelkopf, klaubte zum Zeichen der Kapitulation sein letztes Englisch zusammen und stöhnte zu seinem Peiniger hoch: «You again?»

Buchwald war Weltklasse. Und am Ende Weltmeister.

Aber der glatte Wahnsinn ist Buchwald als Weihnachtsmann. Herausgestellt hat sich das beim Weihnachtskonzert 2024 im Stadion des VfB Stuttgart. Die versammelte VfB-Familie war fasziniert, ach was, «zu Apfelmus gerührt», wie der unvergessene OB Manfred Rommel zu sagen pflegte. Das lag weniger an den Stimmen von Andrea Berg, Vanessa Mai und Aisata Blackman, die fehlerlos «Stille Nacht, heilige Nacht» sangen – sondern an Buchwald, der urplötzlich aus der Tiefe des Raumes auf die Bühne vorstieß, mit einer Bibel in der Hand. Im roten Sessel nahm unser Schwaben-Diego Platz, blätterte sich geschwind zum Lukas-Evangelium durch und las virtuos vor, was sich anno Tobak im Stall zu Bethlehem abgespielt hat, hören wir kurz rein: «Und der Engel des Herrn sprach: Fürchtet euch nicht! Ich verkündige euch große Freude, denn euch ist heute der Heiland geboren. ihr werdet finden das Kind in Windeln gewickelt und in einer Krippe liegen.»

Das Stadion versank in andächtiger Stille. Den Menschen wurde warm ums Herz in diesem denkwürdigen Moment, in dem die Geburt Jesu einherging mit der Geburt Buchwalds als Weihnachtsmann. Sogar die abgebrühtesten VfB-Profis, die kurz zuvor noch ihren Gegnern vom FC St. Pauli die Knochen poliert hatten, gaben sich mit wässrigen Augen der Aura des Augenblicks hin, und die Stuttgarter Hymnus-Chorknaben sangen ergriffen «O Tannenbaum».

Angeblich lassen die Weihnachtsfeiern der Fußballvereine nach. Sie sprengen den Terminkalender und sollen demnächst in die Sommerpause verschoben werden. Gibt es bei den Kickern eine Krise der Besinnlichkeit? Mal sehen. Ich kann einen größeren Zeitraum überblicken und Langzeitbeobachtungen vom schwäbischen Bundesligisten beitragen.

Vor 25 Jahren kamen die Stars zu Weihnachten ins malerische Remstal, nach Weinstadt. Ohne den Mund zu voll zu nehmen, schwöre ich: Das ist der beschaulichste Flecken der Welt, ich bin dort geboren. Romantische Atmosphäre, mittendrin eine rustikale Mühle und charmante Fachwerkhäuser als Kulisse – wie gemalt für die perfekte Weihnachtsfeier. «Weinstädtle» hieß das Lokal.

Alle VfB-Helden waren da, mit Kind und Kegel, und Torhüter Eike Immel und Torjäger Fritz Walter scharrten schon mit den Hufen. Sie hatten vor, den Erfolgssong «Felicità» von Al Bano und Romina Power vorzutragen. Trainer Christoph Daum und Manager Dieter Hoeneß, musikalisch nicht minder begabt, waren bereits kostümiert. Sie wollten als Wildecker Herzbuben glänzen. Kurz: Alles sah prima aus. Doch schlagartig kippte der Abend.

Der Nikolaus hielt eine Rede. Eigentlich sollte er nur lustig sein, so war es ausgemacht. Er hätte problemlos den immer wieder gern gehörten Witz vom sparsamen Schwaben erzählen können, der sich, wenn er stirbt, nur bis zum Bauch einbuddeln lässt, um hinterher das Grab selbst pflegen zu können. Aber was tut dieser Komiker mit Rute? Blinzelt zur VfB-Präsidentengattin Margit Mayer-Vorfelder hinüber – und philosophiert nicht nur über deren betörende Attraktivität, sondern in peinlicher Detailversessenheit auch noch über ihre «schwarze Reizwäsche».

Aufruhr im Saal. «Pfui!», ruft Aufsichtsrat Hubert Schäfer. Die Luft wird dick. Die Empörung eskaliert. Der Präsident Gerhard Mayer-Vorfelder setzt ein Gesicht auf, wie man es letztmals erlebt hat, als er in der «Nacht der langen Messer» seinen Vorgänger Hans Weitpert weggeputscht und sich den Kampfnamen Mayer-Vorderlader verdient hat. Der Nikolaus türmt, die vereinseigenen Weihnachtsplaner hinterher. In die Requisitenkammer retten sie sich, darunter auch Trainer Christoph Daum, mit einer Flasche Wein im Arm, und wenn nicht alles erstunken und erlogen ist, hat er den anderen Wildecker Herzbuben mit einem gemeinen Augenjucken gefragt: «War der Redner deine Idee, Dieter?» Spät in der Nacht soll eine hektische Gestalt, unerkannt vom lauernden

Präsidenten, durch den Lichtschacht entkommen sein, wobei bis heute nicht geklärt ist, ob es Hoeneß war oder der Nikolaus.

So oder so: Es war einer dieser Abende, die aus dem Ruder laufen wie in «Weihnachten bei Hoppenstedts». Am Ende kippt der Christbaum um. Er will nicht mehr. Er kann nicht mehr.

Denn auch ein Baum ist nur ein Mensch. Fragen Sie Manuel Baum. Die Überschrift stand seinerzeit balkenhoch in der Presse: «In Schalke brennt der Baum!» Manuel Baum war dort Trainer. Schalke ist Religion, heißt es ja immer. Für den Sieg zünden die Schalker in ihrer Stadionkapelle Kerzen an, aber wehe, sie verlieren, dann zünden sie den Baum an. Manuel Baum war der erste Christ-Baum, der in der Bundesliga kurz vor Heiligabend entsorgt worden ist. «Der Baum nadelt», rechtfertigten sich die Schalker, ehe sie ihn fällten. Jeder normale Mensch legt sich an Weihnachten ein Geschenk unter den Baum, aber die Schalker haben sich den Baum unter den Baum gelegt. «Weihnachten ohne Baum!», schluchzte der Boulevard.

Und auch mit Baum können Weihnachtsfeiern im Fußball zum Heulen sein. Im Hotel «Baur au Lac» in Zürich standen vor ein paar Jahren die meistfotografierten Tannenbäume der Welt. Sie mussten als Hintergrund herhalten für die frisch verhafteten Funktionäre des Weltverbands. Die ehrenwerten Herren wollten dort nur feiern, aber dann wurden sie in aller Herrgottsfrühe im Rahmen einer Razzia aus dem Bett gerissen und mit Teppichen über dem Kopf abgeführt, im Kerzenlicht der Christbäume.

Weihnachten war immer schon für Schwalbenkönige, Elfmeterschinder und Vertragsbrecher die einzige Chance, drei Tage im Jahr in Ruhe darüber nachzudenken, wofür sie sich an den übrigen 362 Tagen schämen sollten. Weihnachten stimmt den abgezocktesten Profi milde. Falls die folgende Anekdote zu Stefan Effenberg nicht wahr ist, ist sie zumindest erstklassig erfunden. Bei der Bescherung soll Effe seinem Kleinen ein iPod unter den Baum gelegt und mit wässrigen Augen gesagt haben: «Schatz, vergiss nie, dass es auf dieser Welt noch Kinder gibt, die ihre Weihnachtslieder selbst singen müssen.»

Ungefähr um die Jahrtausendwende kam derselbe Effenberg, den man inzwischen «Tiger» nannte, als Kapitän des FC Bayern mit Cowboystiefeln und roter Lederhose zur Weihnachtsfeier. Als Franz Beckenbauer die Nase rümpfte, entthronte der Cowboy den letzten deutschen Kaiser mit dem Vermerk: «Ich komme, wie es mir passt.» Oliver Kahn, der Torwartpanther, trug um die Zeit zunehmend bunte Gewänder, und die Bayern waren froh, dass er zur Weihnachtsfeier 2007 nicht in einem Wickelrock aus der Südsee auftauchte. Stattdessen entfernte er sich früh, mit der Begründung, seine Tochter sei krank. Kurz danach wurde er in einer Disco gesichtet, in weiblicher Begleitung. Weil es sich dabei nicht um seine kranke Tochter handelte, soll ihm eine Bayern-Rechnung über 25000 Euro ins Haus geflattert sein, wegen Verstoßes gegen den Weihnachtsfrieden.

Drohen die Weihnachtsfeiern ihren Charme zu verlieren? Der immer engere Terminkalender kommt erschwerend hinzu. Bundesliga, DFB-Pokal, Champions League, Europa League, Länderspiele, PR-Termine, Werbefernsehen, Friseur. Und Fußballer müssen sich ja irgendwann auch noch ihre Tattoos stechen lassen. David Beckhams bedeutendste Tätowierung zieht sich vom Waschbrettbauch über Arme und Bizeps bis hinauf zum Hals und hinten wieder den Rücken hinunter. Für das Stechen eines solchen Tattoos benötigt ein Fußballer drei freie Tage am Stück. Es geht also nur über Weihnachten. Und er kann es sich ums Verrecken nicht leisten, unnötig Zeit unter den Glaskugeln seines Klubs zu vergeuden.

Der Kalender eines Kickers quillt über. Vor lauter Bällen, die ihm im Hamsterrad seines Berufs um die Ohren fliegen, sieht er den Heiligabend gar nicht mehr kommen. Blitzumfragen belegen, dass es neun von zehn Profis ergeht wie früher Franz Beckenbauer. Der wachte morgens auf und dachte an nichts Böses, bis ihm siedend heiß einfiel: «Ja, ist denn heut scho Weihnachten?» Der weitere Verlauf des Tages ist so heikel, dass wir nur hinter vorgehaltener Hand daran erinnern wollen: Der Kaiser kam einer Sekretärin des FC Bayern bei der Weihnachtsfeier so nahe, dass sie später seine Frau wurde. Denn die stille Nacht blieb nicht folgenlos, ein Christkind wurde neun Monate später geboren, und Papa Franz entschuldigte sich: «Irgendeiner muss ja was tun, wenn in diesem Land alle immer klagen, dass der Nachwuchs fehlt.»

Vielleicht war Beckenbauer der letzte Profi, der das Fest der Liebe noch beim Wort nahm. Heute fehlt den Fußballern die Zeit und die Lust, über den tieferen Sinn des Festes nachzudenken.

Es heißt, die schönste Weihnachtsfeier im Fußball habe nicht in der Bundesliga stattgefunden, sondern im Ersten Weltkrieg, an der Front in Flandern. Vom «Christmas Truce» ist in den Geschichtsbüchern die Rede, vom Waffenstillstand am 25. Dezember 1914. Die Soldaten auf beiden Seiten verließen ihre Schützengräben, sangen

Weihnachtslieder, zeigten einander Fotos von Frau und Kindern, und plötzlich warf ein Engländer einen Ball aufs Feld. Der britische Hauptmann Robert von Ranke-Graves war dabei. Er hat diese Erlebnisse in der Erzählung «Fairies and Fusiliers» später verarbeitet, und er hat behauptet, die Deutschen hätten 3:2 gewonnen.

Was glaubhaft klingt. Denn an Weihnachten waren die Deutschen meistens unschlagbar, auch in Friedenszeiten. Die DFB-Chronik verkündet für die Weihnachtstage: sieben Länderspiele, fünf Siege. Nur 1958 in Ägypten hat Bundestrainer Sepp Herberger mit seiner Truppe 1:2 verloren. Über den Abflug nach Kairo ist zu lesen: «Sie trafen sich am zweiten Weihnachtsfeiertag um 11:30 Uhr. An Bord war ein zusammenklappbarer Tannenbaum.» Später flogen auch Berti Vogts und Jürgen Klinsmann mit ihren DFB-Teams ohne Rücksicht auf die heiligen Feiertage um die Welt, Bangkok, Montevideo, Mexiko.

Vor allem der furchtlose Berti erfüllte sich kurz vor Heiligabend seine kühnsten Träume. Ich kann es bezeugen, ich war dabei. Die DFB-Weihnachtstour 1993 – Frühstück in Miami, Lunch in San Francisco, Dinner in Mexico City – ging ins Guinness-Buch der Rekorde ein. Für drei Freundschaftsspiele flogen wir 25 000 Kilometer durch die Welt, hart an der Schallmauer durchbrachen wir täglich neue Klima- und Zeitzonen und bestanden den Bettentest in diversen Top-Herbergen.

Der sinnvollste Bestandteil der Reise war der Rasentest. «Der amerikanische Ball», wunderten sich Kapitän Lothar Matthäus und Torwart Andy Köpke, «ist weicher, der Boden härter.» Andere Länder, anderer Luftdruck. Auf dem Heimflug aus Mexico City am Tag vor Heiligabend schenkte mir Vogts ein Interview. Er sprach über die dünne Luft im Aztekenstadion und über die dicke Luft zwischen Spielern und Journalisten. Der DFB hat die Adventsreisen dann eingestellt – und die Weihnachtsfeiern den Klubs überlassen.

Deren Begeisterung lässt nach. Mitunter wird das Fest schon auf den 1. Advent vorverlegt oder in den Januar verschoben. Gut informierte Zukunftsforscher rechnen mit einem baldigen Probelauf in der Sommerpause. An die Idee, die Weihnachtsfeiern ganz abzuschaffen, wagt sich allerdings bisher kein Klub heran – zu lähmend ist die Ungewissheit, was die Spieler treiben, wenn man sie über die Feiertage sich selbst überlässt.

Wie böse das enden kann, hat der FC Bayern in der Weihnachtszeit 2018 in Gestalt seines Flügeldribblers Franck Ribéry zu spüren bekommen. Der Franzose schickte aus dem Luxusrestaurant «Nusr-Et» in Dubai ein Video um die Welt, wie er sich als anspruchsvoller Gourmet ein mit Blattgold paniertes Steak einverleibt. In Juwelierkreisen und an der Rohstoffbörse wurde es auf einen Fleischmarktwert von 1200 Euro taxiert. Prompt kursierten im asozialen Netz die Vorwürfe: dekadent, abscheulich, unappetitlich. Ribéry hat sie mittels einer zündenden Weihnachtsbotschaft an alle Neider und Hungerleider auf seine Art blitzschnell entkräftet (jetzt bitte kurz weghören): «Fickt eure Mütter, eure Großmütter und euren ganzen Stammbaum.» Das wünscht sich kein Klub, dass sich seine Leistungsträger und der kleine Mann auf den billigen Plätzen zu Weihnachten auseinanderleben.

Mein Hausverein war sich darüber immer im Klaren: Um die Millionäre in kurzen Hosen auch im Advent im Auge zu behalten, gibt es nichts Besseres als die heimische Weihnachtsfeier. Auch nach dem Skandal im «Weinstädtle» ging es tapfer weiter. Nur halt ohne Nikolaus. Der Präsident Mayer-Vorderlader hat die Reden fortan lieber selbst gehalten. Ich erinnere mich an das Fest 1995. Der Abend begann still, harmonisch und vielversprechend. Der Vortrag des Präsidenten hatte Tiefgang, das Festmenü im Dekra-Saal in Stuttgart-Möhringen entpuppte sich als kulinarischer Leckerbissen, und keiner vermisste den Nikolaus.

Bis plötzlich Axel Kruse auf die Tanzfläche stürmte. Er war damals Torjäger und berühmt und berüchtigt für seine ungestüme Art der Attacke. Beim VfB nannte man ihn den «eingesprungenen Doppel-Axel», seit er in einem Pokalspiel gegen Kaiserslautern im hohen Bogen den Schiedsrichter Hans-Joachim Osmers angesprungen und dermaßen umgenietet hatte, dass der arme Kerl sich «wie ein Osterhase» (Kruse) überschlug und der Ungestüme danach zehn Spiele Sperre absitzen musste.

Diesmal steuerte er nun, das Tanzbein schwingend, voller Lust und Lebensfreude auf Isabella Fringer zu, die Frau des damaligen VfB-Trainers, und ging zur leidenschaftlichen Tuchfühlung über. Die zwei zauberten wie in «Saturday Night Fever» ein feuriges Duett aufs Parkett, und Kruse eroberte alle Herzen mit Hüftschwüngen. Der Saal kochte. Der Saal tobte. Der Saal wollte mehr. Sogar Rolf Fringer wäre um ein Haar ein Lachen gelungen, aber es ist dem Trainer doch im Hals stecken geblieben. Kurz danach hat er den VfB und die Stadt jäh verlassen, samt Gattin. Befürchtungen, das Fest der Nächstenliebe könnte ausgehen wie später bei Beckenbauer, haben sich als abwegig herausgestellt, und man musste Kruse nicht für weitere zehn Spiele aus dem Verkehr ziehen.

Allerdings hat der VfB seine Weihnachtsfeiern danach weiter entschärft. Sie laufen inzwischen als unbedenkliche Weihnachtskonzerte, frei ab 6, ohne Nikolaus, ohne Tanz, ohne Doppel-Axel. Auf die Bühne dürfen jetzt nur noch Handstand-Akrobaten, Clowns und besinnliche Chorknaben, die «Stille Nacht, heilige Nacht» singen.

Und Guido Buchwald liest aus der Bibel vor. Die Besinnlichkeit kehrt zurück.

Lisa Bullerdiek

Vor der Rückfahrt

Ich kann nicht Auto fahren. Das fällt mir eigentlich nur einmal im Jahr auf, und zwar an Weihnachten. Genauer gesagt, am 23. Dezember, denn dann erledige ich die Weihnachtseinkäufe für meinen Vater.

Es gibt Raclette an Heiligabend. Für Raclette braucht man zuallererst Käse, dann Kartoffeln, Brot, Gemüse aller Art, Schinken und noch ein paar obskure Konserven, gefüllt mit eingelegten kleineren Versionen dieses Gemüses.

Also muss ich jedes Jahr am 23. Dezember mit dem Auto zum Rewe in Bremen, Horn-Lehe. Damit ist schon das ganze Problem beschrieben.

Meine Stiefmutter sagt, ich müsse einfach nur eins werden mit dem Ding. Das hilft mir. Und zwar ungefähr so, wie ein Hundebesitzer hilft, wenn er mich warnt, dass sein Hund Angst spüren kann. Ich kann ja nichts für meine Angst vor Hunden oder vor Autos. Und eins mit der Maschine fühle ich mich schon gar nicht.

Wegen dieser spirituellen Trennung zwischen mir und dem Auto läuft es in der Regel am 23. Dezember so ab: Der Weg von meinem Vater zum Rewe ist noch ganz okay. Denn der ist kurz. Aber um auf den Parkplatz zu kommen, muss man durch eine Schranke. Die Schranke befindet sich an einem Hügel. Ich muss an einem Hügel anhalten und dann leider auch wieder anfahren. Theoretisch müsste ich dazu (glaube ich) die Kupplung kommen lassen, leicht Gas geben, dann die Handbremse im perfekten Moment lösen und dann noch ganz elegant einen Parkplatz finden, perfekt einparken und dabei weder Kinder noch alte Frauen umnieten. Und sonst auch niemanden. Aber bei alten Frauen und Kindern wäre es besonders ärgerlich.

Praktisch läuft es so ab, dass ich das Auto an dem Hügel achtmal abwürge, während hinter mir die anderen, die harmonischen Auto-Fahrer-Duos, Abgase in die Luft pusten. Auf dem Parkplatz bin ich dann so eingeschüchtert, dass ich keinen Parkplatz finde, geschweige denn sozial akzeptabel einparken kann.

Ich habe es noch nie geschafft, auf diesem Parkplatz nicht mindestens fünf Menschen gleichzeitig gegen mich aufzubringen. Der Hass auf mein Auto, auf mich als Person und auf diese ganzen unfähigen Mittzwanziger, die nicht mal vernünftig Auto fahren können, sorgt für festliche Einigkeit.

Bereits in den Wochen vor Weihnachten frage ich mich vor dem Einschlafen, welches Pedal noch mal die Kupplung ist. Und dann ist schon der 22. Dezember.

Den Weg von Berlin nach Bremen kann ich noch mit meinem liebsten Verkehrsmittel zurücklegen: dem Zug. Auch wenn es schwerfällt, diese Liebe ist unerschütterlich. An diesem Tag ist der Regio-Wagen zwischen Hannover und Bremen bis unter die Handgriffe an der Decke gefüllt. Die Scheiben sind so verstaubt, dass sie angeröstet aussehen. Es riecht nach warmem Plastik, und ich hoffe, dass das nur die Winterjacken sind und kein Plastikriemen, der den Zug am Entgleisen hindert.

Trotzdem ist es schön. Neben mir verpackt ein Student etwas aus Wolle in blauem Geschenkpapier. Er hat nicht viel Übung und beschwert die Falze im Papier mit seinem Feuerzeug und seinen Kopfhörern. Irgendwann, vielleicht in 15 Jahren, wird er mühelos mit drei ausgestreckten Fingern das Papier halten und mit der anderen Hand Klebeband abreißen können.

Das mag ich am meisten am Zugfahren: dass man mit anderen Leuten eingesperrt ist. Im Zug von Glasgow an die Westküste von Schottland weinte etwa die Hälfte der Menschen in meinem Abteil beim Anblick der Highlands. Ich weinte dann wegen der weinenden Menschen.

Im Auto ist man allein. Und selbst wenn man nicht auf sich gestellt ist, kann man trotzdem nicht auf die anderen achten und darüber nachdenken, für wen der Student wohl den Schal einpackt. Im Auto kann ich mich nur auf die Maschine konzentrieren. Jedes Mal, wenn ich den ersten Gang einlege, denke ich, dass manche Menschen nicht für diese Art des Reisens gemacht sind. Bei mir war es von Anfang an schwierig: Mein erstes Mal Autofahren war auch meine erste Fahrerflucht.

Meine Eltern hatten damals die Idee, mit mir und meiner Schwester auf den Verkehrsübungsplatz zu gehen, also auf eine eingezäunte Mini-Version einer echten Straße mit ein paar Schildern, Ampeln und einem winzigen Parkplatz. Von diesem Parkplatz rollte ich zuerst nach hinten, dann im ersten Gang ganz langsam um die Kurve. Zwanzig Meter vor mir schaltete eine Ampel auf Rot. Ich bekam Panik. Ich wollte bremsen und trat aufs Gas. Rammte den armen kleinen Fiat mit so einer Wucht in die Absperrung, dass ein Schild im 45-Grad-Winkel verbogen wurde und die Autotür danach ausgetauscht werden musste.

Zum ersten Mal habe ich damals das mittlerweile vertraute Zittern in meinem Fuß auf der Kupplung gespürt. Meine Eltern zwangen mich, noch eine Runde um den Platz zu drehen. «Sonst fährst du nie wieder.» Ich fuhr eine klägliche Runde im ersten Gang. Dem Platzwart erzählten wir nichts.

Ein paar Jahre später machte ich den Führerschein und bestand beide Prüfungen ohne einen Fehler, was eine große Ungerechtigkeit ist, wenn ich an meine souverän fahrenden Freunde denke, die mindestens einmal durch die Prüfungen gefallen sind.

Wir rollen im Hauptbahnhof ein. Der Strom aus Menschen trägt mich und meinen Koffer aus dem Zug, die Treppe herunter, vor die automatischen Türen, die sich in Bremen nie vollständig öffnen. Irgendwas ist immer kaputt.

Draußen wartet mein Vater. Ich erzähle von der Fahrt. Er lenkt das Auto langsam. Manchmal fasst er daneben. Mein Vater hat auch keine gute Verbindung zu der Maschine. Er habe mich schon bei der Versicherung angemeldet, sagt er, bevor wir aussteigen. Aber noch sind keine Pedale unter meinen Füßen.

Zu Hause schleppe ich den Koffer in mein altes Kinderzimmer unter dem Dach. Später am Abend werde ich ein Bier trinken (Haake, nicht Beck's) und dabei meine Sachen durchwühlen, die Tagebucheinträge meines 12-jährigen Ichs lesen und die alte Kleidung anprobieren. Ich werde nicht fassen können, wie kurz meine Röcke damals waren.

Aber jetzt werde ich erst mal abgeholt, von meiner alten Freundin. Sie hat mit ihrem Auto einen orange leuchtenden Raum auf dem Wendeplatz errichtet. Als ich einsteige, umarmen wir uns über den Schaltknüppel. Sie riecht noch genau wie früher, aber jetzt kann sie fahren, und zwar wirklich, nicht so wie ich. Sie rollt los, hält sich an das Schritttempo-Schild, schaltet in der Kurve elegant hoch.

Wann sind wir zu Menschen geworden, die Auto fahren? Und das regelmäßig? Sogar zur Arbeit? Wie sie jetzt gerade in den Spiegel guckt, ergänzt mein Bild von ihr. Es gesellt sich zu ihrem versteckten Lächeln, wenn sie früher eine gute Note hatte und es dann niemandem erzählt hat. Und wie sie früher Fahrrad gefahren ist: mit maximal zwei Fingern und ihrem baumelnden Helm am Lenker.

Wir treffen uns mit den anderen in dem Café, in dem wir früher in der Mittagspause heimlich Aperol getrunken und in der anschließenden Theater-Schulstunde auf einmal gut gespielt haben.

Während wir unsere Baguettes essen, fällt mir auf, dass eine Freundin von mir die Neuigkeit noch nicht gehört hat. Wir haben uns jahrelang nicht gesehen. Ich krame in meinem Portemonnaie und klatsche meinen Führerschein vor ihr auf den Tisch. «Ha!» – «Hast du es endlich geschafft?», fragt sie und nimmt die kleine Plastikkarte in die Hand, betrachtet mein 22-jähriges Gesicht, das sie verpasst hat, weil sie weit weg war, in Amerika. Ich bin die Letzte aus dieser Gruppe, die ihren Lappen bekommen hat.

Nach drei Stunden ist mein Oberkörper durchgefroren, meine Füße hingegen sind heiß, wegen der Wärmeleuchten, die sie vor zwei Jahren hier unter den Tischen eingebaut haben.

Meine Freundin fährt mich zurück, danach gucke ich mit meinem Vater Fernsehen, das Haus um uns wummert. Das tut es jetzt immer, seit es leerer ist.

Vor dem Einschlafen frage ich mich, ob ich mich beim letzten Mal angeschnallt habe.

Und nun ist der 23. Dezember. Wie immer wache ich hier zu spät auf. Mit fünfzehn waren meine Knochen schwerer als heute. So schwer wie der Autoschlüssel meines Vaters in meiner Hand, als ich zum Parkplatz gehe: vorbei an dem Baumstumpf, der früher ein ganzer Baum und mein Ausguck war, vorbei an dem Stück Asphalt, auf dem der eine Nachbarsjunge so dumm gefallen ist, dass er sich Elle und Speiche brach. Sah aus wie ein zweiter Ellenbogen.

Dann der Wendeplatz. Ich sitze im Auto. Auf der Fahrerseite. Der Autositz ist gemütlich. Der will mich austricksen, denke ich. Ich betrachte die kleinen Knöpfe, Regler und Lichter im Armaturenbrett des Mercedes. Eigentlich ist es ein Privileg, dass ich Auto fahren darf, denke ich. Meine Oma erzählte immer, dass der späte Führerschein mit 31 ihre Rettung war, Freiheit. Ich stelle die Spiegel ein. Und dass ich für meinen Vater an Weihnachten einkaufe, ist natürlich auch schön. Ich kümmere mich.

Wenn ich es schon geschafft habe, Weihnachten zu romantisieren, dann werde ich jetzt nicht am Autofahren scheitern. Die Gangschaltung ist raus, die Kupplung durchgedrückt, die Handbremse noch drin. Ich stecke den Schlüssel ins Schloss. Es klingt, als würde ein getrockneter Zweig zerbrechen. Erst erwacht der Motor unter meinen Füßen zum Leben, dann eine Viertelsekunde später der Bildschirm. Die Sitzheizung beginnt hinterm Rücken zu glimmen. Ich löse die Handbremse. Ich lege den Gang ein. Lasse die Kupplung kommen.

Hilfe. Abgewürgt. War der dritte Gang. Jetzt mache ich

es aber richtig, lege den ersten Gang ein, hebe meine Zehen ganz vorsichtig an, und wir rollen. Ich war noch nie so froh, dass in dieser Straße Schritttempo gilt. Ich muss nicht hochschalten und schleiche bis zur Hauptstraße. Hier wird es schwierig, aber wie ein Profi, und weil gerade kein anderes Auto um die Kurve kommt, gebe ich ein kleines bisschen Gas, trete die Kupplung durch, ziehe den Schaltknüppel in einem Rutsch zu mir, lasse die Kupplung kommen und lenke dabei auch noch. Anscheinend kann ich doch Auto fahren. Dieses High kenne ich schon. Diese Leistung, allein mit ein paar Gesten Hunderte Kilo Metall zu bewegen. Es ist magisch.

Die Straßen sind leer. Man könnte sagen: verdächtig leer. Aber ich muss das jetzt als gutes Zeichen deuten. Die Streber haben schon eingekauft. Es bleiben nur noch die schludrigen Langschläfer, die sich auch mit dem zweitbesten Gemüse zufriedengeben. Jetzt sind nur noch diejenigen auf den Straßen, die sich in den Wochen vor Weihnachten gefragt haben, wo die Kupplung ist. Wir lassen uns von dem Stress nicht anstecken, wir haben schon genug davon.

Ich trete zum vierten Mal die Kupplung durch und schalte in den dritten Gang. Hier gilt Tempo 30, aber niemand hält sich dran, außer mir. Hinter der blauen Tanke muss ich nach links abbiegen. Das Aral-Schild schimmert wie eine nassere Version des Himmels, und wieder ist niemand im Weg. Ich ziehe also den Fuß vom Gas, schalte runter, fahre um die Kurve und bin dann so langsam, dass die Bremsschwelle (dieses Wort musste ich googeln) der Autounterseite nur eine winzige, fast liebevolle Kopfnuss verpasst.

Jetzt nur noch geradeaus. Auf dem Gehweg laufen Eltern mit ihren in sternförmigen Schneeanzügen gekleideten Kindern. Der Laden, in dem ich an jedem Mittwoch nach der letzten Mathestunde Crêpes gegessen habe, ist auch noch da. Immer wenn ich daran vorbeikomme, muss ich daran denken, wie sich mal eine Laus von meinem Kopf in die Knoblauchsoße vor mir gestürzt hat. Zwei Männer tragen einen Weihnachtsbaum die Straße entlang, der Baumstamm wippt ganz leicht auf und ab.

Ich bin jetzt nur noch 200 Meter von der verfluchten Schranke und dem noch verfluchteren Hügel entfernt, aber hinter mir ist niemand. Wenn das so bleibt, habe ich gute Chancen. Ohne sozialen Druck lässt sich der mechanische Druck besser bewältigen.

Ich fahre den Hügel hoch, den nur Bremer einen Hügel nennen würden. Unser höchster Gipfel ist der Müllberg im Blockland mit stolzen vierzig Metern.

Und nun bin ich schon oben. Bremse. Gang raus. Handbremse.

Jetzt fährt doch hinter mir ein Golf um die Kurve. Mist. Darin sitzt ein Mann. Und noch schlimmer: ein Mann, der aussieht, als würde er noch schnell den rettenden Alkohol für das Fest kaufen und als hätte er ganz sicher keine Geduld für das, was ich jetzt mit meinem Auto anstellen werde. Nicht ideal.

Mein Zwerchfell hebt sich zweimal schwerfällig. Meine schwitzige Hand umfasst den Schaltknüppel. Mein Fuß zuckt auf der Kupplung. Mein anderer auf dem Gas. Die Schranke öffnet sich. Beide Füße arbeiten stärker in entgegengesetzte Richtungen. Der Motor surrt. Meine Hand zieht die Handbremse nach oben. Lässt sie los. Das Auto ruckelt, sirrt, ächzt – aber dann fährt es. Es fährt am Schrankengehäuse vorbei. Lenkt sich über den Parkplatz.

In eine Parklücke. Irgendein Geist hat von mir Besitz ergriffen, vielleicht der meiner Oma.

Ich drehe mich Richtung Fahrertür, stelle meine Füße auf den göttlich unnachgiebigen Asphalt, stehe auf und knalle die Tür zu. Beim Gang zum Häuschen der Einkaufswagen erinnert mich der Wind daran, dass ich endlich nicht mehr in einer rollenden Todeskiste gefangen bin.

Die Luft im Supermarkt ist nicht zu warm. Die Silberzwiebeln sind noch nicht ausverkauft, sondern schwimmen schimmernd in ihren bezaubernd kleinen Gläsern. Ein Vater wirft seine Tochter zwischen den Äpfeln und Birnen in Zeitlupe in die Luft. An der Käsetheke wünscht mir eine ältere Dame erhaben «ein fröhliches Weihnachtsfest». Die Verkäuferin drückt mir ein Stück Bärchenwurst in die Hand. Ich bin so sehr im Reinen mit mir, dass ich zum ersten Mal in meinem Leben auf den Text von «Last Christmas» achte und ihn ehrlich berührend finde. Während ich beim Weinregal die angenehm rauen Etiketten befühle, erreicht meine Seligkeit ihr Maximum.

Ich drehe mich zur Kasse. Alle vier Räder meines Einkaufswagens gleiten ohne Probleme über den sauberen Boden. An der Kasse ist die Schlange nicht zu lang oder zu kurz, sodass ich die Einkäufe der anderen in Ruhe studieren kann: Bockwürstchen, Senf, Raclettekäse, Schokoweihnachtsmänner, Champagner.

Meine Augen ruhen auf den makellos klaren Scheiben und wandern dann zum Parkplatz dahinter. Muss ich eigentlich noch zurückfahren?

Julius Katins

Unter Clownsköpfen

Obwohl ich die Hände in den Jackentaschen vergrabe, kann ich die Finger nicht spüren. Den Kopf ziehe ich ein, damit der Schal enger am Hals liegt. Meine Vorfreude verschwindet im Schneegestöber. Vorm Bürogebäude wartet jemand und winkt.

«Da sind Sie ja!», ruft Kollegin Romberg, als ich vor ihr stehe. «Dann können wir ja endlich reingehen!»

«Ja», raune ich, um die Gesprächslautstärke auszugleichen.

«Ist kalt hier draußen, oder?!», ruft sie und schließt die Tür auf.

«Ach», sage ich, «die Dreiviertelhose hätte gereicht.»

Frau Romberg geht voraus und verschwindet in der Dunkelheit. Ich schalte am Stromkasten das Licht an und folge ihr durch den schmalen Gang. Als ich ins Büro komme, steht die Kollegin schon auf ihrem Schreibtisch. Wie der Weihnachtswichtel des Monats balanciert sie zwischen Maus, Tastatur und Telefon und pinnt eine Girlande an die Wand.

Aha, die Kollegin hat ihre Brille vergessen. Von der Girlande grinst eine Reihe Clownsköpfe. Oder wird Rudolf um die rote Nase weiß geschminkt? Auch die grüne Perücke trägt er doch sonst nicht.

«Sind Sie sicher», traue ich mich zu fragen, «dass das nicht die Karnevals-Deko ist?»

«So», sagt sie. «Nur das noch, und das da.»

Sie wird es schon wissen. Als Abteilungsurgestein ist das nicht ihre erste Weihnachtsfeier. Und wenn nach 45 Dienstjahren 44-mal die richtige Girlande hängt, ist das immer noch eine starke Bilanz.

«Wo habe ich nur ...» Sie beugt sich zum Korb hinunter und beginnt zu wühlen. Ich gehe mal Richtung Küche, um Gläser und Teller zu holen.

«Ja! Da ist es doch!», tönt es. «Aber warum so zerknittert?»

Mit regelmäßigen Intervallen halber Gedankengänge füllt sie den Raum.

«Letztes Jahr war das ... Ich wollte auch noch ... Ja, das müsste es ...»

Im Schrank über der Arbeitsfläche stehen drei einsame Teller. In der Besteckschublade ruht neben einem stumpfen Schraubenzieher nur die abgelaufene Packung Aspirin. Wo sind Besteck und Geschirr? Lief nicht die Spülmaschine schon Freitagmorgen? Wenigstens die Sektgläser warten an ihrem Platz, rechts von der letzten verbliebenen Tasse, mit der Aufschrift «Mein Kaffee ist stark, meine Geduld nicht».

An der Spülmaschine klebt ein neuer Zettel: «Ausräumen erlaubt!!!»

Ich ziehe sie auf. Die Energie des Zettelschreibers hat nur bis zum Ankleben der Nachricht gereicht. Vom Haken neben dem Kühlschrank nehme ich einen Lappen und beginne, das Geschirr abzutrocknen.

«Uiuiuiuiuiuiui!» Das ist wieder Frau Bomberg. «Gleichhhh ... Wun-der-bar!»

Zu den Clowns haben sich mittlerweile Geschenkanhänger mit stilisierten Geburtstagstorten gesellt. Na ja, immerhin feiern wir an Weihnachten ja wirklich Geburtstag. Nur das Alter, in der Girlanden-Mitte, stimmt nicht ganz, 45. Aber das wird Jesus nicht persönlich nehmen.

Frau Romberg ist zum Adventskranz gelangt. Die Kerzen hat sie korrekt gezählt.

«Wie viel Uhr ist es eigentlich?», fragt sie, als ich das Tablett auf meinem Schreibtisch abstelle.

Ein Blick zur Wanduhr. «Siebzehn Uhr fünfzig.»

«Ah, siebzehn Uhr fünfzig!»

Es klopft.

Draußen steht Herr Lünte, die schneefeuchte Bommelmütze bis unter die Augenbrauen gezogen. Neben ihm etwas Grünes.

«Moin», sagt er, «magst du mal die Tanne nehmen?»

Schon ist er an mir vorbei. Der meterhohe Plastikbaum bleibt vor mir und tropft. Hinter mir hat Frau Romberg Herrn Lünte entdeckt: «Ah, der Mann der Stunde!» Er ist der Leiter des Feierplanungskomitees. «Bettina! Wie schön, die Girlanden! Sind das Clownsköpfe? Gute Idee!»

Als ich den Baum am Stamm fasse, folgt nur der obere Teil dem Zugriff. Aha. Den unteren muss ich mit der anderen Hand nehmen. Jetzt bleibt der Ständer zurück. Ach so. Man nennt es auch Dekonstruktion.

Bald treffen Herr Doppelmeyer und Frau Keller ein. Zur eingeschränkten Freude aller Kollegen ist auch Frau Kellers demnächst kindergartenreifer Sohn Julian dabei, der sich als erste Festhandlung in ein Flugzeug verwandelt, die Arme ausfährt und mit lauten «Fffcchhuuuuu»-Rufen die Schreibtische umkurvt.

«Vorsicht mit der Tanne, Liebling», mahnt Frau Keller und meint die beiden Hälften und den Ständer des Baumes, die ich nach Größe geordnet neben Herrn Lüntes Platz gelegt habe.

Wir schieben die Schreibtische an die Fensterseite des Raums, unter die Girlanden. Hier soll das Büfett entstehen.

Zuletzt trifft Herr Sperber ein, frisch aus dem Urlaub, ungebräunt. Nur der Ziegenbart ist frisch getrimmt.

«Ah, der Ur-lau-ber!», ruft Herr Lünte und wischt sich den Schweiß von der Stirn. Er baut gerade einen ovalen Stuhlkreis in der jetzt freien Mittelfläche. «Erzähl! Wie war's?»

«Zu kurz!», sagt Herr Sperber.

«Ha! Wie immer!», fällt Frau Romberg ein.

Ich stecke die Tanne zusammen und stelle sie an die Tür, gegenüber der Tischreihe.

«Da steht die Tanne doch völlig falsch! Da stand sie noch nie!» Wieder Frau Romberg, die am Büfett die Teller, Gläser und Gabeln bereitlegt.

«Wo sind Sie denn hingefahren?», fragt Kollege Doppelmeyer.

«Und wo soll die Tanne hin?», frage ich.

«Ins Sauerland!», berichtet Herr Sperber.

«Die Tanne immer links vom Stuhlkreis!»

Frau Romberg schüttelt den Kopf, so energisch, dass sogar ihre zentimeterkurzen Haare wackeln. Dann wendet sie sich dem Büfett zu.

«Was wollten Sie denn bitte im Sauerland?!», fragt Herr Doppelmeyer, der als Einziger schon auf seinem Stuhl im Stuhlkreis sitzt. Er hat genug geholfen.

«Die Tanne links neben den Stuhlkreis!» Herr Lünte zeigt noch einmal die Stelle. Es ist mein erstes Fest mit Stuhlkreis.

«Aber Herr Doppelmeyer!» Herr Sperber verschränkt die Arme und hebt das Kinn samt Bärtchen. «Ich und Agnes, also, Agnes und ich, wir fahren jedes Jahr ins Sauerland!»

Ich nehme die Tanne wieder auf, fasse dieses Mal extra weit unten, eine Hand am Stamm, eine am Ständer, und bringe sie zum traditionellen Platz. Flugzeug Julian kämpft mit Turbulenzen und rammt mir einen Ast ins Gesicht.

«Vorsicht mit der Tanne, Liebling», sagt Frau Keller.

«Wir möchten nächstes Jahr mal wieder ans Meer», teilt Herr Lünte mit.

«Ah», sagt Herr Sperber. Er nimmt Platz neben Herrn Doppelmeyer.

«Mit den Schwiegereltern.»

Sperber und Doppelmeyer wechseln Blicke.

«Auch schön», sagen beide.

In den Wandschränken rundum stehen Akten, auf den Schreibtischen Küchlein und Sekt, darüber baumeln die Clowns- und Geburtstagsgirlanden. Vier Kerzen stecken im Kranz. Angezündet ist keine. Auch an Weihnachten gilt die Brandschutzverordnung.

Die restlichen Kollegen setzen sich in den Stuhlkreis. Ich mit dem Rücken zur Tür, zwischen Herrn Lünte und Frau Keller. Die wiederum hat erst Herrn Sperber, dann Herrn Doppelmeyer neben sich. Zwei Plätze bleiben frei. Dann kommt Frau Romberg, direkt vor dem Büfett. Neben sich hat sie wieder Herrn Lünte.

«Wo ist denn der Chef?», fragt Frau Keller. Dabei sieht sie zu Frau Romberg, die mit geschlossenen Augen «Jingle Bells» summt.

«Sein Hund ist krank», weiß Herr Lünte.

«Der Arme.»

«Aber vielleicht kommt er ja trotzdem.»

«Und was ist mit dem Stuhl da?»

Frau Keller spitzt die dünnen Lippen und nimmt den Blick von der summenden Frau Romberg. Ihr Zopf hüpft kurz in der Luft.

«Der ist für Dennis.»

«Wer ist bitte Dennis?», fragt Sperber.

«Holger meint Herrn Dörz», erklärt Frau Romberg, «den neuen Auszubildenden. Jin-gle all the wayyy ...»

«Kommt der denn heute?», frage ich.

«Nein», sagt Herr Lünte. «Seine Oma hat irgendein Passwort vergessen. Da wird er gebraucht.»

Herr Sperber steht auf und geht durch die Mitte und an mir vorbei zur Pinnwand neben der Tür. Dort hängt die Telefonliste. Mit dem Zeigefinger fährt er die Namen ab und kratzt sich am Ohrläppchen.

«Ich wusste gar nicht, dass wir einen neuen Azubi bekommen haben, als ich im Urlaub war.»

«Haben wir auch nicht», sagt Frau Keller, während sie sich jetzt nach ihrem Sohn umdreht. «Der Dennis ist schon seit vier Wochen bei uns.»

«Ach», sagt Herr Sperber, kehrt zurück, zieht die grüne Cordhose an den Knien hoch und setzt sich wieder.

«Julian, Liebling», ruft Frau Keller, «nun setz dich doch mal zu uns!»

Julian dreht eine letzte Runde, stellt die Triebwerke aus, fährt die Flügel ein und landet keuchend hinter dem Stuhl seiner Mutter.

«Schau mal hier», sagt Frau Keller. Julian kneift die Augen zu. «Trink mal dein Becherchen aus.» Julian dreht den Kopf weg und hebt wieder ab, jetzt in die andere Richtung.

«Julian!»

«In a one-horse open sleigh ...»

Frau Romberg legt den Kopf im Takt nach links und rechts, dabei lächelt sie vor sich hin.

«Der Dennis hatte an seinem ersten Tag doch das leckere Gebäck mitgebracht», sagt Herr Lünte.

«Die Muffins mit der Flockenfüllung?», fragt Herr Sperber und legt die Stirn in Falten. «Die mochte ich nicht.»

«Aber nein!», sagt Frau Romberg. Sie hört auf zu summen und öffnet die Augen. «Das war der Ausstand von Frau Sommer. Herrn Dörz' Küchlein waren nur mit Zuckerglasur.»

«Julian», ruft Herr Doppelmeyer, «was macht 2 mal 3?»

«4!», ruft Julian.

«Gut! Nah dran!»

Julian senkt im Laufen den Kopf, nimmt die Arme steiler nach hinten, zündet den Turbo und sprintet eine halbe Runde. Fast kracht er mit Herrn Lünte zusammen. Der hat sich erhoben und eröffnet feierlich das Büfett. In jede Hand nimmt er zwei Kuchenstücke. Als er wieder sitzt und zubeißt, purzeln Schokokrümel über den blinkenden Weihnachtspullover. Sein Appetit übertrifft seine Artikulationsfähigkeit: «Meime Tochta kamm scho bis hundad wechnen!» Er schluckt.

«Julian», fragt Herr Doppelmeyer, «wie viel sind 5 und 16?»

«Jetzt hören Sie doch auf!», ruft Frau Keller.

«Ein Kaufmann muss das wissen.» Herr Doppelmeyer schielt über die Halbmondbrille.

«Also, die Kleine», erklärt Herr Lünte. Die, die bis hundert rechnen kann. Er wischt sich über den Bauch und zupft am Pullover. Die Krümel fallen auf den Büroteppich. «Die Große macht ja schon ihren Abschluss.»

Wieder steht er auf, um sich die Kuchenstücke fünf bis acht zu holen. Frau Romberg steht nun auch am Büfett. Sie schenkt sich einen Sekt ein.

«Ich hatte damals Bio», sagt sie, ohne sich zu den Kollegen umzudrehen. «Herbert», fragt sie Herrn Sperber, «du auch ein Gläschen?»

«Sie will ja Anwältin werden, meine Große», sagt Lünte, als er wieder sitzt. Er sieht mich dabei an und nickt langsam.

«Okay», sage ich.

«Da schenke ich mir doch lieber selber ein, Bettina», sagt Herr Sperber. «Agnes hat es nicht so gerne, wenn ich mit anderen Frauen anstoße.»

Frau Romberg setzt sich wieder und zieht die Augenbrauen hoch.

«Möchtest du was essen, Liebling?», fragt Frau Keller, die mit dem Blick immer noch ihrem Sohn folgt. «Ich habe Apfelschnitze dabei.»

«Was sind drei Prozent von 75?», fragt Herr Doppelmeyer.

Er steht auf und geht zum Wandschrank. In der Schublade liegt ein Taschenrechner.

«Der Mann meiner Tante war Anwalt», sagt Herr Sperber. «Aber dem gefiel das nicht so.»

Frau Keller zieht eine Frischhaltedose aus ihrer Tasche, öffnet sie mit einem Klack! und dreht sich zu ihrem Sohn.

«Der ist dann in die Politik gegangen», sagt Sperber.

«2,25!», ruft Doppelmeyer. Er strahlt.

«Mama», sagt Julian, «was ist Prozent?»

«Also, wirklich!», ärgert sich Frau Keller.

«Nein», sagt Herr Doppelmeyer, «ein Kaufmann muss das wissen.»

Ich ziehe meine Jacke von der Stuhllehne und husche durch den schmalen Gang zur Eingangstür. Ich rauche schon lange nicht mehr. Nur in Notfällen. In der Kälte draußen taste ich nach der Packung. Jackentaschen, Hosentaschen, ich greife in alle und finde nichts.

Ich ziehe den Kopf ein, spüre den Schal am Hals und schließe die Augen. Erst als ich sie wieder öffne, merke ich, dass es nicht länger schneit. Die Straße vor dem Büro ist eine unbefahrene Piste, matt-orange markieren Laternenlichter die Richtung. Weiter links wölben sich die Autos zu niedlichen Hügeln. Auf der anderen Straßenseite schläft das Mehrfamilienhaus. Nur wenige Fenster dösen dahin; elektrischer Kerzenschein erhellt ihr Quadrat. Kein Ton stört die Stille.

Ich atme tief ein. Dann aus. Kältequalm in der Luft.

Und allmählich empfinde ich Lust, wieder hineinzugehen. Zurück zu den Kollegen. Zum Stuhlkreis. Zum Flugzeug. Zu den Clownsköpfen. Den leeren Sätzen. Sonderbar. Nächstenliebe kann es nicht sein. Ist wohl das Geheimnis der Weihnacht.

Kathy Tailor

Der Esel spricht

In der Kirche meiner Kindheit ist die Zeit stehen geblieben. Die Polster auf den Holzbänken sind nie erneuert worden. Risse und Flecken zieren den grauen Stoff. In einem hippen Café könnte das als *shabby chic* durchgehen, hier wirkt es trostlos. Im Zentrum der Kirche führen steinerne Stufen zum Altar, auf dem noch Reste des Erntedank-Gottesdienstes liegen. Welke Blätter und welkes Obst. Die Pfarrerin, Frau K., die mich konfirmiert hat, hält schon seit zehn Minuten einen Monolog, der mich genauso ermüdet wie früher ihre Predigten. Sie sitzt neben mir auf der Kirchenbank – etwas zu nah für meinen Geschmack. Eine Mischung aus Kerzenwachs und säuerlichem Schweiß foltert meine Nase, und ich rücke möglichst unauffällig ein Stück von Frau K. weg, um dem Schweißgeruch zu entgehen. Es klappt nicht. Er ist wirklich penetrant. Erst als ich die Hand hebe und mich am Kopf kratze, registriere ich, dass es mein Angstschweiß ist. Das muss an Frau K. liegen, die ich schon als Teenagerin immer etwas unheimlich fand, mit ihren strengen Augen und der Zornesfalte, ungefähr so tief wie der Grand Canyon. Schon damals habe ich sie auf an die hundert Jahre geschätzt, aber da muss ich mich vertan haben. Es sei denn, sie hat das ewige Leben auf Erden erhalten. Ihr Draht zu Gott soll ganz gut sein.

Gerade erklärt sie mir, welche Tradition das Krippenspiel in der Gemeinde habe, wie großartig die Inszenierungen von Gunther stets waren, und wie betrübt alle darüber seien, dass er diesen Winter am Meer verbringe – wegen der Nasennebenhöhlen.

Ich verfluche meinen Vater mit seinem ewigen Gerede davon, dass ich mir endlich einen Job suchen müsse, immerhin sei ich ja schon seit einem halben Jahr untätig. *Untätig!* Seit einem halben Jahr arbeite ich 24/7, samt nächtlicher Rufbereitschaft, lasse mich von meinem Chef anspucken und (im NICHT übertragenen Sinn) ankacken, bin chronisch müde, verbrenne mir die Zunge an Essen, das ich für meinen Chef vorkoste, kann sie aber immerhin mit meinem Kaffee kühlen, der täglich zuverlässig kalt wird, bevor ich den ersten Schluck nehme. Kurzum: Ich habe ein Baby und hatte eigentlich nicht vor, in den nächsten Monaten irgendwelche Theaterprojekte anzunehmen.

Doch mein Vater, offenbar besorgt, ich würde auf der Straße enden, bindet seit geraumer Zeit jedem, den er trifft, auf die Nase, seine Tochter sei arbeitslose Regisseurin auf Jobsuche. Das hat er auch Frau K. erzählt – arbeitende Pfarrerin auf Regisseurinnensuche.

Frau K. will jetzt wissen, ob sie mal mein Konzept für die Inszenierung sehen könne. Konzept? Ich habe erst vorgestern erfahren, dass mein Vater diesen Termin hinter meinem Rücken für mich arrangiert hat. Erst wollte ich ablehnen. Dann hat mein Mann mit Blick auf Wäscheberge und einen Fußboden voller Krümel und Brei gefragt, was ich eigentlich getrieben hätte, während er auf der Arbeit war. Ich habe ihm (und den Nachbarn, die hinter der Wand wahrscheinlich jedes gebrüllte Wort mithörten) erklärt, das könne er gerne selbst herausfinden. Ich hätte einen wichtigen Auftrag zu erledigen – im Dienste der Kirche.

Und der erste Teil dieses Auftrags besteht darin, Frau K. davon in Kenntnis zu setzen, dass ich es für wichtig halte, mit dem Flow der Mitwirkenden zu gehen, statt ihnen etwas überzustülpen.

Frau K. nickt, aber es ist ihr deutlich anzumerken, dass sie schon jetzt an meiner Kompetenz zweifelt (Gunther hatte garantiert immer ein Konzept). Dann wirft sie einen Blick auf ihre Armbanduhr. Auch ich würde gerne wissen, wie lange ich noch hier ausharren muss, und frage mich, wie Frau K. es finden würde, wenn ich jetzt einen Blick auf mein Handy werfen würde. Vor zwanzig Jahren hat sie einmal mitten im Gottesdienst mein damaliges Motorola konfisziert. Dabei hatte ich nur versucht, mich wachzuhalten, um nicht wie ein paar Wochen zuvor mit dem Kopf auf die Lehne der Kirchenbank vor mir zu knallen.

«Die anderen müssten gleich hier sein.» Frau K. wirkt mit einem Mal kindlich aufgeregt.

Die anderen? «Äh, ich dachte, das hier ist nur ein Vorgespräch», merke ich an.

«Nein, das ist die erste Probe. Hat Ihnen Ihr Vater das nicht gesagt?»

Ich bringe ihn um!

In diesem Moment öffnet sich die Kirchentür mit dem vertrauten Knarzen. Offenbar hat in den letzten zwanzig Jahren niemand die Zeit gefunden, die Angeln zu ölen. Herein schlurft ein schlaksiger Junge, etwa vierzehn Jahre alt, mit bunter Strickmütze und gesenktem Blick, flankiert von Zwillingsmädchen in ähnlichem Alter. Gleiches Outfit (bauchfreies weißes Oberteil, weite löchrige Jeans), gleiche blütenweiße Sneaker, gleiche lange braune Haare, gleicher bemüht cooler Gesichtsausdruck. Hinter den Dreien betreten zwei Kinder die Kirche, das Mädchen etwa elf Jahre, mit zwei blonden Zöpfen und wachem Blick, der Junge an ihrer Hand zwei, drei Jahre jünger, mit Zahnlücke und ebenfalls blondem Haar, das er beim Laufen aus der Stirn pustet.

«Das sind unsere jungen Talente.» Frau K. strahlt. «Hier haben wir Anton, er ist zum ersten Mal dabei.» Sie schiebt den Teenagerjungen in meine Richtung, und ich sehe ihm an, wie unangenehm ihm die Situation ist. Die Zwillinge, die, wie Frau K. erklärt, Nadia und Greta heißen und keine Zwillinge, sondern beste Freundinnen sind, was in ihrem Alter aufs Gleiche hinauskommt, himmeln Anton so offenkundig an, dass es einem Balztanz gleicht.

Die beiden Kinder, Elsa-Antonia und Tim-Theodor, sind Geschwister, könnten aber unterschiedlicher kaum sein. Tim-Theodor bleibt wortkarg wie ein Tannenbaum. Aus seiner Schwester sprudeln die Sätze nur so heraus. Dass sie ja immer schon mal die Hauptrolle spielen wollte, dass sie später auch Schauspielerin werden möchte und dass es ihr auch nichts ausmache, bis spät in die Nacht zu proben. Die Teenager reißen erschrocken die Augen auf, und ich versichere, dass hier niemand bis spät in die Nacht proben wird.

Elsa-Antonia schiebt enttäuscht die Unterlippe vor, setzt aber gleich darauf wieder ein Lächeln auf und fragt, welche Rolle sie denn spielen dürfe.

«Ich hab schon die Maria gespielt und eine Bäckersfrau und Balthasar. Mein Bruder war immer der Ochse, der hat nicht so viel Text und normalerweise ...»

«Ich würde gerne erst mal alle improvisieren lassen, bevor ich die Rollen einteile», unterbreche ich ihren Redefluss. Nun reißt auch Frau K. erschrocken die Augen auf. «Ach, *Sie* machen das? Normalerweise teile ich die Rollen ein.»

«Ich finde es super, wenn die Regisseurin das macht», mischt Anton sich ein. Er hat den Stimmbruch schon hinter sich. Seine Stimme klingt tief und beruhigend. Nadia und Greta nicken synchron. Ein paar Sekunden bleibt es still. Alle sehen Frau K. an.

«Gut, dann machen wir das eben so», sagt sie schnippisch. «Sie werden schon die richtige Entscheidung treffen.» Ihr Blick sagt das Gegenteil.

Wir starten mit Improvisationen. Ich lasse die Teilnehmenden in verschiedenen Rollen aufeinandertreffen. Der Ochse (und entgegen Elsa-Antonias Protest spielt heute jeder mal den Ochsen) begegnet den Heiligen Drei Königen, das Jesuskind führt mit Josef ein Vater-Sohn-Gespräch, der Esel plaudert mit den Engeln. Als Bühne dienen der Platz vor dem Altar sowie die Stufen, die dort hinführen.

Tim-Theodor bewegt den Mund verdächtig viel dafür, dass er noch kein Wort gesagt hat. «Hast du einen Kaugummi im Mund?», frage ich. Er nickt ertappt. «Keine Kaugummis während der Probe», sage ich. «Wie willst du denn sonst verständlich sprechen?» Eine rhetorische Frage, denn dazu müsste er *überhaupt* sprechen. Tim-Theodor pult den Kaugummi aus dem Mund, blickt sich ratlos um und trägt ihn dann mit spitzen Fingern Richtung Kirchenbank.

«Denk nicht mal dran!», ruft Frau K, die wie ich ahnt, wohin er den Kaugummi kleben will. Ich reiße ein Blatt aus meinem Notizblock und reiche es Tim-Theodor. Er wickelt den Kaugummi darin ein, knüllt das Papier zu einer Kugel zusammen und legt sie neben mich auf die Bank. Wetten, dass sie bis Heiligabend dort liegen bleibt, wenn ich sie nicht wegräume?

Nadia und Greta spielen eine Szene, in der Maria ihrer Schwester von ihrer ungeplanten Schwangerschaft erzählt.

«Greta, ich sehe deine Mimik nicht, wenn deine Haare ständig vor deinem Gesicht hängen!», rufe ich.

«Ich bin Nadia.»

«Siehst du! Genau das meine ich.»

Nadia seufzt so schwer, als würde ich Unmenschliches von ihr verlangen, und streicht sich etwa fünf Haare aus dem Gesicht. Keine zwei Sekunden später fallen sie ihr wieder über die Wange. Ich sehe nichts außer einem glatt geföhnten hellbraunen Vorhang mit Hüfte und Beinen.

«Ich kann dich nicht sehen!»

Nadia unternimmt einen zweiten halbherzigen Versuch, ihre Haare nach hinten zu befördern – vergeblich.

«Ab jetzt herrscht Gummipflicht», ordne ich an. Nadia und Greta brechen in gackerndes Gelächter aus, Anton verdreht die Augen. Frau K. saugt scharf die Luft zwischen den Zähnen ein und sieht mich strafend an.

«Aber ich musste meinen Kaugummi ausspucken», motzt Tim-Theodor empört.

«Zopfgummipflicht», rufe ich, der Verzweiflung nahe. «*Zopf*gummipflicht! Herrgott noch mal!» Nun stemmt Frau K. die Hände in die Hüften und schüttelt missbilligend den Kopf. In ihrer Kirche wird nicht geflucht, erst recht nicht unter Zuhilfenahme von Gottes Namen.

«Aber dann sieht man ja meine Pickel!», ruft Nadia panisch.

«Mann, das ist doch egal», sagt Anton, der neben mir auf der Kirchenbank sitzt. In seiner Stimme liegt eine Strenge, die ich nicht von ihm erwartet hätte. «Beim Theaterspielen muss man dein Gesicht sehen!»

«Na gut.» Nadia läuft die steinernen Stufen hinab und zieht einen Haargummi und eine zusammenklappbare Bürste samt Spiegel aus ihrer Handtasche. In aller Seelenruhe kämmt sie ihre Haare Strähne für Strähne und bindet sie zu einem Zopf zusammen. Ich bin froh, dass sie nicht noch ein Glätteisen und Trockenshampoo dabeihat, sonst würden wir doch bis in die Nacht proben. Als sie endlich fertig ist, sieht Nadia mir trotzig in die Augen: «Zufrieden?»

Ich recke den Daumen nach oben.

«Du siehst toll aus!» Sie läuft rosa an. Sie hat offensichtlich keinen blassen Schimmer davon, wie schön sie ist – oder sie hat es vor lauter pubertären Komplexen vergessen.

«Ehrlich?», fragt sie leise.

«Absolut», sage ich, und ihr breites Lächeln bringt nicht nur ihr Gesicht, sondern die ganze Kirche zum Leuchten.

Eine Woche später verteile ich die Rollen. Frau K. ist enttäuscht, dass Greta und nicht sie die Maria spielen darf, aber ich bin der Meinung, dass man ihr die junge Mutter irgendwie nicht abkaufen würde. Sie bekommt die Rolle des Ochsen, was sie mit verkniffenem Gesichtsausdruck zur Kenntnis nimmt. Tim-Theodor hat mit der Veränderung der Besetzung mehr Probleme, als ich es für möglich gehalten hätte. Drei Jahre Ochsenspielen haben sich tief in seine DNA eingebrannt. Jedes Mal, wenn er dran ist, sagt er *Muh*.

Elsa-Antonia hat nicht nur die Rolle des Hirten übernommen, sondern auch gleich die der Souffleuse: «Es heißt I-Ah», korrigiert sie ihren Bruder von Mal zu Mal genervter.

Auch die Regieassistenz hat sie ungefragt inne. «Das ist kein Junge», sagt sie und deutet auf die nackte Babypuppe, die ich gerade aus meinem Rucksack ziehe.

«Äh, nein», gebe ich zu. «Aber das macht nichts, weil wir ihm eine Windel umbinden werden.» Ich krame das mitgebrachte Mulltuch hervor, ignoriere die Karottenflecken, die keine Waschmaschine der Welt mehr herausbekommt, und wickle Baby-Jesus darin ein. Elsa-Antonia seufzt so tief, als läge die Last der ganzen Menschheit nicht etwa auf Baby-Jesus', sondern auf ihren Schultern. «Ich *kann* so nicht spielen.»

«Stell dir einfach vor, dass es ein Junge ist», sagt Anton.

Sie verdreht die Augen. «Jetzt *weiß* ich aber, dass es ein Mädchen ist, und jetzt kann ich es nicht einfach vergessen.»

Diesmal bin ich es, die seufzt. «Das ist doch das Verrückte am Theaterspielen. Man stellt sich Dinge vor, die nicht wirklich sind. Frau K. zum Beispiel ist ja auch kein echter Ochse.» Frau K. schnaubt, und für einen kurzen Moment bin ich mir doch nicht ganz sicher.

«Könntest du vielleicht deinen Sohn mitbringen?», schlägt Elsa-Antonia mir vor. «Er könnte doch das Jesuskind spielen.»

Ich werfe einen Blick auf die marode Holzkonstruktion, die wahrscheinlich seit dem letzten Jahrhundert als Krippe dient, und stelle mir vor, was passieren würde, wenn mein Sohn in dem wackligen Ding nur mal ein Bäuerchen macht.

«Das geht nicht», sage ich entschieden.

Elsa-Antonia bleibt stur. «Bei Gunther hatten wir immer eine Jungs-Puppe.»

Ich atme tief in den Bauch ein und wieder aus, so wie wir es in der Schauspielschule Hunderte Male geübt haben. Nach zehn Atemzügen sage ich mit ruhiger Stimme: «Weißt du, Elsa-Antonia, ich halte dich für sehr begabt», ich senke die Stimme, damit nur sie mich hören kann, «wenn du es nicht schaffst, dir einen Jungen vorzustellen, dann weiß ich nicht, wer es könnte. Die anderen orientieren sich ja an dir.» Sie strahlt, greift nach der Babypuppe und trägt sie nicht etwa am Bein, sondern wiegt sie wie ein echtes Baby in ihren Armen, ehe sie sie behutsam in die Krippe legt.

Eine Woche später haben die meisten ihren Text gelernt. Nur Tim-Theodor macht immer noch Muh statt I-Ah, und ich erwäge kurz, ihn umzubesetzen. Doch das könnte ich Frau K. nicht antun. Die berichtet mit flammendem Eifer davon, wie sie die Kühe auf der Weide ihres Nachbarn beobachtet hat. «Es ist ein Unterschied, ob eine Kuh hungrig muht, das klingt dann so: Muuuuh. Oder ängstlich, das klingt so: Muhhhuu.» Nachdem sie gefühlte zehn Minuten lang alle Arten von Muh vorgeführt hat, erklärt sie, dass sie ihrem Ochsen gerne eine Backstory geben möchte. «Er hat seine Frau verloren und selbst Zuflucht in diesem Stall gesucht.» Sie zieht einen zerknitterten Zettel aus der Tasche und drückt ihn mir in die Hand. «Ich habe einen Monolog für den Ochsen verfasst. Den könnten wir an den Anfang stellen.»

«Ich fürchte, das würde den Fokus von der eigentlichen Geschichte ablenken», gebe ich zu bedenken.

Frau K. blickt mich finster an. «Sie haben doch gesagt, Sie finden es wichtig, mit dem Flow der Mitwirkenden zu gehen!»

Habe ich das?

«Oder war das nur eine Ausrede, weil Sie kein Konzept haben?»

Ich atme. Lege die Hände in die Seiten, spüre, wie mein Zwerchfell bei jedem Atemzug dagegendrückt. Mein Puls beruhigt sich, mein Herzschlag erreicht wieder eine normale Frequenz. Ich lobe Frau K. für ihr Engagement und rege an, den Monolog als inneren Monolog mitlaufen zu lassen. «Das gibt Ihrem Ochsen mehr Futter – also der Rolle mehr Tiefe –, auch wenn wir die Worte nicht hören, wird sich das auf Ihr Spiel auswirken!»

Frau K. nickt mit einer Mischung aus Enttäuschung und Einsicht, und ich bitte die Jugendlichen, die Bühne zu betreten. Greta und Nadia bringen es fertig, die Stufen hochzuschlurfen, ohne die Füße vom Boden zu heben, was mich gleichzeitig nervt und fasziniert. Anton, der den Josef spielt, hat echtes Talent. Seine kräftige Stimme dringt bis in jeden kleinsten Winkel der Kirche. Greta und Nadia hingegen kichern jedes Mal, wenn sie ihren Einsatz verpassen. Und sie verpassen ihn oft.

«Jetzt reißt euch gefälligst zusammen», will ich rufen, finde das dann aber pädagogisch nicht ganz korrekt und atme. Ein. Aus. Ein. Aus.

«Jetzt reißt euch gefälligst zusammen!», tönt es plötzlich durch die Kirche. «Zusammen. Zusammen», hallt das Echo von Altarraum zu Kuppel, zu Empore, zu Kanzel. Atmen hat auch schon mal besser geklappt ...

Doch dann fällt mir auf, dass ich es gar nicht war, die gebrüllt hat, sondern Anton. Vor dem Altar stehen nun zwei knallrote Tomaten mit Pferdeschwänzen. Während Anton Nadia und Greta finster anfunkelt, starren die peinlich berührt zu Boden. Ich schlage vor, dass ich mit den Kindern und Anton weiterprobe und Greta und Nadia eine *Textlern-* (das Wort betone ich streng!) Pause machen.

Die beiden raunen Anton im Vorbeigehen Entschuldigungen zu, und Nadia sagt: «Du bist toll als Josef.» Dann verlassen sie die Kirche.

«Wir machen mit der Ankunft im Stall weiter», sage ich. «Und bitte.»

Anton-Josef trifft im Stall auf Ochs und Esel und bettet das Baby in die Krippe.

Ja, ich weiß, die Reihenfolge stimmt nicht ganz. Eigentlich ist Maria noch schwanger, als sie den Stall erreichen. Aber eine realistische Geburt zu inszenieren, könnte am Weihnachtsabend bei betagten Gemeindemitgliedern zum Herzstillstand führen. Also trägt Josef das Jesuskind (schon unterwegs spontan geboren) bei sich. Im Tragetuch, ganz der moderne Papa. Josef war damals seiner Zeit weit voraus. Das sei alles Teil meines Konzeptes, behaupte ich in Richtung von Frau K. und gebe mir ein inneres High Five dafür, dass sie beeindruckt nickt.

Ochs und Esel begrüßen Josef. «Muh», muht Frau K.

«Muh», muht Tim-Theodor.

«I-Ahh», zischt Elsa-Antonia ihm zu.

Tim-Theodor korrigiert sich, und die Szene läuft weiter.

Josef: «Kann ich irgendwo mein Baby ablegen?»

Esel: «Muh, vielleicht dort...»

Elsa-Antonia und ich: «I-Ahh. I-Ahh!»

Esel: «I-Ahh, vielleicht dort in der Futterkrippe.»

Josef: «Danke. Und würdest du meine Frau ein wenig wärmen?»

Esel: «Muh, natürlich, gerne.»

I-AAAAAAAAAAHHHHH!

In den folgenden Wochen läuft es besser. Nadia und Greta entwickeln richtig Spaß an ihren Rollen, Anton und Elsa-Antonia sowieso, und auch ich freue mich von Woche zu Woche mehr auf die Sonntage. Langsam habe ich das Gefühl, dass wir da was richtig Schönes präsentieren werden. Ein paar Klippen müssen wir noch umschiffen. Zum Beispiel als Nadia und Greta sich wegen Anton in die (zurückgebundenen – Halleluja!) Haare kriegen, weil beide der Meinung sind, die jeweils andere flirte ungeniert mit ihm. Kurz scheint es, als würde mindestens eines der Mädchen alles hinschmeißen, bis Anton erklärt, dass er auf keine der beiden steht, da Mädchen ihn im Allgemeinen nicht interessieren. Frau K. ist enttäuscht; sie hatte wohl ihre Chance gewittert, doch noch die Rolle der Maria zu ergattern.

Da das nun nichts wird, schlägt sie bei einer Probe vor, ein «Muh-sical» aus dem Stück zu machen. Sie könne als Ochse ein paar Songs performen, das habe es noch nie gegeben.

Das ist der Moment, in dem ich meinen Kopf gerne wieder auf die Kirchenbank knallen würde, wie damals, als ich im Gottesdienst eingeschlafen bin. Stattdessen atme ich und erkläre ihr, dass es nun langsam knapp werde und dass wir uns das ja für nächstes Jahr überlegen könnten – soll sich doch Gunther damit herumschlagen.

Tim-Theodor sagt immer noch Muh statt I-Ahh, aber seine Schwester korrigiert ihn zuverlässig. Ich leime die Krippe. Die ist bei einer besonders intensiven Probe zusammengebrochen, als Elsa-Antonia sich pathetisch daran festgeklammert hat, und hat Baby-Jesus unter sich begraben. Wäre Elsa-Antonia damals tatsächlich einer der Hirten gewesen, wären Heiligabend und Karfreitag auf ein und denselben Tag gefallen.

Und dann ist er da: Der Weihnachtsabend oder, wie unsere Gruppe ihn nennt, der «Premierentag». Als ich in die Kirche komme, rieche ich schon wieder diese unangenehme Mischung aus Kerzenwachs und Angstschweiß. Diesmal ist es tatsächlich Frau K., die diesen Geruch verströmt. Sie ist heute weniger Ochse als aufgescheuchtes Huhn, wuselt von links nach rechts, richtet hier einen Strohstern am Tannenbaum, zupft dort eine unsichtbare Fluse von ihrem Kostüm, immer mit einem Blick, als hätte sie zu viele Weihnachtsplätzchen verdrückt.

Kurz vor Beginn des Gottesdienstes sind die Bänke brechend voll, und die Schauspieltruppe ist fast vollständig. Bis auf ...

«Wo ist dein Bruder, Elsa-Antonia?»

«Krank.»

«Und das sagst du erst jetzt?» Himmelherrgott! Äh, ich meine ... Mist.

Gehetzt blicke ich von einem zum anderen. Kann ich spontan zwei Rollen zu einer zusammenlegen?

«Frau K., würden Sie den Text vom Esel übernehmen? Im Grunde kann ihn ja auch der Ochse sagen», schlage ich vor.

Panik flammt in ihren Augen auf: «Ausgeschlossen!

Mir ist schon ganz schlecht. Ich bin froh, wenn ich meinen eigenen Text hinbekomme.»

Hektisch lasse ich meinen Blick durch die Kirche schweifen, entdecke die Krippenfiguren auf dem Altar. Okay, was soll's? Ich schnappe mir den hölzernen Esel und stelle ihn auf eine der Stufen, die heute mit Stroh ausgelegt sind. Alle starren mich an, als hätte ich nicht alle Kugeln an der Tanne.

«Ich spreche ihn», sage ich knapp. «Auf Position!» Alle schwärmen aus.

Ich selbst setze mich in die erste Reihe neben meine Eltern und meinen Mann, der unseren Sohn auf dem Schoß balanciert. Alle vier haben grüne Sprenkel auf ihren Jacken. Offenbar hat mein Sohn den Spinatbrei nicht gut vertragen.

Frau K. kündigt das Krippenspiel an und hat sogar ein paar lobende Worte für meine Regiearbeit übrig. Alle klatschen begeistert. Nadia und Greta laufen rot an, aber ich kann auch den Stolz in ihren Gesichtern erkennen. Sie fassen sich an den Händen und drücken leicht zu. Der Streit um Anton scheint Geschichte.

Der Organist spielt ein derart virtuoses Vorspiel, dass ich kurz fürchte, Frau K. habe sich mit ihm verbündet, um ihre Idee vom Muh-sical doch noch durchzuziehen. Wird sie gleich ihren gestrichenen Monolog singen? Tut sie zum Glück nicht. Stattdessen schafft sie es trotz ihrer Aufregung, sich vom Huhn in den Ochsen zu verwandeln. Auch die anderen geben ihr Bestes, und ich fühle, wie Stolz auf meine kleine Truppe in meiner Brust aufsteigt. Wer hätte vor wenigen Wochen gedacht, dass alle derartig über sich hinauswachsen würden? Ich sehe nicht nur ihre Gesichter, sondern auch die Emotionen darin. Keiner verhaspelt sich, Elsa-Antonia spricht ausnahmsweise nur ihren eigenen Text, Nadia und Greta kichern lediglich, wenn die Rollen es erfordern, und Anton ist sowieso herausragend.

Doch plötzlich ist es ganz still. Wieso sagt niemand was? Wer ist dran? Hektisch werfe ich einen Blick in das Textbuch, das auf meinen Oberschenkeln liegt. Vor lauter Stolz habe ich die aktuelle Seite aus dem Blick verloren.

Ich sehe zu den anderen. Sie starren mich an. Elsa-Antonias Kopf zuckt in meine Richtung, ihre Augen sind tellergroß. Sie hebt die Brauen und bewegt stumm die Lippen. Oh. *Ich* bin dran. Der Esel. Verdammt, wo ist sein Text? Welche Seite? Wo sind wir? Mit wachsender Panik blättere ich durch das Buch, finde aber die Stelle nicht.

Die Redepause dauert schon viel zu lange. Die Gemeinde hinter mir wird langsam unruhig. Ich atme tief in den Bauch und sehe Elsa-Antonia fest in die Augen. *Keine Sorge, ihr könnt euch auf mich verlassen*, sagt mein Blick. *Ich bin Profi.* Ich lasse das Textbuch sinken und atme weiter. Ein und aus, aus und ein. In meinem Kopf manifestiert sich ein Esel. Ich spanne mein Zwerchfell an. Alle Blicke sind nun auf mich gerichtet. Ich mag vielleicht kein Konzept haben, aber improvisieren kann ich, jawohl! Ich öffne den Mund und straffe die Schultern. Ich spiele den Esel. Ich *bin* der Esel. Laut und kräftig hallt mein Text in alle Winkel der rappelvollen Kirche: «Muh!»

Christoph Spielberg

Ein Grenzfall

Selbstverständlich hatte ich einen mächtigen Schreck bekommen, als ich gestern aus der Stadt zurückgekehrt war. Neben ausreichend Verpflegung für die Weihnachtsfeiertage, unter anderem in Form eines großen Sacks Kartoffeln, hatte ich einen neuen Fußabtreter erstanden. Der noch vom Vorbesitzer übernommene mit dem «Willkommen»-Aufdruck war lange verschlissen, dem vorhin gekauften Ersatz fehlte diese nicht immer ehrlich gemeinte Versicherung. Die letzten 200 oder 300 Meter Landstraße zum Ort verlaufen ziemlich gerade, etwa ab dem Schild, das schon seit einigen Jahren den Anfang der «Sperrzone I» für die Afrikanische Schweinepest verkündet. So entdeckte ich die drei Geländewagen der Bundespolizei noch gerade rechtzeitig. Erste Reaktion: sofort wenden und nichts wie weg!

Aber – warteten die tatsächlich auf mich? Würde man ein so großes Aufgebot schicken, um mich – ja, was dann? – zu verhaften? Wie konnten die mir so schnell auf die Schliche gekommen sein? Und warum warteten die Polizisten dort am Ortseingang, nicht vor meinem Haus? Egal, eine plötzliche Spitzkehre würde erst recht auf mich aufmerksam machen. Vorsichtig fuhr ich weiter und hielt bei der kleinen Gruppe diskutierender Einheimischer.

«Was'n hier los?», fragte ich Doris über das herabgelassene Autofenster hinweg, fluchtbereit mit laufendem Motor. Doris betreibt ein paar Gästezimmer inklusive Frühstück, mit selbst gebackenem Biobrot und selbst eingekochter Marmelade.

«Es gab einen Grenzdurchbruch!»

Also ging es tatsächlich um meinen Gast? Jedenfalls erklärte es die vielen Bundespolizisten.

«Als hätten wir nicht schon genug Migranten im Dorf», kommentierte Heiner, Oderfischer in mindestens sechster Generation und wahrscheinlich der letzte.

Bio-Doris, vormals vehemente Vertreterin der Willkommenskultur, forderte jetzt eine Entschädigung für ausbleibende Gäste. Ich hielt es nicht für ausgeschlossen, dass das Ausbleiben von Stammgästen eher etwas mit dem Biobrot zu tun haben könnte. Das kam höchstens einmal die Woche frisch aus dem Ofen. Eine Tatsache, die durch die LED-Ketten in ihrem Vorgarten kaum ausgeglichen werden dürfte.

Überhaupt zeigte mein neuer Wohnort lediglich sparsame Hinweise auf das Weihnachtsfest. Nur hier und da Sterne oder Kränze mit bunten Lämpchen im Fenster, nervös blinkend und insgesamt eher etwas traurig als «eine große Freude» verkündend.

Mein Schreck über das Auftauchen der Bundespolizei war gestern gewesen. Die hatte sich aber absolut nicht für mich interessiert und mich schon gar nicht verhaftet. Wobei, eine gut geheizte Zelle mit drei Mahlzeiten am Tag wäre sicher angenehmer gewesen, als jetzt mit den Nachbarn in feuchten Stiefeln durch den Schneeklatsch zu marschieren. Dem einen oder anderen Dorfbewohner war rechtzeitig eine gute Ausrede eingefallen, aber ich, als Zugezogener, musste bei der Aktion natürlich mitmachen. Ich fühlte mich wie in einem dieser alten Hollywoodwestern, wenn die wütenden Rancher, geführt von dem so finster wie entschlossen dreinblickenden John Wayne, den Viehdieben auf der Spur sind, die man am Ende von einer Astgabel hängen sieht.

Man hatte mich dem Suchtrupp Nummer zwei zugeteilt. Insgesamt gab es drei Suchtrupps, entsprechend der Anzahl der im Ort registrierten Jäger. Mein Trupp wurde vom Jäger Kaspar angeführt. Natürlich hatte es Streit gegeben, wer die Oberhoheit über die Unternehmung haben sollte, also die Leitung und Koordination der drei Suchtrupps. Durchgesetzt hatte sich Manfred, Wehrführer der freiwilligen Feuerwehr.

Mit Spuren sah es schlecht aus für unsere Suche – es gab natürlich genug davon in dem vom anhaltenden Dauerregen und Schneeklatsch aufgeweichten Boden, von Hasen, Wildschweinrotten, Rehen. Aber nicht die, wie Jäger Kaspar schätzte, von circa 80 Kilogramm verursachte Einzelspur. Die würden wir nicht finden, da war ich mir sicher, aber trotzdem müssten wir noch stundenlang die Klagen von Bio-Doris über die selbst jetzt zu Weihnachten ausbleibenden Pensionsgäste ertragen, oder dass Susi, die an der Volkshochschule in der Stadt die Lamaze-Methode unterrichtete («Gebären ohne Chemie»), unentwegt von den unglaublichen Leistungen ihrer Enkelkinder im Kindergarten berichtete, die offenbar allesamt auf direktem Weg zu irgendeinem Nobelpreis waren. Wenigstens hatte sie eine Thermosflasche mit Glühwein dabei, weshalb ich ab und zu ein «unglaublich» oder «Wahnsinn» hören ließ und mir die einzige Frage verkniff, deren Antwort mich wirklich interessiert hätte: Wie viele Frauen, die ihre erste Geburt gemäß ihrem Kurs an der Volkshochschule ohne jede Schmerzmedikation hinter sich gebracht hatten, verfuhren eigentlich bei folgenden Geburten erneut so?

Stattdessen wandte ich mich nach der anderen Seite, zum Fischer Heiner, den man ebenfalls dem Suchtrupp zwei zugeteilt hatte.

«Nicht auf dem Haff heute?»

Die Frage war ein gleich zweifacher Fehler. Zum einen musste ich mir nun Heiners Klagen anhören, über die schlechten Preise, die der Handel für Fisch zahlte, und über die viel zu niedrigen Fangquoten, die «die Idioten in Brüssel» erlaubten. Aber schlimmer noch traf mich Heiners Gegenfrage:

«Schon genug Holz im Saunaofen, Oskar?»

Selbstverständlich hatte ich die Frage nach der Sauna erwartet und auch Zeit gehabt, mir eine Ausrede zu überlegen. Nur war ich bisher nicht auf etwas wirklich Überzeugendes gekommen, und auch jetzt schien mein Hirn trotz Wollmütze wie eingefroren.

«Ich fürchte, daraus wird dieses Weihnachten nichts», antwortete ich lahm und befahl den grauen Zellen, sich endlich etwas einfallen zu lassen.

Meine Sauna im ehemaligen Stall war mit Platz für mindestens acht Personen die größte im Ort. Ich hatte sie beim Hauskauf mit dem zugehörigen Stall übernommen und damit – nach Meinung von Heiner und dessen Freunden jedenfalls – die Tradition, diese Männer jeweils zum 2. Weihnachtsfeiertag zu einem gemeinsamen Saunagang willkommen zu heißen. Natürlich stand davon nichts im Notarvertrag, aber man hatte mich bald auf diese Tradition aufmerksam gemacht. Und das, obwohl der Vorbesitzer in ebendieser Sauna tot aufgefunden worden war.

«Was soll das heißen, daraus wird nichts?»

Ich könnte behaupten, es gäbe ein technisches Problem, einen Fehler in der Elektrik zum Beispiel. Aber das klänge wenig plausibel aus dem Mund eines, wenn auch pensionierten, Ingenieurs für Elektrotechnik und würde außerdem dazu führen, dass Heiner und Freunde selbst nach dem angeblichen Fehler würden suchen wollen.

Also versuchte ich es mit «... fühle mich nicht so recht ...».

Heiner schaute auf.

«Grippe im Anzug?»

«Gut möglich, die Knochen fühlen sich heute mindestens 20 Jahre älter an, als ich jemals werden werde.»

«Dann is Sauna doch optimal! Hundertpro!»

«Vielleicht schon, aber ohne euch! Ich will auf keinen Fall jemanden anstecken.» Zur Sicherheit schob mein Hirn, plötzlich erwacht, dem medizinischen noch ein moralisches Argument nach. «Außerdem können wir uns doch nicht in der Sauna vergnügen, solange die akute Gefahrenlage weiter besteht!»

Heiner bezeugte seinen Respekt, dass ich mich trotz Grippe an der Suche beteiligte, worauf ich etwas von Ehrensache murmelte und die Möglichkeit, dass «wir vielleicht die Sau bis dahin gefunden haben» ins Spiel brachte. Was ich nicht wirklich hoffte und lieber das Thema wechselte.

«Ich möchte nur wissen, welcher Idiot oder welche Idioten eigentlich das Sperrtor offen gelassen haben. Vielleicht ein ‹Streich› von irgendwelchen blöden Jugendlichen?»

Denn genau das war der Grund für das massive Auftreten der Bundespolizei gestern gewesen. Vorgestern, am Mittwoch, hatte Jäger Kaspar am Nachmittag die offene Tür im unbewachten Grenzzaun entdeckt, durch die Radfahrer und Wanderer von Deutschland nach Polen gelangen oder umgekehrt. Natürlich gab es seit der Wende keinen permanenten Grenzzaun mehr, der war so lange her, dass auch die ehemaligen Bürger der DDR im Ort sich nicht sicher waren, auf wie viele Meter man sich eigentlich damals der Grenze zum sozialistischen Bruderland nähern durfte. Waren es 100 gewesen? Mehr? Jedenfalls wurde 2014 der erste Fall von Afrikanischer Schweinepest bei einem Wildschwein in Polen entdeckt, und im September 2020 ein infiziertes Wildschwein in Deutschland bestätigt. Das Problem: Ein infiziertes Wildschwein stellt zwar keine Gefahr für andere Tiere oder den Menschen dar, man kann es sogar mit Genuss verspeisen. Es kann jedoch leicht ein Hausschwein infizieren und damit Schweinezuchtbetriebe zur Keulung ihres gesamten Bestandes zwingen – allein in Polen waren das bisher fast 180 000 Tiere. Deshalb die Errichtung eines «schwarzwildsicheren Wildschutzzauns», der inzwischen praktisch an der gesamten Grenze zu Polen fertiggestellt ist und zu einer Abnahme, aber nicht Verhinderung neuer Fälle in Deutschland geführt hat. Aber natürlich soll heutzutage außer den Wildschweinen niemand mehr am Passieren der Grenze gehindert werden, weshalb es Türen oder Tore in diesem Wildschutzzaun gibt. Diese sind so konstruiert, dass sie nach Deutschland hin öffnen und durch ihren schrägen Einbau von selbst wieder zufallen. Ein einfacher Mechanismus, der jedoch auch versagen kann.

Tatsächlich ist ein offenes Tor im Schutzzaun genau die Art Streich, die Jugendlichen zuzutrauen wäre. Ein typischer Dummejungenstreich.

«Jedenfalls war's niemand aus dem Ort, wir holen doch nicht selbst die Schweinepest zu uns!», meinte Lamaze-Susi und erntete damit allgemeine Zustimmung. Man müsse wohl eher an unachtsame Touristen denken oder jemanden aus Polen. Handwerker aus Polen, das weiß man, sind insbesondere bei Zugezogenen als preisgünstige Schwarzarbeiter beliebt. Niemand in unserem Suchtrupp erwähnte dabei Krzysztof aus dem nahen Nowe Warpno, der sich dem Trupp Nummer drei angeschlossen hatte. Krzysztof arbeitete schon auffällig lange am Umbau von Susis Badezimmer zum Wohlfühlbad. Insbesondere die Eckbadewanne, große Errungenschaft unmittelbar nach der Wende, war inzwischen nicht mehr wirklich der letzte Schrei. Die Gerüchteküche wollte wissen, dass Krzysztof bei Susi auch weitergehende, jedoch unbezahlte Dienstleistungen in beidseitigem Einverständnis erbrachte. Wiederholt soll gesehen worden sein, wie er noch vor Sonnenaufgang sein unbeleuchtetes Fahrrad in Richtung Grenze geschoben hat. War er eventuell schuld am offenen Grenztor? Natürlich wollte ihm niemand Absicht unterstellen. Aber man weiß doch, dass «der Pole an sich» gerne einen über den Durst trinkt! Und warum beteiligt Krzysztof sich eigentlich an unserer Suche nach dem Wildschwein? Drängt ihn ein schlechtes Gewissen?

Was die Nachbarn jenseits der Grenze als eventuell Schuldige betraf, blieb man also im Allgemeinen. Dasselbe traf auch auf die Migranten zu, die auf dem ehemaligen Militärgelände untergebracht waren, direkt neben unserem Dorf: einem Dorf praktisch ohne Arbeitsplätze, ohne Anschluss an den öffentlichen Verkehr und mit unzuverlässiger Handyabdeckung. Längst gab es hier auch keinen Laden mehr, keine Dorfkneipe. Nicht einmal ein Nagelstudio! Am Eckhaus Dorfstraße 21 erinnern vergilbte Buchstaben auf dem Putz an Zeiten, als es im Ort noch «Kolonialwaren» gab, später wenigstens einen «Konsum». Seinerzeit selbstverständlich auch einen Bäcker, einen Fleischer und sogar einen «Drogenverkauf», auf den eine ebenfalls kaum noch lesbare Inschrift hinwies. Nichts davon hatte überlebt.

Mit einer interessanten Variante warteten die AfD-Wähler auf. Es handle sich um eine Verschwörung der Polen gemeinsam mit den Asylleuten! Endlich gab es noch Einzelmeinungen: Jäger Kaspar zum Beispiel wies auf militante Tierschützer als mögliche Täter hin mit ihrer Idee von der den Tieren zustehenden grenzenlosen (!) Freiheit. Als Bio-Doris hier ungefragt protestierte und mit einem verräterischen «uns» darauf hinwies, dass es «uns doch nur um Tiere in Gefangenschaft geht, in der Pharmaindustrie oder in der KZ-Massentierhaltung», erntete sie misstrauische Blicke. Hatte man die Dorfbewohner voreilig als mögliche Täter ausgeschlossen? Denn da blieb auch noch Charlie, der mal im Gefängnis gewesen sein soll. Niemand wusste genau, ob das vor oder nach der Wende gewesen war und warum, aber kein Rauch ohne Feuer, und war solchen Leuten nicht alles zuzutrauen? Zumal Charlie nicht an der Suche teilnahm – höchst verdächtig! Wobei es niemanden störte, dass der Verdacht gegen Krzysztof gerade durch dessen Teilnahme an der Suche unterstützt wurde.

Letztlich blieb ungeklärt, wer nun, mit Absicht oder aus Nachlässigkeit, das Tor im Schutzzaun offen gelassen hatte, ebenso, wie lange es offen gewesen war. Klar war nur, dass Jäger Kaspar dies am Donnerstagnachmittag entdeckt hatte und die Spur von Polen nach Deutschland da noch frisch gewesen war. Kaspar eilte nach Hause, holte sein Gewehr. Aber in der knappen Stunde, die ihm bis Sonnenuntergang geblieben war, blieb die Suche erfolglos.

Er informierte seine beiden Jägerkollegen und gemeinsam nahmen die drei gestern, dem Tag vor Heiligabend, noch vor Sonnenaufgang die Suche wieder auf. Natürlich hatte sich die Sache da schon im Dorf herumgesprochen, und irgendwie war das Wort «Grenzverletzung» auch zur Bundespolizei gelangt, die sich sofort mit rotierendem Blaulicht auf den Weg gemacht hatte. Als das Missverständnis geklärt war, boten die Polizisten an, die Suche trotzdem zu unterstützen. Die Jäger hatten dankend abgelehnt: «Die finden wir schon, die Sau!»

Diese Zuversicht stellte sich als falsch heraus, und ungeachtet des Protests der Jäger beschloss die Dorfgemeinschaft, dass sich am Tag drei der Suche nun alle Einwohner, soweit noch halbwegs gut zu Fuß, beteiligen sollten. Seitdem sich für den Heiligen Abend Würstchen mit Kartoffelsalat oder Pizza eingebürgert haben, ist tagsüber ja auch nicht mehr viel zu tun. Freigestellt war nur, wer an den letzten Vorbereitungen zum Weihnachtssingen in der Kapelle beteiligt war – im Wesentlichen hieß das, den Kachelofen mit ausreichend Brennholz zu versorgen und das Feuer spätestens gegen Mittag zu starten. Aber auch der Heilige Abend kam, ohne dass das Wildschwein – oder wenigstens seine Spur – entdeckt wurde.

Allerdings: Selbst in einer «Sperrzone I» für die Afrikanische Schweinepest hätte die Grenzverletzung durch ein Wildschwein ohne eine bestimmte Vorgeschichte keinen solchen Aktionismus hervorgerufen, denn Hauptüberträger dieser Pest ist der Mensch. Zum Beispiel hätte es nie ein infiziertes Wildschwein aus eigener Kraft bis nach Belgien geschafft, wohl aber war das Virus längst auch dort angekommen – offenbar an den Stiefeln von zuvor in Südosteuropa manövernden Soldaten. Aber diesmal gab es eine Vorgeschichte: Erst vor wenigen Tagen hatte den Jäger Kaspar die Nachricht über gleich zwei an der Seuche verendete Tiere erreicht, in Polen und ganz in der Nähe. Da konnte die Spur der schweinischen Grenzverletzung nicht ignoriert werden, zumal angesichts des Ferkelmastbetriebs in wenigen Kilometern Entfernung.

Mit Hinweis auf die angebliche Grippe hatte ich erklärt, dass ich nachher nicht in die Kapelle zum Weihnachtssingen kommen würde, konnte ich dort doch nicht den Abstand einhalten, auf den ich bei der Spurensuche geachtet hatte. Nicht nur die Saunafreunde diskutierten inzwischen die Möglichkeit, dass ich in Wahrheit den Abend und die Sauna lieber mit einem weiblichen Weihnachtsgast teilte, zu gönnen wäre es mir ja – und sie ahnten nicht, wie recht sie mit ihrer Vermutung hatten.

Ich hatte sie Berta genannt, die Dicke Berta, nach der Krupp-Kanone. Berta musste fast direkt nach ihrem «Grenzdurchbruch» meinen Stall mit der nur angelehnten Tür gefunden haben. Neben der Sauna hatte der Vorbesitzer hier ein oder zwei Hausschweine gehalten, eventuell hatte Berta das erschnüffelt. Mir war klar, welches Schicksal der Wildschweindame bevorstand, würde ich sie verraten. Aber wer sagte denn, dass auch sie dieses afrikanische Virus mit sich herumschleppte? Krank sah sie mir nicht aus. Da konnte man doch abwarten, solange ich die Stalltür nun verschlossen hielt, und hoffen, dass die 10 Kilo Kartoffeln über die Feiertage reichen würden.

Entfernt hörte ich das Weihnachtssingen aus der Kapelle, als ich am Abend nach Berta schaute – und entdeckte, dass ich sie zu Unrecht Dicke Berta genannt hatte: Berta war deutlich schlanker geworden, dafür hingen acht Ferkel an ihren Zitzen. Ich bin Agnostiker, aber natürlich entgingen mir gerade heute Abend nicht die Parallelen zum Stall in Bethlehem. Zwar war ich beim Anblick der Ferkel ziemlich sicher, dass sich diesmal kein Heiliger Geist, sondern ein gewöhnliches Hausschwein zur Vaterschaft bekennen müsste. Trotzdem, fand ich, fast ein Wunder. Ich wusste zwar, dass Bachen das ganze Jahr über trächtig werden können, aber eine Geburt genau am Heiligen Abend? In meinem Stall? Und ich war sicher, mit diesem Tierasyl niemanden zu gefährden, die Seuche nicht zu verschleppen. Denn die Bache war jetzt die dritte Nacht bei mir und wäre längst gestorben, hätte sie das Virus in sich.

Ich ging zurück ins Haus und holte mein Cello. Jenes Cello, das mich nach langer Arbeitslosigkeit («prima Zeugnisse, aber zu alt!») fast um den neuen Job gebracht hatte: ein Ingenieur, der Cello spielte?! Ich baute den Notenständer auf, setzte mich auf den etwas wackeligen Hocker und stimmte das Instrument. Am Heiligen Abend musste es selbstverständlich Bach sein. «Schafe können sicher weiden» war zwar weder aus dem Weihnachtsoratorium noch für Cello geschrieben, aber passend, fand ich. Wenigstens heute Abend. Dann würde man weitersehen.

Selina Jüngling

Das gelbe Portal

Da ist es. Ich sehe es schon von Weitem, während wir mit dem Auto die Brücke überqueren. Das Ortsschild. Wie ein grellgelbes Warnzeichen blitzt es durch den Nebel. Statt des Dorfnamens könnte auch draufstehen: «Willkommen zurück, Selina! Sobald du diese Schwelle überschritten hast, wird dein über die Jahre erkämpftes Selbstbewusstsein um sechzig Prozent sinken.»

Ich bin über die Weihnachtstage in der Heimat, einem kleinen Dorf in einer Weinregion. Vor zehn Jahren bin ich weggezogen, habe seitdem an fünf verschiedenen Orten gewohnt, wurde viermal gefriendzoned, war einmal wegen zu viel Stress im Krankenhaus und habe kein einziges Mal bereut, weggegangen zu sein. Mittlerweile wohne ich in Berlin (natürlich) und arbeite als Journalistin.

«Und, hast du schon was vor?», fragt mein Vater mich in die ohrenbetäubende Stille des Pink-Floyd-Songs, der im Hintergrund läuft, hinein.

«Morgen wollte ich mit Emily und Sina zu dieser ‹Jesus Christ Birthday Party›, wo wir früher immer waren. Sinas Mama fährt uns.»

«Wie kommt ihr nach Hause?»

«Keine Ahnung, Taxi oder so.»

«Bevor ihr zu irgendeinem besoffenen Vollidioten ins Auto steigt, rufst du mich bitte an, dann komme ich euch abholen.»

«Ja, Papa.»

Mein Augenrollen verewigt sich in meinem Tonfall. Es sind jedes Jahr die gleichen Gespräche, wie eine hängen gebliebene CD wiederholen sie sich.

Wir spielen wieder unsere Routine durch: Ich esse (Spaghetti bolognese), während meine Mutter mich über meinen Job und das Liebesleben meiner Freundinnen ausfragt. Nachdem wir den Actionfilm mit Bruce Willis in der Hauptrolle (bei dessen Sexszene ich betont lässig durch mein Handy scrolle) zu Ende geschaut haben, sage ich Gute Nacht und verschwinde in mein altes Kinderzimmer. Es ist immer noch in dem grässlichen Lila gestrichen, das ich mit 17 so geliebt habe.

Wie immer am ersten Abend zurück in der Heimat überkommt mich Wehmut. Ich lasse meinen Blick durch den Raum schweifen, der so viele Erinnerungen – und jede Menge Modesünden aus den 2010ern in sich trägt (Hard-Rock-Cafe-Shirts!). Meine Augen bleiben an einem Haufen zerfleddertem Papier hängen: die alten Jahrbücher. Ich nehme sie vom Regal und schlage das oberste auf. Es ist 2010, und ich bin 14 Jahre alt. Ich muss grinsen, als ich mich zwischen zwei Mädchen mit langen Eulenketten und Schlauchschals entdecke. Unfassbar, dass ich damals dachte, ich sei dick. Ich möchte dieses kleine Mädchen gerne rütteln und ihr zurufen: «Du wirst noch so viel mehr zunehmen und dich so viel wohler in deinem Körper fühlen!» Sie hört mich nicht.

Mir wird schummrig vor Augen. Ich stehe im Schulflur neben meinen damaligen besten Freundinnen Johanna und Klara. «Das ist ja gar keine echte Bench-Jacke», höre ich Klara sagen, während sie auf mich zeigt.

Was zur Hölle war das? Ein Tagtraum? Dieser Ort macht

mich noch verrückt, denke ich, klappe das Jahrbuch zu und lege mich schlafen. Was in meinem Fall bedeutet: Ich mache eine Folge «Friends» an und beginne den allnächtlichen Kampf mit meinen Gedanken, der in der Regel erst nach stundenlangem Schlagabtausch endet.

«Sind wir nicht zu alt für die Party?», frage ich, während ich an meinem bunt gemusterten Oberteil herumzupfe, in dem ich in Berlin schon oft feiern war. Hier in der Heimat wirkt es fehl am Platz. Sina dreht sich vom Beifahrersitz zu Emily und mir um.

«Ach, das wird witzig. Es sind bestimmt viele aus unserem Abi-Jahrgang da.»

«Genau darauf habe ich ja eben keinen Bock. Diese ganzen ‹Und was machst du jetzt?›-Gespräche.»

«Lass uns einfach einen schönen Abend nur für uns haben. Wir waren schon so lange nicht mehr feiern», sagt Emily.

«Bis zum Blackout», ruft Sina und prostet mit einem imaginären Glas.

Ich hab die beiden vermisst. Was ich weniger vermisst habe: meine Erinnerungen zu verlieren, sobald ich meine Alkohol-Toleranz-Grenze überschritten habe. Etwas, wofür ich in meinen Teenager-Jahren bekannt war.

«Das ist mir schon fast zwei Jahre nicht mehr passiert. Ich hab das im Griff», sage ich und stoße mein imaginäres Glas an Sinas.

Als wir aus dem Auto steigen, landen wir in einer Traube von 16- und 17-jährigen Mädchen, alle gekleidet in kurze Röcke und hohe Schuhe.

«Oh Gott, sind wir früher auch so rumgelaufen?», fragt Emily.

«Kannst du dich nicht mehr an die Jahrgangsfeier in dieser einen Grillhütte erinnern?», sagt Sina. «Wir sind mit unseren Heels ständig im Matsch stecken geblieben!»

«Das hab ich komplett verdrängt», murmelt Emily.

Am Eingang der alten Sporthalle, die aussieht, als hätte sich ein Weihnachtself darauf übergeben, kontrolliert der Türsteher die Ausweise der Mädchen vor uns.

«Tut mir leid, eure Muttizettel sind nicht richtig ausgefüllt. Ihr braucht noch jemanden vor Ort, der volljährig ist und als euer Erziehungsbeauftragter unterschreibt.»

«Mist, ich dachte, wir kommen so durch», flüstert das eine Mädchen ihrer Freundin zu, während sie zur Seite gehen, um uns durchzulassen. Der Türsteher winkt uns durch, ohne uns auch nur in die Augen zu sehen.

«Hey, Entschuldigung! Könntet ihr uns vielleicht unsere Muttizettel unterschreiben?»

«Na klar», sagt Sina sofort und schnappt sich den Stift, den ihr das eine Mädchen hinhält.

«Oh, danke danke danke! Wir haben Wochen gebraucht, um unsere Eltern zu überreden, hier hingehen zu dürfen», sagt das andere Mädchen aufgeregt.

«Na dann, viel Spaß!» Sie verschwinden in einer Wolke von überparfümierten Jugendlichen.

«Ich hab ja gesagt, wir sind zu alt für diese Party», sage ich und ziehe die beiden zur Bar.

Nach zwanzig Minuten haben wir endlich unsere Getränke – einen Drink namens Tannenbaum-Tonic, der kaum nach Alkohol schmeckt. Wir stellen uns gerade an den Rand der Tanzfläche, als eine Klavier-Melodie ertönt. «We're soarin', flyin' …» Wir stimmen alle drei sofort mit ein – inklusive theatralischer Handbewegungen. Wie sich das gehört, wenn man ironisch auf Songs tanzt, die man mit seiner Jugend verbindet. Doch es ist nicht die Originalversion, der Refrain von «Breaking Free» ist mit einem schrecklichen Techno-Beat unterlegt. Ich kann mich gerade noch stoppen, bevor ich in eine meiner Tiraden darüber verfalle, wie unmöglich Remixes von alten Songs sind und wieso, verdammt noch mal, niemand mehr eigene Songs schreibt. Ich komme mir vor wie eine Parodie meiner selbst.

Ich schaue mich in der Halle um, versuche, Nebendarsteller aus meiner Vergangenheit zu erspähen. Und tatsächlich, da steht jemand an der Bar. Ich erkenne ihn am Hinterkopf. Dunkle verwuschelte Haare, langer Hals, von hinten sieht er aus wie früher: Dominik, mit dem ich in der elften Klasse drei Monate zusammen war. Gerade, als ich den anderen beiden von meiner Entdeckung erzählen will, wird mir wieder schummrig vor Augen.

Wir stehen direkt neben Dominik an der Bar, ich mit dem Rücken zu ihm. «Ja, also letztens hab ich Brad Pitt interviewt. Echt netter Kerl. Und wart ihr schon mal im Berghain? Suuuper crazy da. Typisch Berlin eben», brülle ich Emily und Sina viel zu laut zu, die gedankenverloren zu «Mr. Brightside» tanzen. Ich tue so, als ob ich die Barkarte lese, um einen Blick auf Dominik zu erhaschen. Plötzlich tippt mir jemand auf die Schulter.

«Hi, Selina. Lange nicht mehr gesehen. Wie geht's dir?»

Ich starre für einen kurzen Moment in Dominiks unverschämt schöne blaue Augen, stammele ein «Hi» und flüchte an ihm vorbei in die Menschenmenge.

Das Ende von «Breaking Free» dröhnt aus den Boxen, und wir stehen am Rande der Tanzfläche. Lief gerade nicht noch «Mr. Brightside»? Oookay, jetzt drehe ich wirklich durch.

«Hey Leute, was ist gerade passiert? War ich kurz weg?»

«Äh, ne, du hast die ganze Zeit neben uns gestanden. Alles klar bei dir?», fragt mich Emily.

«Ja, alles gut. Ich dachte nur ...»

«Selina, dreh jetzt nicht durch, aber Dominik ist hier», sagt Sina und deutet zur Bar.

«Ja, habe ich auch schon gesehen», antworte ich gedankenverloren. «Wisst ihr was? Ich geh da jetzt hin.»

Entschlossen bahne ich mir den Weg durch die Menge.

«Hi, Dominik. Lange nicht mehr gesehen. Wie geht's dir?»

«Heeey, wie schön, dich zu sehen!»

Wir umarmen uns.

«Ich hab auf Instagram gesehen, dass du jetzt in Berlin wohnst. Wie ist es in der Hauptstadt?»

«Super! Fühle mich richtig wohl da. Wie läuft's bei dir?»

Wir kommen nicht über Small Talk hinaus. Ich wünsche ihm noch einen schönen Abend und kehre zurück zu Emily und Sina.

«Und wie war's?»

«Ganz gut.»

Der Rest des Abends verläuft ereignislos. Der DJ spielt weiter seine People-Pleaser-Playlist ab (erst «Wannabe» und dann «Everybody» von den Backstreet Boys? Groundbreaking!), und unser Alkoholpegel steigt trotz drei weiterer überteuerter Tannenbaum-Tonics nicht auf das gewünschte Level. Um Punkt 12 Uhr wünscht die Menschenmenge Jesus «Happy Birthday», und «Last Christmas» ertönt.

«Wollen wir?», frage ich.

«Yes», sagen Emily und Sina fast zeitgleich. Sina zückt ihr Handy und ruft ein Taxi.

Am nächsten Morgen werde ich vom lauten Klopfen an meiner Zimmertür geweckt. Meine Mutter steckt den Kopf herein: «Frühstüüück! Und frohe Weihnachten!»

«Frohe Weihnachten, ich komme gleich.» Ich drehe mich noch mal um. Schön, dass meine Eltern so viel Wert darauf legen, zusammen zu frühstücken, aber muss es um 9 Uhr morgens sein?

Heute ist Heiligabend. Nachdem wir uns halbwegs schick gemacht haben (der einzige Tag im Jahr, an dem mein Vater ein Hemd trägt), fahren wir zu meiner Oma, die zwei Dörfer weiter wohnt. Auch dieser Tag folgt einem strengen Skript: Meine Oma fragt, ob ich einen Freund habe. Ich antworte, dass ich schon Bescheid sagen würde, wenn es so weit ist.

«Weißt du noch, wie du dir als Kind meine Stöckelschuhe angezogen hast und damit durchs Dorf gelaufen bist?»

«Ja, Oma.» Auch wenn ich diese Story schon zigmal gehört habe, muss ich immer wieder lächeln. Wieso hat man sich als Kind nichts sehnlicher gewünscht, als erwachsen zu sein?

Gerade, als ich mich an die schönen Nachmittage erinnere, die ich früher mit meiner Oma verbracht habe, zieht mich ein Themenwechsel zurück in die Realität.

«Die Jugend von heute, die sind ja stinkfaul und wollen alle nicht mehr arbeiten. 4-Tage-Woche? Früher mussten wir auch samstags schuften! Nur der Sonntag, der war heilig», sagt meine Oma.

Ich frage mich: Lohnt es sich wirklich, mit meiner 89-jährigen Oma eine Diskussion über Work-Life-Balance und mentale Gesundheit anzufangen? Klar könnte ich jetzt sämtliche Argumente für die 4-Tage-Woche herunterrattern, aber wofür?

«Hey Oma, kannst du dich noch dran erinnern, wie ich dir früher mit meinem City-Roller Kunststücke gezeigt hab und du sie bewerten musstest?»

So fühlt es sich an, erwachsen zu sein: Diskussionen, die niemanden weiterbringen, aus dem Weg zu gehen. Choose your battles.

Die 4-Tage-Woche bleibt für den Rest des Abends unerwähnt. Stattdessen bekommen wir Rinderrouladen, Kartoffelklöße und noch mehr altbekannte Geschichten aufgetischt.

Nächster Akt im Familiendrehbuch: der erste Weihnachtstag. Während «Michel aus Lönneberga» läuft, steht mein Vater in der Küche. Wenn man ihm helfen will, winkt er mit Schweiß auf der Stirn ab: «Es geht schneller, wenn ich das selbst mache.» So kann er sich am Ende darüber beschweren, dass meine Mutter und ich überhaupt nichts gemacht hätten. Nach dem Essen wird eine Runde Phase 10 gespielt. Mein Vater wirft meiner Mutter vor zu schummeln (geht das überhaupt bei Phase 10?). Und sie unterstellt ihm, ihr Spiel zu sabotieren. Am Ende gewinnt sie, wie immer.

«Ich treffe mich später noch mit Emily und Sina», sage ich, bevor mein Vater anfangen kann, eine Verschwörungstheorie darüber aufzustellen, wie meine Mutter so viele Joker haben konnte.

«Aber schau bitte, dass es nicht zu spät wird. Wir wollten morgen früh zu Tante Luzia fahren», erinnert mich meine Mutter.

«Das wird schon passen.» Ich verschweige, dass wir uns zu einem unserer berühmten «Sinnlos betrinken»-Abende von früher verabredet haben.

«Ich habe das Gefühl, ich gehöre hier nicht mehr hin.»

Wir haben drei Beer-Pong-Runden hinter uns (ich habe alle drei verloren) und einige Shots Berliner Luft.

«Quatsch, du bist hier geboren, das ist deine Heimat! Du gehörst zu uns», sagt Emily, drückt meine Hand und schaut mich mit ihren betrunkenen treuen Augen an.

«Ich mag Berlin total gerne, aber da komme ich mir vor wie eine Außenseiterin. Und wenn ich in meiner Heimat bin, fühlt es sich an, als ob ich dem Ganzen hier entwachsen bin. Ich bin einfach lost. Gleichzeitig falle ich in alte Muster zurück, sobald ich das gelbe Portal durchquert habe.»

«Das gelbe was?», fragt Sina verwirrt.

«Es ist dann, als ob ich wieder ein Teenager bin. Als ob die letzten zehn Jahre nicht passiert sind.»

«Also ich finde schon, dass du dich verändert hast. Du bist nur noch halb so dickköpfig wie damals», grinst Sina und nippt an ihrem Bier.

«Lasst uns noch 'ne Runde Beer Pong spielen», schlage ich vor, um nicht in einen weiteren selbstmitleidigen Monolog zu verfallen. Und dieses Mal gewinne ich. Ich fühle mich euphorisch – könnte aber auch an den zwei Berliner-Luft-Shots liegen, die wir danach noch in uns reinkippen.

«Okay, Leute, ich muss euch was erzählen.» Mittlerweile lalle ich. «Aber ihr dürft mich nicht auslachen.»

«Kann ich nicht versprechen», sagt Sina.

«Ich hatte die letzten Tage so seltsame Visionen.»

«Aaalles klar, bist du auf einmal Alice aus ‹Twilight›?»

«Schon klar, du wohnst jetzt in Berlin, aber ich glaube, du übertreibst es ein bisschen mit dem Ketamin.»

«Im Ernst! Ich hab manche Situationen erlebt, bevor sie überhaupt passiert sind. In den Visionen hab ich mich verhalten wie ein unsicherer Teenager. Und ich glaube, ich verstehe jetzt auch, was das Universum oder Gott oder wer auch die Fäden zieht, mir damit sagen wollte.»

«Jetzt mache ich mir aber doch Sorgen», sagt Emily und runzelt die Stirn.

«Ich selbst habe die Macht darüber, wie ich mich verhalte. Dieser Ort, das gelbe Portal, hat keinen Einfluss auf mich, wenn ich es nicht zulasse. Ich bin schließlich ein erwachsener Mensch! Und ich habe so viel gelernt, seit ich hier weggezogen bin. Ich habe keine Blackouts mehr, keine in Tränen endenden Diskussionen mit meiner Oma, ich kann sogar ganz normal mit Dominik reden! Wisst ihr was? Vielleicht hab ich mich doch verändert!»

Blackout.

Edgar Wilkening

Aufstand der Schokofiguren

«Sie haben Ihr Ziel erreicht», sprach das Navi. Aber auch ohne den Hinweis hätte ich das schmucklose Gebäude in dem runtergerockten Gewerbegebiet als Ziel ausgemacht. Wenn sich morgens um neun vor einem Ladengeschäft eine lange Schlange bildet, weiß man, entweder ist das neue Smartphone eingetroffen – oder es handelt sich um eine Tafel für Bedürftige.

Ich steuerte meinen Wagen an Schlange und Gebäude vorbei zur Rückseite, wo ich einen asphaltierten Hof mit einer Lieferrampe vorfand.

«Lebensmittelspende?», fragte eine Mittsechzigerin in aufgeplusterter Fleece-Jacke. Ein Rolltor ging hoch. «Was haben wir denn Schönes aufm Bock?», fragte die Tafelfrau.

«Weihnachten», gab ich fröhlich zurück.

«Das mag unsere Kundschaft. Dann zeig mal», duzte die Fleece-Jacke.

«Gemüse gekommen?», wollte eine männliche Stimme aus der Halle hinterm Rolltor wissen.

«Nee, Weihnachten», rief die Fleece-Jacke zurück.

Ich reichte der Tafelfrau eines der stanniolumwickelten Produkte, die sich auf der Ladefläche stapelten, allesamt verpackt in Originalkartons.

«Schoko-Weihnachtsmänner?»

«Frauen», antwortete ich. «Schoko-Weihnachtsfrauen.»

Die Fleece-Jacke schob ihre Brille ins Haar, kniff die Augen zusammen und drehte die Figur ins Licht der Hofstrahler. «Da wäre ich jetzt von selbst ...» Sie legte den Kopf zur Seite, rückte die Brille wieder zurecht. «Echt jetzt? Weihnachtsfrau?» Sie schüttelte den Kopf. «Wär ich nicht drauf gekommen.»

War mir schon klar. Genau deshalb war ich ja hier: auf dem Lieferhof einer der vielen Tafeln im Lande, irgendwo im niederrheinischen Nirgendwo, mit einem Transporter voller bunt umwickelter Figuren aus Edelschokolade, die Weihnachtsfrauen darstellen sollten und es nicht taten, hergestellt von einer namhaften Schokoladen-Manufaktur, bei der ich vor Jahren als Berater tätig geworden war.

«Weihnachtsmänner?», fragte die Männerstimme, die sich zu uns gesellt hatte und die Figur sah.

«Nee, Frauen, sagt er», antwortete die Fleece-Jacke.

«Einfach mal reinbeißen», ermunterte ich die beiden und gab dem Kollegen ebenfalls ein Exemplar.

«Von Rosbach?», staunte der, als er das Markenetikett an der Unterseite entdeckte.

«Das ist doch diese Luxusmarke», wunderte sich die Fleece-Jacke. «Ganzen Wagen voll davon?»

«Wo kommt das Zeug her?», fragte der Kollege misstrauisch. «Wir wollen hier keinen Schmu.»

«Alles in Ordnung», versicherte ich. «Direkt im Supermarkt gekauft. Halbes Jahr MHD. Hier, bitte.» Ich zuppelte einen Kassenzettel aus meiner Jackentasche. Frisch von heute Morgen. Er wies eine Rechnungssumme in vierstelliger Höhe aus. Was man halt auf den Tisch legen muss, wenn man dreihundert Weihnachtsfiguren aus Premiumschokolade kauft, je 150 Gramm, zum empfohlenen Verkaufspreis von je sieben Euro neunzig, und einen Apfel dazu. Alles korrekt bezahlt. In bar.

Den Apfel hatte ich gleich im Auto gegessen. Die Schokofiguren gedachte ich hier loszuwerden. Mein Zeitplan war straff getaktet, der Wagen musste leer werden.

Ein herzhaftes Knacken. Die Fleece-Jacke hatte der Figur den Kopf abgebissen. Das war erfahrungsgemäß der Moment, in dem ich gewonnen hatte.

«Was denn?», blaffte die Fleece-Jacke den Kollegen an, der ihr einen vorwurfsvollen Blick zuwarf. «Qualitätskontrolle! Alles für die Kundschaft!»

«Ich hol dann mal'n Palettenwagen», knirschte der Mann und wandte sich Richtung Rolltor. Na bitte, geht doch.

Ruckzuck war der Wagen geleert, ein kurzes «Tschö», und ich lag wieder im Zeitplan.

Mein nächstes Ziel war ein Supermarkt drei Orte weiter. Elf Minuten Fahrzeit zeigte das Navi. Die Landschaft, die ich durchkurvte, machte dem November alle Ehre. Nichts deutete darauf hin, dass in einigen Wochen das frohe Fest seinen Glanz übers Land breiten würde. Nur die Sitzheizung verströmte etwas vorweihnachtliche Wärme. Sieben Wochen noch für meine «Mission Marktlücke».

In meinem Bekanntenkreis wusste jeder, was ich beruflich machte. Werbung – das Stichwort reichte allen. «Edgar macht Flyer», war die einhellige Auffassung. Niemand wollte mehr wissen. Gut so. Meine tatsächliche Profession wäre kaum zu erklären gewesen.

Ich entwickelte Lösungen. Antworten auf komplexe Herausforderungen. Mal ging es um innovative Produkte, die ein Unternehmen brauchte; mal um Aufmerksamkeit, um im Getöse des Weltmarkts wahrgenommen zu werden; mal um bedrohliche Krisen, die klug durchschifft werden mussten. Um Flyer ging es nie. Aber falls mal jemand einen Flyer benötigt hätte, auch dafür hätte ich eine Lösung gefunden.

Der alte Rosbach wusste das. Hartmut Rosbach, der Konditormeister und Unternehmer. Aus dem kleinen Café seines Großvaters hatte er einen der führenden Premium-Schokoladenhersteller des Landes geformt. Ich war viele Jahre für ihn tätig gewesen. Mal für schwierige Aufgaben, mal für sehr schwierige Aufgaben und bisweilen für Auswegloses. Im Lauf der Zeit hatte ich Rosbachs volles Vertrauen gewonnen. Und er den Eindruck, dass ich sogar da noch Auswege schaffen konnte, wo andere nur mehr Sackgassen sahen. Deshalb hatte er mich jetzt beauftragt. Mit der «Mission Marktlücke».

Ich war überrascht gewesen, als Rosbach anrief, an einem verregneten Septembertag. Er hatte sich ein Jahr zuvor mit Pomp verabschiedet und den Staffelstab seiner Tochter weitergegeben. Annika Rosbach, Anfang dreißig, eigensinnig, mit selbstbewusstem Bubikopf hatte lange auf diesen Moment hingearbeitet. Und der Vater überließ ihr das Feld. Zeit für etwas Neues, fand er. Ihn selbst zog es nach Florida, wo er sich unter blauem Himmel der Verbesserung seines Handicaps widmete. Ich hatte nichts mehr von ihm gehört. Bis vor zwei Monaten.

Das Navi meldete, dass ich mein nächstes Ziel erreicht hatte. Ich lenkte mein Fahrzeug auf den Parkplatz des Supermarkts, löste zwei Einkaufswagen und bugsierte sie Richtung Eingang. Im Laufe der vergangenen Wochen hatte ich es zur Routine gebracht, zwei Wagen gleichzeitig zu manövrieren, ohne bleibende Schäden zu verursachen.

Als sich die Eingangstüren öffneten, schien alles noch völlig normal. Ich würde gezielt die Süßwarenabteilung ansteuern, so wie ich es in den vergangenen Wochen bei Supermärkten im ganzen Land gemacht hatte. Ich würde die Aktionsfläche suchen, auf der ein Aufsteller der Manufaktur Rosbach platziert war; darin würden sich knapp dreihundert Weihnachtsfiguren aus allerfeinster Premiumschokolade befinden, gestapelt in offenen Pappkartons; ich würde diese Kartons in meine beiden Einkaufswagen umschichten, eventuell noch ein Stück Obst oder ein Kleingebäck dazulegen, zur Kasse gehen und den Einkauf mit Bargeld begleichen, um keinerlei Spuren zu hinterlassen, nicht mal digitale. Und so würde ich weitere Supermärkte besuchen und Rosbach-Schokofiguren erwerben, so viel der Mietwagen bergen konnte, und zwischendurch eine der Lebensmittel-Tafeln oder eine Kirche aufsuchen, um meine Ladung als barmherzige Spende für die Benachteiligten zu entsorgen; um danach weitere Supermärkte und Tafeln oder Kirchen in anderen Orten anzusteuern – bis das deutsche Ladenschlussgesetz meinem Tagwerk ein Ende setzen würde. Dann würde ich eine kurze Nacht in einem Hotelbett verbringen, gerade lange genug, um pünktlich, sobald die Supermarkttüren wieder öffneten, die Mission fortzusetzen.

Diesem Rhythmus folgten meine Tage, seit ich Hartmut Rosbachs telefonischem Flehen aus Florida nachgegeben hatte. «Edgar, du musst das übernehmen. Auch wenn es ausweglos ist, du musst dir was einfallen lassen. Ich weiß sonst niemanden, der das noch hinbiegen kann.»

Anfangs hatte ich den Auftrag nicht annehmen wollen. Viel zu heikel das alles. Ein kleiner Fehler, und die Sache würde nach hinten losgehen. Aber Rosbach führte ein überzeugendes Argument ins Feld: Geld spielt keine Rolle. Er hatte einen fürstlichen Vorschuss überwiesen. Den Rest würden wir nach Tageshonorar und Belegen abrechnen. Außerdem hatte er mir eine Liste aller Supermärkte zugespielt, die einen Schokofiguren-Aufsteller erhalten hatten.

Ich hatte alle anderen Verpflichtungen bis Weihnachten abgesagt und einen detaillierten Schlachtplan für die «Mission Marktlücke» entwickelt, dem ich nun seit fast zwei Monaten minutiös folgte. Das Ziel: Lücken im Supermarkt zu hinterlassen, wo vorher Rosbach-Ware stand. Daher der Name meiner Mission. Natürlich fühlte ich mich überqualifiziert für das dröge Brot eines Handlungsreisenden. Aber die Medien durften keinen Wind davon bekommen, dass Rosbach seine eigene Ware am Markt heimlich wieder aufkaufte. Deswegen machte ich alles allein. Es waren gleichförmige Tage. All die Supermärkte und Tafeln und Gemeindehäuser und Kirchen verschwammen vor meinem inneren Auge zu einer einzigen großen Schokocreme. Nur selten gab es Begegnungen, an die ich mich später noch erinnern konnte.

Einmal, im Oldenburger Land, hatte ich zwei Punks getroffen. In ausgeleierten Lederjacken, aber mit formvollendetem Irokesenschnitt. Sie saßen auf dem Bordsteinrand und nuckelten an Billig-Bierdosen. Man muss freundlich sein zu dieser Sorte Gestalten. Es sind die letzten ihrer Art. Sie sind vom Aussterben bedroht. Kaum jemand traut sich heute noch so auf die Straße. Und womöglich gab es sie auch nur noch hier, im Oldenburgischen, wo man den Einheimischen ein übermenschliches Beharrungsvermögen nachsagte.

«Lust auf Schokolade?», hatte ich die beiden gefragt, als ich mit zwei bepackten Einkaufswagen an ihnen vorbeizuckelte.

«Warum nicht», sagte die eine Bürste.

Ich stellte ihnen einen Karton hin. «Aber gut einteilen, nicht alles auf einmal», zwinkerte ich den beiden zu.

«Alter, was'n das?», griente der andere, als er eine Figur in die Hand nahm. «Ey, guck mal», feixte er zum Kollegen rüber. «Weihnachts-Zombies!»

Die beiden brachen in irres Lachen aus. «Geil, die toten Augen!» – «Uh, uh, uh, gruselige Weihnachten, Digga!» Die zwei kriegten sich gar nicht mehr ein vor Vergnügen.

«Weihnachtsfrauen», versuchte ich richtigzustellen.

Aussichtslos. Im Grunde wusste ich ja, was die zwei so irre komisch fanden. Im Hause Rosbach hatte man weder Kosten noch Mühen gescheut, um die Vision der frischgebackenen Firmenchefin Annika Rosbach in die Tat umzusetzen: die diskriminierungsfreie Abbildung einer weiblich gelesenen Schokoladenfigur, die ohne tradierte Rollen- und Gender-Klischees kulturenübergreifend das Jahresabschlussfest symbolisierte – und damit den klassischen Weihnachtsmann ersetzen sollte, der als sozial schädlich verstanden wurde. Ja, Annika Rosbach hatte in Berlin studiert. Und sie hatte alles getan, damit die Vision ein Erfolg wurde: Teure Designbüros in London waren beauftragt worden, um die neue Figur zu entwerfen; es hatte Hunderte Entwicklungs- und Abstimmungs-Meetings gegeben; und am Ende hatte Annika Rosbach persönlich Hand angelegt.

Herausgekommen war etwas, das mit Weihnachten so viel zu tun hatte wie die Sex Pistols mit Bachs Oratorium. Kein Rauschebart auf der Stanniolfolie – weil Ausdruck von patriarchalischem Machtgehabe. Keine abgebildete Weidenrute – wegen männlicher Aggressions-Symbolik. Kein Geschenke-Rucksack – der Anblick könnte Menschen verletzen, die an Weihnachten keine Geschenke bekommen. Nicht mal eine rote Zipfelmütze gab es noch – was auch immer damit nicht stimmte, vielleicht lag's einfach am Wort. Obendrein fanden sich keinerlei weibliche Attribute, wie man sie bei einer Weihnachtsfrau hätte erwarten können. Es war die perfekte Melange aus gut gemeintem Irgendwie und profillosem Einerlei. Weihnachts-Zombie traf es ziemlich genau.

Alle hatten davon abgeraten, diese Kreatur auf den Markt zu bringen und der traditionellen Weihnachtsmannfigur Adieu zu sagen. Annika Rosbach hatte sich über alle Bedenken hinweggesetzt. Sie war der Ansicht, die Zeit und auch die Gesellschaft seien jetzt reif für diesen Schritt in eine gerechtere Welt. Es sollte ihr Meisterstück werden, ihr Paukenschlag als neue Unternehmenschefin. Eine veritable Schokofiguren-Revolte. Dafür schob sie jeden Rat beiseite. Auch meinen.

Kein Wunder, dass Hartmut Rosbachs Sorgen in Florida mehr Fortschritte machten als sein Handicap. Seine eigensinnige Tochter war drauf und dran, alles zu verspielen, was er aufgebaut hatte. Die alten Weihnachtsmann-Gussformen waren eingemottet und neue Gussformen für die genderneutrale Figur bestellt worden, ebenso wie Stanniolfolien, die den Korpus diskriminierungsfrei umhüllen sollten. Die gesamte Produktion seit dem Frühjahr war auf die neue Linie ausgerichtet worden.

Doch die bessere und gerechtere Version einer Weihnachtsfigur lag in den Regalen wie das sprichwörtliche Blei. Wer etwas Weihnachtliches suchte, griff zu klassischen Motiven; wer etwas Schokoladiges wollte, wählte Tafeln. Wohin auch immer ich in den letzten Wochen gekommen war: Die Rosbach-Aufsteller waren stets unberührt und bis obenhin voll.

Das erklärt meinen Schock, als ich mit meinen zwei Wagen die Süßwarenabteilung des Supermarkts erreichte. Ja, es gab hier einen Rosbach-Aufsteller. Aber das war mir noch nie begegnet: Einsam und verloren ragten die Pappwände in die Höhe. Kein einziger Karton mit Schokofiguren darin. Alles leer. So einen Anblick gab es eigentlich nur, wenn ich die bleierne Ware in meine Wagen umgeschichtet hatte. Was war hier los? Hatte man ab Werk einen unbefüllten Aufsteller ausgeliefert? Gab es eine Anomalie im Raum-Zeit-Kontinuum?

Ich muss eine ganze Weile ziemlich bedeppert aus der Wäsche geguckt haben, immer hin und her zwischen dem leeren Aufsteller und meinen leeren Einkaufswagen. Ich kriegte das einfach nicht zusammen.

Irgendwann sprach mich eine junge Frau im Supermarkt-Kittel an: «Sie kommen zurecht?»

«Äh, diese ... diese Schokofiguren hier», stammelte ich und zeigte auf die leeren Pappwände.

«Die Weihnachtsfrauen?»

«Genau. Haben Sie noch welche?»

«Müsste ich nachsehen. Gestern war der Aufsteller noch voll.» Sie wunderte sich selbst. «Jetzt scheinen ja alle ausverkauft zu sein.»

Was war hier geschehen? Hatten die Kunden in diesem kleinen Städtchen womöglich andere Geschmacksvorlieben als der Rest des Landes? Hatten sie den Supermarkt gestürmt, um rasch noch einen dieser Weihnachts-Zombies zu ergattern? Oder – mir kam ein böser Verdacht – war ich womöglich selbst im Rahmen meiner Mission schon mal in diesem Supermarkt gewesen und hatte höchstpersönlich alles abtransportiert?

Ich schaute mich um. All diese Regalreihen mit ihren lebensmittelsimulierenden Verpackungen – im Grunde sahen sie überall gleich aus. Ich hätte nicht sagen können, ob ich hier schon mal gewesen war. Ein Blick auf den Tourneeplan half: nein. Hier war ich heute zum ersten Mal.

Umso mehr blieb die Frage: Was war passiert? Die Antwort sollte ich kurze Zeit später bekommen. Und sie würde mich treffen wie ein Schokoblitz.

Zwei, drei Stationen lang lief alles normal. Ich leerte die Rosbach-Aufsteller, füllte die Ladefläche meines Wagens und weiter zum nächsten Ziel. Bis ich in einen kleinen Vorort mit umso größerem Supermarkt kam. Ich schnappte mir zwei Einkaufswagen, betrat den Laden – und gerade als ich abbog zur Süßwarenabteilung, entdeckte ich sie: die Antwort auf meine drängenden Fragen.

So etwas hatte ich nie zuvor gesehen: Wo sich der Rosbach-Aufsteller befand, war eine Person zu sehen, die kartonweise Schokofiguren in einen Einkaufswagen umlud.

Instinktiv suchte ich Deckung hinter einem mannshohen Stapel Eiernudeln und starrte auf die Szenerie. Wie bei einem Autounfall: Ich wusste, es war falsch hinzugucken. Aber ich konnte den Kopf einfach nicht wegdrehen. Es war, als würde ich mir selbst zusehen – bei meiner eigenen Mission. Nur mit dem Unterschied, dass ich keine Bubikopf-Frisur hatte.

Kein Zweifel: Es war Annika Rosbach. Die Rädelsführerin der Schokofiguren-Revolte höchstpersönlich. Mutterseelenallein schlug sie eine Marktlücke, bis keine einzige Zombiefigur mehr im Aufsteller stand. Dann schob sie ihren Einkaufswagen Richtung Kasse.

Ich ließ meine Wagen, wo sie waren, und folgte unauffällig. Sie legte noch zwei Bananen und eine Packung Kaugummis in den Wagen, zahlte bar und verschwand aus dem Markt.

Ich war geplättet. Annika Rosbach hatte offenbar sehr schnell dazugelernt. Die eigene Ware heimlich wieder aufkaufen, um den Flop zu vertuschen. So viel Realitätssinn hatte ich der Berlin-Absolventin gar nicht zugetraut, nachdem sie ihr eigensinniges Projekt gegen alle Widerstände durchgeboxt hatte. Respekt.

Das brachte mich auf eine Idee.

Ich steuerte den übernächsten Supermarkt auf der Liste an. Mit etwas Glück war Annika Rosbach hier noch nicht gewesen. Ein schneller Gang in die Süßwarenabteilung bestätigte: Der Aufsteller war unversehrt, kein Kunde hatte sich daran bedient. Ich grinste in mich hinein: Meine Chance, eine Extra-Lektion zu erteilen.

Ich schnappte mir zwei Einkaufswagen und schob sie, nein, nicht in den Supermarkt, sondern zu meinem Auto. Ich gluckste vor Vergnügen, öffnete die Tür zur Ladefläche und räumte so viele Kartons wie möglich in die Einkaufswagen hinein. Und dann rollte ich sie in den Supermarkt.

Niemand schöpfte Verdacht. Supermarkt-Mitarbeiter sind so fokussiert auf Menschen, die unerlaubt Ware aus dem Markt rollen. Dass jemand Ware in den Laden hineinrollen könnte, kommt ihnen nicht in den Sinn.

Auf dem Weg in die Süßwarenabteilung begegnete ich allerdings einer Verkäuferin. «Och, nö!», stöhnte sie. «Noch mehr von dem Zeug? Will doch eh keiner haben.»

Ich schauspielerte Hilflosigkeit. «Anweisung aus der Zentrale. Gibt wohl irgendeinen TikTok-Trend, der gerade durch die Decke geht.»

«Echt jetzt?» Sie ließ mich gewähren.

Ich platzierte die Figuren aus meinen Einkaufswagen auf dem vollen Rosbach-Aufsteller, davor, dahinter, daneben. Ich schaffte es sogar, noch zwei weitere Fuhren aus dem Auto zu holen und fachgerecht zu platzieren. Entsorgung mal auf anderem Wege. Über und über stapelten sich die Kartons. Hier entstand die größte Rosbach-Aktionsfläche aller Zeiten.

Als ich mein Werk beendet hatte, musste ich mir nur noch ein unauffälliges Plätzchen suchen und abwarten.

Es dauerte nicht lange, da traf der TikTok-Trend ein. Er trug eine markante Bubikopf-Frisur. Der Anblick des Schokofiguren-Monuments traf Annika Rosbach mit voller Wucht. Die Filmkamera meines Handys schaffte es, ihr ein lautlos gefluchtes «Verdammte Sch...» von den Lippen zu lesen. Vergnügt ließ ich die Aufzeichnung weiterlaufen. Karton um Karton packte die Firmenchefin in ihren Einkaufswagen. Und schnell war klar: Mit einem Wagen kam sie hier nicht weit, wenn sie ihre Kreation aus dem Markt schaffen wollte.

Die junge Verkäuferin staunte dem Bubikopf hinterher, als der zur Kasse abschob. Das Smartphone in der Hand sagte sie zu mir: «Auf TikTok habe ich noch nichts gefunden. Aber Sie haben recht: Das Ding geht ja echt durch die Decke!»

«Die Zentrale weiß alles», zwinkerte ich ihr zu. «Warten Sie ab, keine halbe Stunde, dann ist alles ratzekahl ausverkauft.» Ich ließ die Verkäuferin mit offenem Mund zurück und machte mich unauffällig aus dem Staub.

Ich musste nicht lange warten, bis Hartmut Rosbach sich aus Florida meldete, nachdem ich das Video geschickt hatte. Bei ihm war gerade Vormittag.

«Hast du meine Tochter jetzt als Assistentin?», lachte er.

«Ich habe nichts damit zu tun», versicherte ich. «Wenn du ihr nichts erzählt hast, ist sie von ganz allein auf die Idee gekommen.»

«Hoppla, da hat sie ihre Lektion schnell gelernt», staunte er.

«Die kommt noch mal groß raus», bestätigte ich ihm.

«Lass gut sein, Edgar, und fahr nach Hause», sagte Rosbach. «Wenn Annika sich jetzt selbst drum kümmert, ist das die beste Lösung.»

Ich hatte schon geahnt, dass er das sagen würde. Und ich war einverstanden. Deswegen hatte ich am Nachmittag lange vor Ladenschluss in einem der besten Hotels der Region eingecheckt, wo ich jetzt auf sieben Gänge Sterneküche und eine Flasche Champagner wartete. Die Schokofiguren-Revolte war niedergeschlagen. Und mein Bauchgefühl sagte mir: Der Weihnachtsmann würde in der Manufaktur Rosbach ein furioses Comeback erleben.

«Anderes Thema», hörte ich aus Florida. «Annika hat da noch so ein Projekt.»

«Nein.»

«Gibt ja für Schoko-Hersteller noch eine andere Hochsaison», erklärte Rosbach. «Annika hat da so eine Idee, was den Osterhasen betrifft.»

«Nein, Hartmut!»

Ich sah mich schon bei schönstem Frühlingswetter wochenlang durch die Lande juckeln und Supermärkte leer kaufen. Nein. Ich war froh, dass es vorbei war und dass ich hier in Ruhe am Tisch sitzen konnte. Allerdings ahnte ich, dass Rosbach ein Argument hatte, bei dem ich nur sehr schwer würde Nein sagen können.

«Du kannst doch wenigstens mal einen Blick drauf werfen, Edgar. Geld spielt keine Rolle.»

Alexander Bayer

Gans schön Huhn

«Hast du gehört, was sie gerade zu mir gesagt hat?»

Meine Frau schlägt die Haustür ein bisschen fester zu als üblich.

Ich habe es nicht gehört. Ich war gerade dabei, meine Koffer zu packen und für immer zu verschwinden. Mit «für immer» meine ich «für etwa 90 Minuten». Und mit «verschwinden» meine ich «einkaufen gehen». Denn heute ist der stressigste aller Tage – der 24. Dezember. Und die Geschäfte haben nur für einen halben Tag geöffnet. Nur für diese eine Hälfte, in der alle unbedingt einkaufen müssen. Denn ausreichender Einkauf vor dem 24. Dezember ist uns allen aus physikalischen Gründen nicht möglich. Und auch die Angst, in den zwei geschäftsfreien Tagen danach elendig zu verhungern, ist schlicht zu groß.

Auch uns fehlen noch Butter, Milch, Käse, Wurst und eine Gans. Eine ganz schöne Gans, wie meine Frau zu sagen pflegt. Und wir haben noch nicht alle Geschenke beisammen. Zumindest keine für unsere Kinder und keine für uns. Für mich wird es vermutlich ein Gutschein werden, für einen Wandertag oder für einen Ausflug in den Kletterpark oder für ein Jazzkonzert. Meine Frau möchte mir unbedingt etwas schenken, was ich mir «selbst ganz bestimmt nicht kaufen würde». Seltsam. Dabei ist das ja genau mein Argument, es eben nicht zu besitzen.

«Was hat denn jetzt wer zu dir gesagt?», rufe ich nach unten. Ich muss auf ihre Frage zum Haustür-Vorfall eingehen. Zumindest, wenn ich mir das Geld für den Scheidungsanwalt im kommenden Jahr sparen will. Und das will ich, denn ich möchte mir endlich den schönen Billardqueue aus Tulpenholz kaufen, mit dem ich seit zehn Jahren liebäugle.

«Unseren Fernseher kann sie über die ganze Straße hören, sagt sie.»

«Sagt wer?»

«Sagt Isabel Meinerts von gegenüber.» Die Stimme meiner Frau rutscht bei diesem Satz einen Halbton höher.

«Die Isabel mit dem Schönheitschirurgen als Mann? Wie lief denn ihre Ohrenvergrößerung? Oder was hat sie noch mal machen lassen?»

«Lass den Quatsch. Die hat schon irgendwie recht. Wir sind die Einzigen in der Nachbarschaft, die kulturell total untergehen.

«Ach was! Wir haben ‹arte›-fähige Fernseher. Und das auf jeder Etage!»

«Ja eben. Wir haben Fernseher, und die haben Bücherregale.»

«Wir haben Bücherkisten im Keller!», rufe ich und gehe leise zur Haustür.

«Malte hier zwei Häuser weiter macht Poetry Slam, die Hilde daneben ist Chorleiterin. Und ihr Mann ist Dramaturg im Stadttheater. Nur wir sind die einzigen ...»

Den Rest bekomme ich nicht mehr mit. Ich laufe bereits zum Auto, um Einkäufe und Geschenkeversäumnisse zu kompensieren. Recht hat sie ein bisschen mit der Kulturparanoia. Sie ist in einer anderen Umgebung aufgewachsen als ich. Ihre Familie hat Dauerkarten fürs

Stadttheater und meine fürs Stadion. Ihre Familie ist mit den Kulturschaffenden hier per Du. Ich per sie. Ja, per «sie» mit dem kleinen «s». Ihre Familie schenkt immer Bücher – auch den Kindern. Und meine Spielzeug. Sehr viel Spielzeug. Sie schenkt so viel Spielzeug, dass chinesische Fabrikarbeiter letztes Jahr wegen des explodierten Umsatzes eine Gehaltserhöhung bekamen.

Auf dem Weg zum Auto erreicht mich eine WhatsApp-Nachricht meiner Mutter: «Hallo, Alex. Und, kommt ihr heute?»

Wie, kommt ihr heute? Heute ist Heiligabend. Und an Heiligabend sind wir immer allein und bei uns. Die offizielle Begründung dafür lautet, dass wir keiner Familienhälfte gegenüber unfair sein wollen. Die inoffizielle geht anders. Wir haben drei Kinder und mindestens genauso viele Eltern. Alle zufriedenzustellen, ist jedes Jahr einfach nur schwer. Das fängt bei den Geschenken an.

Meine Frau und ich haben wochenlang darüber gegrübelt, was wir den Kindern dieses Jahr schenken sollen. Ihre Wunschzettel hatten die übliche DIN-A4-Seiten-Anzahl erreicht und wurden uns bereits Wochen zuvor vorgelegt. Carrera-Bahn stand weit oben auf der Liste. Wie auch sieben unterschiedliche Hot-Wheels-Rampen, wobei wir fünf davon bereits irgendwo im Haus haben. Warum waren wir so fahrlässig, drei Jungen hintereinander zu zeugen?

Mittlerweile bin ich am Supermarkt angekommen. Den Einkaufszettel führe ich immer in digitaler Form mit. Ich schaue noch einmal darauf, bevor ich in der Menge verzerrter Vorweihnachtsgesichter verschwinde. Ach ja, die Nachricht von meiner Mutter. «Nein. Wir kommen heute nicht. Vermutlich morgen oder übermorgen – je nach Verkehr», antworte ich. Dann gehe ich in der gestressten Menge unter. Außergewöhnlich viele Männer gehen heute einkaufen. Ihre Henkersmahlzeit vor dem Stress.

Nach 72 Minuten sitze ich wieder im Auto und fahre zum Parkplatz am Schloss. Ich muss ja noch Geschenke besorgen. Im Kopf rekapituliere ich, ob ich etwas vergessen habe. Gans, Pommes, Gemüse, Eis. Das ist unser diesjähriges Weihnachtsmenü und ein Kompromiss aus Traditionellem und Kindergewünsch.

Die Fußgängerzone ist noch überfüllter als der Supermarkt. Warum fahren sie jetzt nicht alle Auto, wie sonst immer, wenn ich im Stau stehe? Dann hätte ich Luft hier. Ich dränge mich an den Schaufenstern vorbei und versuche, mir noch etwas Originelles einfallen zu lassen. Ich muss an unsere Nachbarin und an Lisa denken. «Wann waren wir das letzte Mal bei einem Konzert?», hat sie neulich rhetorisch gefragt. Und noch bevor ich den Mund öffnen konnte, erklärte sie mir, dass Helge Schneider nicht zählt. Und noch bevor ich widersprechen konnte, war sie bereits verschwunden. Vermutlich um unsere Wohnzimmerwand auszumessen, damit wir sie mit Malereien eines regionalen Künstlers behängen können, deren Rahmen aufwendiger sind als der Inhalt.

Die Menschenmenge wird dichter. Ich bin unsicher, ob ich überhaupt noch den Boden berühre. Egal. Ich komme mit der Masse schwimmend voran und werde in die Tür eines Geschäfts gedrängt, das erstaunlich leer ist. Hier ist so gut wie nichts los. Ich schaue mich um und begreife, wo ich gerade bin, da klingelt das Handy. Ich soll mich beeilen. Die Kinder fragen bereits nach dem «zu erwartenden Bescherungstermin». Ich stecke das Telefon weg und schlage gleich dreimal zu.

«Und hast du alles bekommen?» Lisa öffnet die Tür.

«Ja, hier die Einkaufstüten.»

«Schön. Und wo ist die Gans?»

«Da! Ist vielleicht nicht die größte Gans von ganz Koblenz, aber die musst du doch sehen ...»

«Alex, das da ist ein Huhn!»

Mist. Ich verschwinde auf der Toilette und ärgere mich darüber, dass das Huhn ausgerechnet heute so gansig aussah. Dabei hatte ich diesmal beim Einkaufen echt ein gutes Gefühl. Normalerweise kauft Lisa ein, denn sie ist wesentlich schneller und schlauer als ich. (Den zweiten Teil sage ich immer, weil sie meine Texte testliest.) Aber heute kommt ihre Kultur-Tante vorbei, um ihr traditionelles Geschenk abzuliefern. Daher hat sie noch ein paar Ornamente im Haus verteilt und mich losgeschickt.

Als ich mir was wegen der Gans überlegt habe – ich könne ausländisches Geflügel nicht gut unterscheiden – und runtergehe, hält sie mir die Flöte unter die Nase. Die Flöte, die ich im beinahe leeren Musikgeschäft besorgt habe. Sie hält mir die Flöte hin und lächelt. Denn ich nehme ihre kulturellen Bedürfnisse endlich ernst.

Das Einpacken übernimmt sie, denn bei mir sehen Geschenke so aus, als wären sie von Pablo Picasso in seiner Kubismus-Phase verpackt worden. Ich soll derweil die Pommes frittieren. Und ich soll auf den «Coq au Vin» aufpassen. Den Kindern erzählen wir, es sei eine Gans. Das wird schon klappen. Mein Handy vibriert.

«Frohe Weihnachten, mein Sohn. Warum kommt ihr nicht heute?»

Ich überlege kurz, ob ich schreiben soll, dass ich heute arbeiten muss. Aber das ist zu unglaubwürdig. Nur Busfahrer und Christkinder arbeiten an Heiligabend.

«Kommst du bitte mal kurz hoch?», höre ich aus dem Schlafzimmer rufen.

«Ich habe gut aufgepasst», teile ich oben mit und baue mich ein wenig auf. «Das Huhn ist noch da.»

Auf dem Bett sind die Geschenke ausgebreitet. Die ehelich-kulturelle Friedensflöte ist bereits eingepackt, auch die Ukulele. Nur das Mini-Akkordeon war Lisa zu schwer. Ich soll da mal helfen. Sie hat gute Laune. Sie freut sich, dass wir den Kindern dieses Jahr endlich mal «was Vernünftiges» schenken.

Wir schlagen das grüne Akkordeon ins nicht minder grüne Tannenbaum-Papier ein. Und ich frage mich, was mich dabei geritten hat, all diese Dinge zu kaufen. Eine gemeinsame Mundharmonika hätte es auch getan, sie haben ja noch ganz kleine Münder. Oder doch irgendetwas aus Lego. Lego ist auch Kultur. Okay, skandinavische, aber immerhin.

Jetzt habe ich schon länger nichts mehr von meiner Mutter gehört. Hoffentlich führt sie nichts Wildes im Schilde. Bei ihr weiß man nie. Die Frau, die mich gebar, erzog und verzog, ist immer für eine Überraschung gut. Ich schreibe ihr eine Alibinachricht: «Sollen wir euch morgen oder übermorgen was mitbringen, wenn wir kommen?»

Derweil werden die Kinder unruhiger. Lisa gibt grünes Licht für unser alljährliches Täuschungsmanöver. Sie lenkt die Kinder ab. Ich verstecke mich, nachdem alle Geschenke unterm Baum drapiert sind, mit einer Glocke im Keller. Gegessen wird später. Sobald ich ihr «Okay» per WhatsApp erhalten habe, klingele ich laut und tue anschließend überrascht so, als sei das Christkind gerade wieder verschwunden.

Ich sitze im Keller, direkt neben der Bücherkiste, und linse hinein. Da sind sie doch, alle meine Kultur-Belege! Ich nehme mir eines heraus, um es, sollte ich unserer Nachbarin begegnen, vor meine Nase zu halten und so zu tun, als würde ich gerade lesen. Erwischt habe ich den Werther. Wen sonst? Das einzige Buch neben dem verwaisten Nathan, das in den Achtzigern geborene Gymnasiasten in ihrer Schullaufbahn zu quälen vermochte.

Oh nein, die Sockenschublade! Dort liegt die Glocke seit dem letzten Jahr. Damals haben wir entschieden, etwas Abwechslung in die Weihnachtsroutine zu bringen und die Manöver-Etagen zu tauschen. Von oben höre ich jetzt die nervöse Stimme einer verheirateten Mittdreißigerin, die sich viel zu laut fragt, ob das Christkind bereits da sei. Panisch suche ich nach einer Glocken-Alternative. Hätte ich nur den Keller an diesem einen freien Wochenende im letzten Quartal aufgeräumt!

Ich versuche die Glocke mit meiner Gesangsstimme zu imitieren. Es gelingt mir nur eine Art Bellen. Aber, warte mal – es gibt doch Apps! Ich entsperre das Handy und öffne den Store. Die ersten zwei ignoriere ich wegen der viel zu schlechten Bewertungen. Die dritte lade ich auf mein Gerät. Ich suche die passende Klingelvariante heraus und drücke mitten auf den Werbebanner, der sich blitzschnell von unten dazwischenschiebt.

Von oben höre ich: «Ich fragte, ob das CHRISTKIND SCHON DA SEI!»

Und jetzt treffe ich endlich den Auslöser. Die digitale Glocke ertönt. Während meine Kinder hinunterstürmen, überlege ich, wie lange Väter überhaupt noch relevant sein werden, wenn die Technologie weiter voranschreitet. Glocken-App. Was kommt als Nächstes? Ein Roboter mit Bauch, der schlechte Witze erzählt?

Wieder im Wohnzimmer angelangt, freue ich mich an den Freudenschreien und präventiven Diskussionen darüber, in wessen Zimmer sie die Carrera-Bahn aufbauen werden. Da packt der Mittlere seine Flöte aus, der Kleine entdeckt die Ukulele, und der Große hält mir das Akkordeon mit ausgestreckten Armen unter die Nase.

«Was ist das?!», fragt er uns.

Die Hälfte meiner vernachlässigten Muskelstränge spannt sich an. Mit dem Älteren zu diskutieren, ist schwierig geworden. Der ist mittlerweile so gut, dass ich nach seinen ersten beiden Argumenten die Segel streiche oder ihn zum Zimmeraufräumen verdonnere.

«Das sind Musikinstrumente», antworte ich wahrheitsgemäß und rutsche auf dem Sofa einen halben Meter nach hinten.

«Das sehe ich.» Er starrt jetzt nur mich an.

Hier halte ich noch dagegen. «Ihr könnt ja damit Musik machen. Wie die Kinder aus den Filmen, die ihr so mögt.» Ich schaue Hilfe suchend zu Lisa.

In diesem Moment verfängt sich irgendetwas Halbnasses in meinen Locken. Ah, der Mittlere hat verstanden, dass man die Flöte auch anders einsetzen kann, denke ich nicht ohne Stolz und ziehe das Papierkügelchen wieder heraus.

Die drei beginnen lauthals zu lachen, und Lisa fordert sie auf, jetzt mal Musik zu machen. Sie seien schließlich alt genug dafür. Sie sollen sich vor dem Baum aufreihen und einfach loslegen. Jazzmusiker machen das auch irgendwie so. Und sie legen los. Sie legen laut los. So laut, dass ich an diesen Film denken muss, in dem glückliche Aliens ihre Ohren mit einer Art Lidern verschließen können.

Es klingelt an der Tür. Ich erstarre. Ein Blick aufs Handy. Eine WhatsApp-Nachricht fliegt ein. «Wir kommen», steht da.

In Trance stehe ich auf, schwebe zur Tür und merke, dass ich mich im Takt zur Musik bewege, die meine Kinder zu imitieren versuchen. Erstaunlich, dass der Mittlere gleichzeitig singen und flöten kann.

Vorsichtig öffne ich die Eingangstür.

«Alexander!» Oh, Gott sei Dank, es ist nur Isabel. Hinter ihr an der Straße, zwanzig Meter weiter, steht Malte und textet Passanten zu. Diese Poetry-Slammer sind eine ganz besondere Spezies. Wenn man sie nicht öffentlich reden ließe, würde die Hälfte von ihnen explodieren. Und die andere – die introvertiertere – implodieren. Also lasse ich Malte immer in Ruhe.

«Was kann ich für dich tun?» Ich schreie Isabel an, denn hinter mir ist es laut. Ich glaube, das Akkordeon ist gerade geworfen worden. Jedenfalls lachen alle, und Lisa weint, auch wenn ich sie nicht hören kann.

Isabel schreit zurück: «Ich weiß ja nicht, was ihr da gerade guckt! Aber könnt ihr euren Fernseher mal runterdrehen? Der Krach ist kaum zu ertragen!»

Auch wenn ich den zweiten Teil ihrer Meinung teile, schüttle ich meinen Kopf und entgegne, dass alle zwölf Fernseher in diesem Haus für immer anbleiben werden. Denn es ist schließlich ein freies Land. Sie solle sich einfach an den Krach gewöhnen. Ferngucken gehöre zu unserer Kultur. Wenn ihr das nicht gefalle, könne sie ihr Haus ja verkaufen, wegziehen und das gewonnene Geld ans Theater spenden, damit es sich neue Vorhänge kaufen könne. Die alten seien zu rot. Und die nächste Staffel «Dschungelcamp» werde übrigens bei uns hinterm Haus gedreht, erkläre ich ihr. «Die Location Scouts fanden den unordentlichsten Garten der Nachbarschaft perfekt dafür!»

Sie starrt mich an, ich verbeuge mich und knalle die Tür zu. Danach gehe ich zu den anderen, um noch etwas vom Konzert meiner hervorragenden Kinder zu haben. Vielleicht habe ich jetzt mit der Isabel übertrieben, denke ich auf dem Rückweg ins Wohnzimmer. Aber sie hat uns allein im letzten Jahr dreimal wegen Lautstärke und Garten beim Ordnungsamt angeschwärzt. Und einmal bei der Stadtverwaltung, weil unsere TÜV-Plakette seit viereinhalb Stunden abgelaufen war.

Inzwischen hat unser Jüngster die Ukulele um zwei weitere Saiten erweitert, da er, wie ich erfahre, der Ansicht ist, eine vernünftige Gitarre habe exakt so auszusehen. Der Ältere hat das Akkordeon mit seinem Pfadfinderklappmesser aufgeschnitten. Die Chancen, die Carrera-Bahn sei aufwendig darin versteckt worden, schätzte er auf immerhin zwölf Prozent. Nur der Mittlere hält sich an die korrekte Funktion der Kulturspender. Er flötet und ruft gleichzeitig, dass er Hunger hat. Keine Ahnung, wie er das macht, aber das da ist definitiv Talent.

«Wir kommen zurecht, ihr müsst nichts mitbringen, wollte ich schreiben», schreibt meine Mutter erneut. Sie habe die WhatsApp-Nachricht vorhin bloß zu früh abgeschickt.

Ich atme tief durch und beginne, den Tisch zu decken,

als es schon wieder klingelt. Kann Isabel uns nicht einfach in Ruhe lassen? Ich speise ihr ja auch nicht heimlich Kohlestrom in ihre Leitung, wenn sie ihren E-Wagen auflädt.

Ich schaue durch den Spion, denn ich möchte nicht öffnen, und springe einen Schritt zurück. Ich schalte im Flur das Licht aus und sinke an der Wand langsam zu Boden. Was ich da draußen gesehen habe, ist das Einzige, was diesen Heiligen Abend noch toppen kann: Unmengen von Geschenketüten. Und mittendrin meine Eltern. Ich schalte das Handy aus. Wie lange können wir so tun, als sei niemand hier? Soll ich ihnen schreiben, dass wir uns spontan entschlossen haben, Heiligabend in Thailand zu verbringen? Wegen Winterflucht und so?

Meine Eltern haben keinen Schlüssel von unserem Haus. Sie kommen, wenn wir im Urlaub sind, zu selten vorbei, um Blumen zu gießen. Vielleicht, weil sie mich nicht genug lieben. Vielleicht aber auch, weil sie fünfhundert Kilometer entfernt leben. Auch meine Schwiegermutter hat keinen. Zumindest nicht, dass ich wüsste.

Die Tür springt auf.

Eine Menschenmenge platzt herein.

Angeführt von meiner Schwiegermutter, hinter ihr die Geschenketüten mit meinen gut gelaunten Eltern und dahinter ein Mann, den ich noch nie gesehen habe. Im Flur ist es dunkel. Alle stolpern an mir vorbei und geradewegs ins Wohnzimmer, um Frohe Weihnachtens zu verteilen und von der leckeren Gans zu kosten, die wir dieses Jahr nicht geheim genug geplant haben.

Ich bleibe noch eine Weile im Flur sitzen. Es fällt niemandem auf. Ich lausche den Gesprächen. Der Unbekannte heißt Marik. Er ist der neue Kollege meiner

Schwiegermutter. Seit Neuestem nimmt sie ihn überallhin mit. Vor allem, um ihre Schwester zu ärgern (die Tante meiner Frau), denn die findet ihn nicht kulturell genug. Den Schlüssel, erfahre ich, hat Gisela vor zwei Jahren heimlich nachmachen lassen. Man wisse ja nie. Meine Mutter stimmt zu.

Ich rapple mich auf und stoße dazu. Ich sehe meine Kinder die Geschenke ihrer Großeltern auspacken und mit allen gleichzeitig spielen. Die Carrera-Bahn ist das Spannendste unter dem ganzen anderen Zeug und sorgt für Diskussionen und Spaß. Werde ich am Freitag die Musikinstrumente zurückgeben können? Vermutlich nicht. In diesem Zustand werde ich draufzahlen müssen, damit sie sie wieder zurücknehmen.

Plötzlich schnappt sich Marik die Ukulele und spielt eine hawaiianische Variante von «O Tannenbaum». Meine Kinder lassen alles andere links liegen und beginnen ausgelassen zu tanzen und zu singen. Offenbar war der Mann in seinem Heimatland Musiker. Mein Vater klopft auf der Carrera-Verpackung den Takt. Und ich freue mich leise, dass wir den Kindern nichts noch Lauteres geschenkt haben.

Da klingelt es wieder. Es ist wieder nicht Isabel. Es ist die Tante. Sie hat ein großes Schlagzeug-Set mitgebracht. «Komm bitte rein, Ursula», sage ich leise und wünsche mir zum ersten Mal in meinem Leben, es wäre ein Buch gewesen. «Gleich gibt es Gans.» Sie und die Trommeln gehen hinein. Das Messer meines Sohnes liegt oben im Regal, das habe ich genau gesehen.

Annemarie Stoltenberg

Frech gewesen

Es ist nicht so, dass ich Weihnachten nicht mag. Die Vorweihnachtszeit zum Beispiel liebe ich sehr mit Kerzenschein, Engeln, Tannennadelduft und knisternden Geheimnissen. Ich sammle Weihnachtsgeschenke für meine Lieben spätestens ab September. Meine Schwiegermutter sagte dazu immer: «Ich kauf nicht gern auf den letzten Drücker!» Aber vor Heiligabend und vor den beiden Feiertagen fürchte ich mich wie der Teufel vor dem Badewasser. Ich darf zurückblicken auf eine lange Reihe in unterschiedlichster Weise versemmelter Weihnachtsfeste. Die absolute Krönung war ein missglückter Besuch bei Verwandten, Flucht aus dem Familientornado und einem Heiligabend in der Autobahnraststätte Dammer Berge an der A1 mit dem Brückenrestaurant quer über den Fahrbahnen. Das Personal tat sich selbst leid wegen des Dienstes, und ich ihnen noch ein bisschen mehr.

Bizarr schön war ein anderes Weihnachten, als ich mit meiner siebenjährigen Tochter einfach mal Heiligabend zu zweit feiern wollte und lauter Lieblingsspeisen besorgt hatte. Im Supermarkt hatte ich einen Tag vorher, weil ich wirklich wenig Geld hatte, nach Wurstresten gefragt und herrliche Filets als Festessen geschenkt bekommen. Wir saßen also zusammen, und ich erzählte ihr von einem Jungen, der am Vormittag des 24. Dezember durch die U-Bahn-Station gelaufen war und immer gemurmelt hatte: «Geht das jetzt schon wieder los?»

Meine Tochter brach in Tränen aus und fragte, was der denn gehabt hätte, ob ich ihm geholfen hätte, ob ich stehen geblieben sei, um ihn zu fragen, ob man ihm helfen könne. Ich hatte keine Antworten auf ihre Fragen, und sie konnte sich nicht beruhigen. Schließlich packten wir einen großen Korb mit leckeren Speisen und radelten in der Dunkelheit zur damals sogenannten Edelplatte unter der Eisenbahnbrücke nahe an den Landungsbrücken. Die dort um eine Blechtonne mit einem kleinen Feuer versammelten Herrschaften ließen eine kleine Leiter herunter, damit wir zu ihnen hochklettern konnten.

Wir wollten ihnen unsere Speisen schenken, und da machte der Boss der Truppe, genannt Peter aus Elmshorn, eine kleine Besichtigung mit uns. Sie hatten erstaunlich viele solcher Gaben bekommen und in Regalen sortiert nach Obst, Zitrusfrüchten, Stollen, Marzipanbroten und betonten, sie würden das unter den anderen Wohnungslosen weiterverteilen. Daneben waren Matratzen hingelegt, es waren sorgfältig gemachte Betten, mit kleinen Kuscheltieren obendrauf. Wir setzten uns mit ans Feuer und ließen uns Lebensgeschichten erzählen. Es war vollkommen klar, dass jeder, eben auch die Menschen, die sich meilenweit davon entfernt und sicher fühlten, in eine so schwere Krise geraten könnte – ob mit oder ohne eigenes Zutun. Einer knipste ein Polaroidfoto, und die anderen erklärten: Der hat früher für den *Stern* fotografiert! Peter aus Elmshorn sagte zum Abschied: «Kommt mal wieder, auch wenn nicht Weihnachten ist!»

Mein Vater, so erzählte es meine Mutter, sagte zu seiner frisch angetrauten Ehefrau vor dem ersten gemeinsamen

Weihnachtsfest, ob sie nicht – wie seine Mutter – einen Rinderbraten mit Madeirasoße machen könnte? Mein Vater stammte aus einer norddeutschen Gärtnerdynastie und meine Mutter aus dem Kohlenpott, aus Oberhausen-Sterkrade, um genauer zu sein. Der gesellschaftliche Riss zwischen den beiden ging quer durch meine Kindheit. Gelegentlich flogen Teller, aber nur die alten. Mein Vater hatte als Erstgeborener den Gärtnereibetrieb übernehmen sollen, sich aber mit seinem Vater dermaßen zerstritten, dass sein jüngerer Bruder nachrücken musste. Seine Schwester übernahm das Blumengeschäft, der Bruder die Gärtnerei. Meinem Vater wird es ein schlechtes Gewissen bereitet haben, dass seine jüngeren Geschwister so viel und schwer arbeiten mussten. Vor Muttertagen, in der Balkonsaison oder vor den Weihnachtsfeiertagen nahm er sich Urlaub, um ihnen zu helfen.

Heiligabend kam er immer gegen 16 Uhr am Nachmittag mit einem räudig wirkenden Tannenbaum, vollkommen abgearbeitet und erschöpft zu seiner Kernfamilie nach Hause. Meine Mutter, die übrigens niemals Madeirasoße zubereitet hat, raste dann schon vor Wut. Sie schrie, mit was für einem lumpigen Bäumchen er sich traue daherzukommen, und sagte noch einige nicht zitierbare Dinge. Der Baum wurde geschmückt. Mein Bruder hängte mit großer Geduld jeweils ein Lametta-Fädchen auf jeden Ast. Kerzen wurden befestigt und dann irgendwann angezündet.

Das war der Moment, in dem mein Vater sagte: «Kinder, seid doch mal besinnlich!» Und meine Mutter sagte Jahr für Jahr: «Das ist der schönste Weihnachtsbaum, den wir je hatten.» Dann kamen Geschenke, und ich erinnere mich, dass es eigentlich immer mehr waren, als ich vorher gedacht hatte. Eine meiner Cousinen sagte Heiligabend regelmäßig: «Frech gewesen und doch so viel gekriegt.» Und so habe ich das auch immer empfunden.

Geschenke annehmen konnten meine Eltern beide nicht. Es war ihnen unmöglich, irgendein Geschenk zu akzeptieren oder gar schön zu finden. Ein Ring mit einem wunderschönen großen Mondstein, den mein Vater seiner Frau mal geschenkt hat, prunkt bis heute am Finger einer meiner Tanten. Er hat ihn seiner Schwägerin nach Weihnachten weitergeschenkt. Das Beste, was man, die Geschenke betreffend, Heiligabend hoffen durfte, war, dass sie beide einfach nichts dazu sagten und erst ein paar Tage später rügten oder umtauschten.

Einmal bin ich mit meinem damaligen Verlobten an Weihnachten zu meinem Bruder gefahren, um mit ihm und mit meiner Mutter und einer Tante, mit seinen Kindern und meiner Tochter zu feiern. Mein Bruder brachte meinen Verlobten in seinem Eisenbahnspielzeugraum im Keller unter, und mir wurde oben ein anderes Zimmer zugeteilt. Ich war damals 42 Jahre alt. So entspannt war denn auch der Rest.

Meinen Verlobten hat es nicht davon abgehalten, mich zu heiraten. Gemeinsame Feinde schweißen ein Paar zusammen, und so feiern wir bis heute gegen den Feind Heiligabend tapfer an. Oft haben wir Menschen dazu eingeladen, die sonst allein gewesen wären. Wir hofften immer, dass sie es schön hatten und wir uns alle besser benehmen, wenn Besuch dabei ist. Ein Highlight aus dieser Epoche war, als eine junge Frau als Gastgeschenk Haschkekse dabeihatte, die meine Tochter hungrig und schnell aß und dann bis in die frühen Morgenstunden schrie: «Wann hört das auf?»

Inzwischen klappt es mit Weihnachten von Jahr zu Jahr besser. Auch seitdem meine Tochter einen gemeinsamen Waldspaziergang als weihnachtliches Ritual mit aufgenommen hat. In einem Ausflugslokal gönnen wir uns schon mal ein kleines Mittagessen. Wir haben allerbeste Erfahrungen damit, dass ein kleines Mittagessen die Geister beruhigt, ehe wir ein abendliches Festessen in Angriff nehmen müssen. Völlerei ist es sowieso, aber wenigstens entspannt.

Heute habe ich Enkel. Meine Tochter wendet ganze Tage an das Schmücken des Weihnachtsbaumes. Hingebungsvoll verpackt sie die Geschenke mit Bändern und Schleifen, Organza und buntem Papier. Am Heiligen Abend stürmen die Enkel herein, reißen die Verpackungen in wenigen Minuten auf, werfen die Fetzen beiseite und brüllen herum, dass die Geschenke der anderen viel besser und schöner seien.

Es wird geheult und getobt, bis sich alle wieder beruhigen und anfangen, sich zu freuen und zu spielen. Unterdessen schleiche ich durch die Dunkelheit zum Papiercontainer, um doch noch mal besinnlich zu sein – und um die Müllberge zu entsorgen, bevor es am folgenden Tag auch alle anderen tun. Dann denke ich auf mein Leben blickend eigentlich immer: Frech gewesen und doch so viel gekriegt!

Dietmar Bittrich

Opa, gib die Krippe her!

Meinen Schwiegervater zum Fest zu holen, war vielleicht nicht die beste aller möglichen Ideen. Doch wir wollten uns dankbar erweisen. Im Spätsommer hatte er anstandslos die Generalvollmacht unterschrieben. Auflösung und Verkauf seines Hauses konnten ohne Debatten über die Bühne gehen. Im Rosendomizil hatten wir ein sonniges Zimmer gefunden. Mit ein paar persönlichen Möbelstücken und mit den wichtigsten Urkunden an den Wänden – nebst den Siegerfotos – fühlte er sich dort wohl.

Zumindest hatte er sich abgefunden mit der neuen Umgebung. Ohne zu murren begab er sich zu den gemeinsamen Mahlzeiten und zu den ehrenamtlichen Darbietungen. Zuweilen kam es noch vor, dass er gegen Abend aufbrechen wollte. Das tun viele Gedächtnislose, erklärte uns der Pflegeleiter. Deshalb tragen sie Namensschild und Anschrift im Kragen. Die Dämmerung ruft einen Impuls aus der Kindheit in ihnen wach: Die Sonne geht unter, jetzt ist Schluss mit Spielen, Mutter wartet, geh heim.

So ähnlich wird es gewesen sein, als unsere Tochter ihn Ende November besuchte. Es war Totensonntag, aber ihr Opa wirkte vergnügt und lebendig. Lena fing ihn ab, als er eben mit seinem Rollator in flottem Tempo dem Ortsausgang zustrebte. Sein Leben lang war er Sportler gewesen, vor allem Eiskunstläufer, aber auch Reiter, Bergsteiger, und immer noch gut zu Fuß.

«Opa, wo willst du denn hin?» – «Nach Hause! Halla füttern!» – Halla war einst sein Pferd gewesen. «Aber Opa, hier ist doch jetzt dein Zuhause, im Rosendomizil! Dreh dich nur mal um, schau doch, wie schön!»

Er stutzte und reagierte missmutig, wehrte sich dann aber nicht, als sie ihn zurückgeleitete in den schmucklosen Ziegelbau unterm grauen Dach. «Ist doch hübsch hier, Opa!» Es war Spätnachmittag. Drinnen wurde zum Abendessen gerufen. «Und bald ist ja Weihnachten», hat Lena ihm zum Trost gesagt. «Und, Opa, dann kommst du zu uns! Wir freuen uns schon!»

Mehrere solche nicht zu Ende gedachte Ideen sind bei diesem Fest zusammengekommen. Das Geschenk, das wir für den betagten Mann entdeckt hatten, in einem eingedellten Karton in seinem Keller, hat sich als verhängnisvoll erwiesen. Die großzügige Gabe für unsere Tochter erst recht. Und die Sache mit der Krippe war vollends überflüssig. Ihr Umbau hat die Kette der Ereignisse erst in Gang gesetzt.

Bei der Krippe handelte es sich um ein hundertfünfzigjähriges Erbstück aus der Familie meiner Frau. Die filigran geschnitzten Figuren hatten seit Kaisers Zeiten einige Blessuren hinnehmen müssen, doch überlebt hatten sie alle. Das Jesuskind war von Kinderhänden so geherzt worden, dass ihm die Farbe aus den Wangen geblichen war. Vom blauen Gewand der Maria hatte sich ein Span gespalten. Josef hielt in der Hand noch den Bügel einer Laterne, die längst verloren war. Dem Ochsen fehlte ein Bein, dem Esel ein Ohr. Die drei Könige standen ohne Geschenke da.

Der Stall, von dem die hölzerne Rückwand und ein Seitenflügel erhalten waren, befand sich in einem Stadium der Baufälligkeit, das eine behördliche Absperrung nahelegte. Die einst froh herbeieilenden Hirten wirkten gehbehindert, die Schafe reif für den Gnadenhof. Und die Engel schwebten nicht mehr an ihren ursprünglichen dünnen Drähten, sondern waren von meiner Frau pragmatisch mit Tesafilm an der Dachkante des Stalls festgeklebt worden.

Wir liebten diese Krippe. Und gerade weil wir an den lädierten Figuren hingen, schmerzte es, dass unsere Tochter auf einmal Einspruch erhob. Im Sommer hatte sie das Studium des Kulturmanagements aufgegeben, um sich für Genderwissenschaften einzuschreiben. Es war heikel, ihre Wahl gegenüber Freunden und Verwandten zu rechtfertigen. «Was macht sie denn da überhaupt?», wollte Onkel Olaf wissen. «Sie erfindet feministische Krippen», erklärte meine Frau. Und tatsächlich war das die erste Frucht der Einführungsvorlesung.

Es soll nicht verschwiegen werden, dass bereits unser Sohn nicht ganz die Erwartungen erfüllte, die er in früher Kindheit geweckt hatte. Er war als hochbegabt eingestuft worden. Im Vorschulalter konnte er lesen, zu Schulbeginn auch schreiben. Am Ende der zweiten Klasse führte er in der Aula das Lösen des Zauberwürfels vor. Wir sonnten uns im Stolz, seine Eltern zu sein. Doch seine Lehrerin mahnte: «Lassen Sie Ihrem Niklas auch mal den Raum, etwas völlig Sinnfreies zu tun!» Die Mahnung war überflüssig. Den Raum der Sinnfreiheit eroberte Niklas sich selbstständig im Laufe der Pubertät, ohne ihn je wieder zu verlassen. Wohlmeinende Pädagogen bugsierten ihn durchs Abitur. Seit dem Frühjahr befand er sich nun auf einer Odyssee, die er als Work and Travel deklariert hatte. Er wollte Guinea und Neuguinea bereisen, um den Unterschied zu überprüfen.

Wir hatten schon länger nichts mehr von ihm gehört. Deshalb war uns der Entschluss leichtgefallen, die Medaillen meines Schwiegervaters allesamt unserer Tochter zu übereignen, als Weihnachtsgeschenk. Ihr Opa benötigte die Medaillen nicht mehr. Die Erinnerung an seine gesunden Jahre wäre sogar schmerzhaft gewesen. Es galt, ihn zu schonen.

Für ihn selbst hielten wir ein romantisches Geschenk bereit: die Rollschuhe seiner frühen Jahre, auf denen er als Junge im Sommer geübt hatte, während er im Winter Schlittschuh lief. Beim Ausräumen seines Kellers waren sie aufgetaucht. Jetzt hatte meine Frau sie geputzt und den alten Originalkarton der Marke Flitzer hübsch hergerichtet. Die klappernden Teile auszupacken, würde den guten Alten ins Paradies der Erinnerungen befördern.

Mit dem Geschenk für Lena war es schwieriger. Wir wussten nicht, wie wir ihr die Medaillen überreichen sollten, während derjenige, der sie errungen hatte, im Zimmer saß. Er sollte nicht plötzlich noch Einspruch erheben. Die Kostbarkeiten mussten kunstreich versteckt werden. Und da kam die Krippe ins Spiel. Jesus selbst wird in der Bibel als Kleinod bezeichnet, als Juwel, als Perle, als geläutertes Gold. Um diesen spirituellen Schatz herum würden wir die materiellen Schätze für Lena einbauen.

Unser geliebter Opa war in seinen frühen Zwanzigern sechsmal Europameister im Eiskunstlauf gewesen und zweimal Weltmeister, und jedes Mal hatte er Gold eingeheimst. Als Achtzehnjähriger hatte er aus Squaw Valley olympisches Silber nach Hause gebracht. Seine Partnerin bei all den Doppelsalchows, Schleuderaxeln, Pirouetten hatte die gleichen Medaillen bekommen – sämtlich aus lauterem Edelmetall. Damals speiste man die Sieger noch nicht mit Legierungen ab.

Im September hatten wir einen Münzhändler aufgesucht, um zwei von Opas Goldmedaillen schätzen zu lassen, die beiden aus Cortina d'Ampezzo von 1963 und 1964. Der Händler hatte sie sofort ankaufen wollen, für jeweils 23000 Euro. Wir hatten uns dazu durchgerungen, den Verkauf unserer Tochter zu überlassen. Sie würde mit den Errungenschaften ihres Opas ihr Studium finanzieren können, und sogar noch, weil ein Beruf sich wohl nicht anschließen würde, ihr späteres Leben.

Aber nun, zu Weihnachten, drohte sie sich diese Zukunft selbst zu verderben. Den rührend schiefen Stall, in dem wir für sie Gold und Silber diskret hatten unterbringen wollen, lehnte sie rundheraus ab. Die rührend arglose Krippe fand sie nun anstößig. Am dritten Advent kam sie in Cargohosen mit Leoprint; auf dem Unterarm prangte ein neues Tattoo: GRL PWR. «Finde ich cool», behauptete ich.

Meine Frau hatte gerade liebevoll die Figuren aufgebaut, bei deren Anblick Lena nun Beklemmungen bekam. «Das zu sehen, tut einfach weh», sagte sie. Sie kannte die Krippe seit frühester Kindheit. Sie hatte sich nie daran gestört. Aber jetzt. Jetzt entdeckte sie in der idyllischen Szenerie etwas, das die Krippenkünstler der Kaiserzeit bestimmt nicht hineingeschnitzt hatten und was in den Generationen danach niemandem aufgefallen war.

«Bitte», sagte Lena. «Lasst uns diese toxische Energie abbauen!»

Sie pickte die blau gewandete Maria heraus. Vor hundertfünfzig Jahren hatte ein Meister der Schnitzkunst dem Gesicht sanfte Züge verliehen. Lena hielt sie meiner Frau vor die Nase: «Mal ehrlich, fällt dir nichts auf?» Meine Frau hob die Schultern. «Da ist mal ein Span abgesplittert», traute sie sich zu sagen. «Das ist ein Tradwife», stellte unsere Tochter klar. «Das ist eine demütige Hausfrau, die auf das erste Signal wartet, um ihren Säugling zu stillen. Danach wird sie dem Mann rasch was kochen und anschließend nähen und häkeln. Und dann rollt sie den Mürbeteig und sticht Kekse aus. Hallo?»

«Ich wollte auch gerade Kekse backen», gestand meine Frau.

«Na, und siehst du das denn nicht?», rief Lena. «Wie hier ein Rollenbild verewigt wird? Sitzt die so fromm und so friedfertig da! Warum ist sie keine aktive, keine starke, keine streitbare Figur?»

«Vielleicht», setzte ich an.

«Und wieso ist sie eigentlich weiß?», ging Lena dazwischen.

«Die Farbe ist mit der Zeit abgegangen», versuchte meine Frau.

«Weil sie von einem Untertan des Kolonialismus geschnitzt worden ist. Vielleicht unwissend. Aber das ändert nichts daran, dass hier schlimme Klischees reproduziert werden. Und was ist das?»

Sie hob den bärtigen Mann in schlichtem Gewand aus der Krippe. Ich bemühte mich um Ironie: «Die Figur haben wir immer für Josef gehalten. Aber natürlich –»

«Und warum tut der nichts? Steht da und mimt den Beschützer oder was? Kann der vielleicht mal die Windeln wechseln? Und den Tisch decken? Wird doch Besuch erwartet! Da kommen Hirtinnen und Hirten, und hier drei Monarchisten, da fliegen Engel ein! Tut Josef was für all die Gäste? Hat er wenigstens abgewaschen?»

«Josef ist tatsächlich nicht der Aktivste», gab meine Frau zu. Sie hatte ihre feministische Phase längst überwunden. Jetzt musste ich fürchten, dass sie wieder am Patriarchat herumnörgeln würde.

«Wo ist die Inklusion?», regte sich Lena auf. «Wo sehe ich Menschen mit Behinderung?»

«Die Figuren sind alle behindert», erklärte ich stolz.

«Sehe ich einen Engel im Rollstuhl? Einen Hirten mit Blindenstock? Und wo, bitte – ich sehe Ochs und Esel –, wo sind die gefährdeten Arten? Schildkröte, Birkhuhn, Schneeleopard – schon ausgestorben?»

«Wir wollten einen Wolf hinstellen und wurden unsicher wegen der Schafe.»

«Weshalb wird nur eine einzige Glaubensrichtung repräsentiert? Wo ist ein Rabbi? Wo ein muslimischer Gelehrter?»

«Ein bisschen hat Lena recht», fand meine Frau.

Doch die benötigte keine Unterstützung. «Diese Krippe zeigt den weißen, männlichen Blick auf die Welt», schloss sie. «Diese sogenannte Krippe – es ist ja noch nicht mal eine Krippe! –, die möchte ich, bitte, zu Weihnachten nicht mehr sehen.»

«Es ist ja noch nicht mal eine Krippe?», wiederholte ich erstaunt.

Meine Frau warf mir einen Blick zu, der in etwa besagte: Lass uns das einfach überstehen!

«Ich bringe euch eine echte Krippe», verkündete Lena. Wir sahen ihr durchs Fenster nach. Der Tag war diesig und grau gewesen. Jetzt herrschte die Dunkelheit. Wir waren immer stolz gewesen, unsere Kinder zu mündigen Demokraten erzogen zu haben. Wir hatten nicht beabsichtigt, dass sie ihre Demokratie an uns auslassen würden. Im Lichtkreis einer Straßenlaterne sahen wir Lena einen E-Roller entsperren und durch den Blättermatsch davonkurven. Ein Hund mit blinkendem Halsband sprang erschrocken zur Seite. Die hagere Halterin meckerte Lena nach.

«Vielleicht sollten wir ihr nur die Hälfte der Medaillen schenken», gab ich zu bedenken. «Und die andere Hälfte für Niklas aufbewahren.»

«Nur, wenn er sich bis Weihnachten meldet», entschied meine Frau.

Im Haus gegenüber wirkte das Licht in den Fenstern jetzt goldener als bei uns, die Wohnungen wärmer, die Bewohner zufriedener. Dort brannten Kerzen.

Eine Woche später, zum vierten Advent – meine Frau hatte unser Schmuckstück noch nicht abgebaut –, brachte Lena etwas mit, das sie für chauvinismusfrei hielt.

«Was ist das denn?», wunderte sich meine Frau.

«Eine Krippe», sagte Lena.

«Das ist ein Blumenkasten», stellte meine Frau klar. «Und zwar einer fürs Balkongeländer. Du, den kann ich sogar gebrauchen!»

«Oh, oh, oh, Moment!» Hier kam endlich meine Chance. «Da muss ich Lena jetzt mal recht geben», sagte ich. «Was sie uns da mitgebracht hat, das ist die Urform einer Krippe. Das ist die Krippe schlechthin! So etwas nennt man Raufe. Ochs und Esel konnten sich daraus Heu und Stroh ziehen.»

«Und genau das habe ich reingetan», meinte Lena. «Heu und Stroh zu gleichen Teilen.»

«Sehr gut gemacht», beeilte ich mich. «Da liegt es, das Kindlein, auf Heu und auf Stroh, Maria und Josef betrachten es froh.»

«Was denn – in so was soll Jesus gelegen haben?» Meiner Frau fehlte der Glauben. «In so einem Geranienkasten?» Sie sah mich an. Mir fehlte der Mut, sie zu unterstützen. «Können wir uns nicht darauf einigen», sagte sie, «dass ich kleine Regenbogenflaggen an unsere schöne alte Krippe hänge?»

«Imperialismus kann man nicht durch Deko rückgängig machen», erklärte ihr Lena. «Ich möchte Heiligabend nur diese einfache Krippe sehen, diese ehrliche und authentische Form, nenne es Raufe, wenn du willst; übrigens Fichtenholz aus einem nachhaltig bewirtschafteten Wald.»

«Ich glaube, das können wir unseren Gästen zumuten», sagte ich im Wohlbehagen meiner Toleranz.

«Was redest du ihr dermaßen debil nach dem Mund?», wollte meine Frau wissen, nachdem Lisa gegangen war.

«Weil wir in dieser – nenne es bitte Krippe – weil wir darin die Medaillen viel besser verstecken können! Unter dem ganzen Heu und Stroh!» Ich kramte darin herum. «Dann hat Lena ihren moralischen Sieg, ihr Lebensunterhalt ist gesichert, und im nächsten Jahr stellen wir wieder Maria und Josef auf.»

Und so geschah es. Oder so ähnlich. Genau genommen ganz anders. Wir fühlten uns tolerant und kultursensibel. Aber wenn Unheil geschehen soll, so hat Jesus es im Garten Gethsemane prophezeit, dann wird es geschehen, und niemand, nicht einmal ein Gott, kann es verhindern.

Am Heiligen Abend kam der gewohnte Kreis zusammen. Die Patentante meiner Frau mit ihrem bewährten Rentierpullover und mitgebrachten Filzpantoffeln. Onkel Olaf mit der zu engen Jeans und dem Weltwissen der

Siebenjährigen. Meine Tante Britta mit ihrer Engelsbrosche auf der Bluse und auf Stilettos, an denen beim Eintreten noch unsere Fußmatte hing. Mein Cousin Charlie, eigentlich Karl, mit Sneakers und Sonnenbrille und dem absoluten Durchblick. Dazu noch meine Nichte, die nicht nach Oberschwaben zu ihren Eltern wollte, weil sie gerade im Studium gescheitert war. Sie hatte eine Nikolausmütze aufgesetzt. Ich selbst konnte mit Socken aufwarten, die mit Tannenbäumen bedruckt waren. Und meine Frau hatte die Santa's-Sexy-Helper-Schürze umgebunden, die ihr der junge Dirigent des Kirchenchores geschenkt hatte, nach der letzten Chorfreizeit.

Lediglich unser geliebter Opa hatte auf jegliche festliche Anspielung verzichtet. Er war nicht eingestellt auf Weihnachten. Wir hätten ihm auch Ostereier servieren können und Eierlikör. In ähnlich sedierender Absicht überreichten wir ihm nun den hübsch verpackten Karton, in dem sich das Geheimnis seines Kindheitsglücks verbarg.

«Wo sind meine Enkel?», erkundigte er sich.

«Die kommen gleich! Du darfst schon mal in Ruhe auspacken!»

So war er einstweilen beschäftigt und würde nicht stören. Und Lena würde tatsächlich gleich kommen. Sie verspätete sich aus Prinzip. Sie hatte gern einen eigenen Auftritt.

«Auf Niklas werden wir leider verzichten müssen», teilte meine Frau der übrigen Runde mit. «Aber er lässt euch alle recht herzlich grüßen.» Wir hatten seit Monaten nichts von ihm gehört.

«Pünktlich zum Fest hat er aus Guyana geschrieben», berichtete ich.

«Guinea», flüsterte meine Frau. Die anderen hörten es. Mit solchen Ländern verhielt es sich für mich so wie mit der Slowakei und Slowenien oder mit Bukarest und Budapest. Wenn man nicht selbst da gewesen ist, fällt kein Unterschied auf

«Guinea also», konstatierte mein Cousin Charlie und putzte chefmäßig seine Sonnenbrille. «Äquatorialguinea oder Guinea-Bissau?»

Was sollte diese Angeberei? «Jedenfalls kommt Niklas mit seinem Work-and-Travel-Konzept bestens zurecht», versicherte ich. «Uns freut das enorm. Ich muss ehrlich sagen, das hatten wir nicht zu hoffen gewagt.»

«Zeig doch mal die Ansichtskarte!», forderte Onkel Olaf.

«Es war eine WhatsApp-Nachricht.»

«Mit Foto? Zeig doch mal rum!»

Zum Glück traf in diesem Moment Lena ein, in einer Wolke erfrischender Kälte und mit Wangen wie von der Rotbäckchen-Flasche. Sie hatte sich auf dem Fahrrad durch den urbanen Dschungel gekämpft, der jetzt allerdings öd und leer lag. Ihr Strickpulli übermittelte in College-Schrift: «Fuck Your Comfort Zone».

«Oh Gott», sagte sie, als ihr Blick über die Runde schweifte. «Sind diese Leute echt? Oder sind das Avatare? Hammer. Die Virtual Reality wird mir allmählich unheimlich. Diese Gestalten wirken nahezu lebendig! Und ihr beiden auch!»

«Tun wir heute mal so, als seien wir real», schlug ich vor.

«Wo ist denn eure erzgebirgische Krippe?», traute sich die schwäbische Nichte zu fragen. Sie mochte keinen Zwist.

«Die alte Krippe steht im Schlafzimmer», raunte meine Frau ihr zu.

Tatsächlich hatten wir die alten Figuren samt Stall ausgelagert auf die Kommode im Schlafzimmer. Dort nahm die Krippe sich aus wie ein Hausaltar. Auf Wunsch würden wir unsere Gäste zur Besichtigung führen. Wir hatten gelüftet und die Betten bezogen. Aber erst mal sollte Lenas nonbinäre Version zu ihrem Recht kommen.

«In diesem Jahr wollten wir mal eine authentische, ursprüngliche Krippe», erklärte ich und deutete auf das, was da unterm Baum stand. «Das ist eine heu- und strohgefüllte Raufe.»

Unsere Gäste staunten.

«Aber authentisch und ursprünglich ist hier zuallererst mein Opa», schloss Lena an. Sie tätschelte ihm die Schulter. Der alte Mann war gerade darein vertieft, sein Geschenk auszupacken: die Rollschuhe der Kindheit, die wir in seinem Keller entdeckt hatten, in der zerknautschten Originalverpackung unter einem Berg eingestaubter Kisten, Koffer und Kartons.

«Meine Flitzer», hauchte er. Seine Augen leuchteten. Ich machte ein Foto. Es waren Rollschuhe, wie man sie in den 50er-Jahren unter gewöhnliche Schuhe schnallte, mit Rollen aus Hartgummi unter einem Metallgestell, auf das man die eigenen Schuhe mit Lederriemen festband. Opa hob den ersten Rollschuh heraus. Meine Frau hatte den Rost abgebürstet. Die Stahlstifte, die als Achsen dienten, wackelten ein wenig, die Radlager wirkten instabil, und die Rollen trugen Spuren begeisterter Abnutzung der frühen Jahre. Der abgewetzte Stopper aus Gummi konnte zum Bremsen kaum taugen. Aber darum ging es auch nicht.

«Das sind meine Flitzer!», wiederholte unser aller Opa und hielt sie ins Kerzenlicht. Es war ein rührender Moment. Mehr Weihnachten war nicht nötig. Seine Augen glitzerten. Ich wechselte von Foto auf Video. «Mit denen», sagte er mit rauer Stimme, «hat alles anfangen!»

Er sollte jetzt allerdings nicht erzählen, wie es weitergegangen war. Wie er auf Schlittschuhe gewechselt und olympische Medaillen eingefahren hatte. Dann würde ihm womöglich die Frage einfallen: Wo sind denn eigentlich meine Medaillen?

«Pack doch den anderen auch noch aus!», schlug meine Frau vor. «Uns hier mag Lena inzwischen erklären – und zwar bevor wir gleich essen –, warum wir heute zu dieser Urform der Krippe zurückgekehrt sind.»

Lena hätte sich weigern können, ihre akademische Weisheit an unser Kabinett von Scheintoten zu vergeuden. Aber sie ließ sich ungern einen Auftritt entgehen. Im Gegensatz zu ihrem Bruder hatte sie es als Kind genossen, unterm Weihnachtsbaum Gedichte vorzutragen. Man musste sie sogar nach einiger Zeit unterbrechen. So ähnlich ließ es sich auch jetzt an. Sie hob die Raufe ins Licht, zupfte kunstvoll ein wenig Heu und Stroh heraus und sprach: «Das, ihr Lieben, ist tatsächlich genau die Form der Krippe, in der Jesus lag!»

«Woher weiß man das denn?», wollte mein Cousin wissen.

«Das erkläre ich euch gern.» Lena stellte die Raufe wieder ab; vielleicht, weil sie zu schwer war. Immerhin hatten wir unterm Stroh zehn kostbare Medaillen platziert. «Ich erzähle der Reihe nach», begann Lena.

Meine Frau zog sich in die Küche zurück. Ich begab mich ins angrenzende Esszimmer und lauschte mit einem Ohr den Belehrungen, von denen ich mir die Begriffe «inklusiv», «gendergerecht» und «diversity-sensibel» merkte. «Inklusiv» traf das Vorhandensein der Medaillen am ehesten. Am Esstisch überzeugte ich mich vom Arrangement des Bestecks. Ich zählte die Stühle, die Gläser, die Kerzen, die zu Sternen gefalteten Servietten und richtete ein paar Tannenzweige aus.

Ich vernahm das Klackern der Rollschuhe, als unser Opa sie unter die Schuhe zu schnallen versuchte, was überraschenderweise gelang. Schon tippte er damit auf unserem Holzfußboden herum. «Einen Moment noch, Opa, ja?», sagte Lena, der das zu laut war. Sie legte ihm eine Hand auf die Schulter, so streng wie eine Pflegeleiterin im Rosendomizil. Opa muss sich an den Sitztanz dort erinnert haben, denn er machte taktsicher weiter. Meine Nichte schob ihm einen Teppichvorleger unter die Füße. Das Klackern wurde gedämpft, die Bewegung hielt an.

«Dürfen wir denn auch die alte Krippe mal sehen?», hörte ich die Patentante meiner Frau einwenden. «Die klassische?»

«Fände ich auch schön», sagte Tante Britta.

«Aber sicher!», sagte Lena. «Die ist im Schlafzimmer, wie wir gehört haben, und dazu möchte ich auch noch was sagen. Bitte!» Als resolute Führerin schritt sie voran. Die anderen folgten wie Bildungsreisende, denen endlich die verbotenen Privatgemächer geöffnet werden. Sicherheitshalber schloss ich mich an. Während Lena sich vor unserer Kommode über den kolonialistischen Subtext der Krippe ausließ und die Zuhörer aufforderte, sich der eigenen Privilegien bewusst zu werden, blickten sich die Gäste im Schlafzimmer um. Jetzt fiel mir auf, dass wir die gerahmten erotischen Zeichnungen nicht abgehängt hatten. Sie fanden rasch mehr Interesse als die Krippe und erst recht als Lenas Vortrag.

«Oh Gott, ist das obszön», seufzte Britta.

«So was macht euch an, oder?», forschte die Patentante. «Und, Dietmar, ich verstehe euch total.»

«Wir können dann auch essen», sagte ich lahm.

«Dürfen ein paar von uns hier essen?», wollte Onkel Olaf wissen.

«Wir könnten die Bilder mit ins Esszimmer nehmen!», schlug Charlie vor.

«So!», rief meine Frau in diesem Moment. «Es ist aufgetragen!» Einer Meisterköchin widerspricht man nicht. Schluss. Aus. Ende der Führung.

«Na denn», fasste Lena zusammen. «Ich weiß nicht, ob das alles bei euch angekommen ist.»

«Das meiste schon», tröstete meine Nichte.

Am Esstisch verteilte meine Frau nach ausgeklügeltem Sitzplan die Plätze. Unserem Opa war die Ehrenposition vorbehalten. «Wo ist der denn überhaupt?»

Wir blickten uns um. «Auf dem Klo», mutmaßte ich.

«Dixi-Klo oder mehr so in den Forsythien?», fragte Charlie. «Die Terrassentür steht offen.» Das traf allerdings zu.

«Meine Krippe ist weg!», rief Lena. Das fiel nun ebenfalls auf.

Wir drängten an die Terrassentür und spähten in den dunklen Garten. Feucht und kühl kam die Luft herein. Von der energiesparenden Straßenlaterne fiel spärliches Licht in das bescheidene Rasengeviert. Die kahlen Zweige der Forsythien glänzten. Da stand niemand. Die Buchenhecke zur Straße hin hielt noch ihr vertrocknetes Laub. Auch dort war keine menschliche Silhouette zu erkennen.

«Papa?», rief meine Frau. Keine Antwort. Keine Regung. Lediglich hinter den Fenstern in den Häusern gegenüber schien es Bewegung zu geben. Unter Tannenbäumen und Herrnhuter Sternen war die Bescherung im Gange.

«Er hat den Rollator mitgenommen», stellte meine Nichte fest.

«Eure Gartentür steht offen», konstatierte Tante Britta. Ich hatte das auch schon bemerkt.

«Der wird doch nicht abgehauen sein, auf diesen maroden Rollschuhen!», erschrak meine Frau.

«Dann kommt er nicht weit», äußerte Charlie. «Dann liegt er gleich hinter der Hecke. Ich schau mal nach.»

«Das Essen wird kalt», gab Olaf zu bedenken.

«Dietmar!», forderte meine Frau und klopfte mit den Fingern auf die Anrichte.

«Ich geh schon.» Ich dachte an das Buch über den Hundertjährigen, der aus dem Fenster stieg und verschwand. Warum sollten wir so was unserem Opa nicht gönnen? «Ich zieh nur eben was über», teilte ich mit. Meine Frau kniff die Augen zusammen.

«Dahinten!», rief Lena. «Ist er das nicht? Das ist er! Ey, ist das cool!»

Und, tatsächlich, es war nicht zu fassen, da rollte er hin. Auf den uralten klapprigen Rollschuhen. Und er bewegte sich mit verblüffender Eleganz. In gemäßigtem Tempo, lässig, folgte er samt Rollator der leichten Neigung der Straße, die Hände auf die Griffe gestützt. Wie konnte der alte Mann noch so sportlich sein? Und so wagemutig? Aber entsetzlich, Lenas sogenannte Krippe, den Blumenkasten mit Heu und mit Stroh samt goldenen Überraschungen, diese Raufe hatte er vorn in den Korb gepackt. Was wollte er damit? Und wohin?

«Er hat gedacht, er muss nach Hause und Halla füttern!», ahnte meine Frau und erklärte den anderen: «Sein im letzten Jahrhundert verstorbenes Pferd.»

«Das ist rührend», sagte ich. «Und es ist beängstigend. Lena, du hast ein Fahrrad, bitte, flitze hinterher! Es ist schließlich deine Krippe!»

Allerdings ahnte sie nicht, was sich darin verbarg. Und in diesem Moment konnte ich die Überraschung schlecht platzen lassen. Man hätte mich für das erklärt, wofür ich mich mittlerweile hielt: von allen guten Geistern verlassen.

«Wir gönnen ihm jetzt mal seine Freiheit!», dozierte Lena.

«Dann gehe ich los», sagte ich ärgerlich und griff nach meiner Jacke.

«Brauchst du nicht», teilte Charlie mit. «Da stoppt ihn schon einer.» Und wirklich. In dieser nächtlich verlassenen Vorstadtstraße, in der sich an einem Heiligabend sonst niemand bewegte, war ein Schatten aufgetaucht, ein einschüchternder großer Schatten, aus Richtung der Bushaltestelle. Und der stellte sich unserem Rollschuhläufer in den Weg.

«Hey, Opa!», hörten wir. «Wohin so eilig?»

Der Tonfall gefiel mir nicht. Er klang nicht fürsorglich. Der Mann glich einem Schutzgeldkassierer aus dem Familienalbum eines eingewanderten Clans. Meine Frau und ich unterstützen die Einwanderung, aus vollem Herzen, uneingeschränkt, nur nicht von Gangstern, die Grüne Gewölbe ausrauben. Oder die, wie es jetzt geschah, einen Kasten voller Heu und Stroh durchwühlen, der sie nun wirklich nichts angeht.

«Her mit dem Fernglas!» Ich riss den restlichtverstärkten Feldstecher von der Anrichte. Dort haben wir ihn griffbereit zur Beobachtung der Vögel im Sommer und der Nachbarn im Winter. Die Okulare rasch scharf gestellt.

«Meine Güte», sagte ich. Wie rücksichtslos und abgebrannt musste ein Mensch sein, der einem alten Mann die letzte Habe aus dem Gehwagen räumt.

«Ich sage nur: Danke, Merkel», trug Onkel Olaf bei.

«Ey, Opa wehrt sich!», rief Lena. «Oh, ist der cool! Cooler als ihr alle!»

Es war nur ein kurzes Handgemenge. «Opa, gib die Krippe her!», rief der Gangster, entwand sie unserem Opa und hielt sie bereits in der Hand. Opa strauchelte kurz und fand dann zurück zur Balance am Griff des Rollators.

«Gib mir das Fernglas!», herrschte meine Frau mich an.

Ich sah gen Himmel. Kein Stern funkelte am Firmament, kein Rentierschlitten glitt über das Dach, kein Christkind ließ sich auf einem Strahl aus den Wolken hernieder. Wir waren verloren.

«Gibt es viele Migranten hier in der Gegend?», wollte Tante Britta wissen.

«Das ist kein Migrant», sagte meine Frau mit dem Fernglas am Auge.

«Glaube ich auch nicht», sagte Lena. «Ihr immer mit euren Vorurteilen.»

«Das ist Niklas!», stotterte meine Frau.

«Was?!» Unglaube. Aufregung. Zweifel. «Niklas? Der kommt uns besuchen?»

Meine Frau ließ entgeistert das Fernglas sinken.

Lisa nahm es. «Ja, tatsächlich! Aber oh, nein, ich glaube, er hat es sich anders überlegt.»

Sie hatte recht. Niklas hatte abgedreht. Er entfernte sich.

«Der hat euch doch eh nur anpumpen wollen», gähnte Charlie.

Das hatte sich nun erledigt. Schon war er verschwunden mit seinem Fund.

Starr und verlassen stand unser Opa an seinem Rollator im diffusen Lichtkreis der Straßenlaterne. Ein rätselhafter Spuk war vorübergezogen.

«Ich kann's nicht glauben», sagte meine Frau.

«Ich auch nicht.» Und es widerstrebte mir jetzt, diesen abtrünnigen Opa zurückzuholen. Es war doch auch gar nicht nötig. Eingenäht ins Revers seiner Jacke und in den Kragen des Hemdes, obendrein an seinem Rollator prangte sein Namensschild mit der Anschrift des Rosendomizils. Er konnte also gar nicht verloren gehen oder jedenfalls nicht sehr lange. Und falls doch, dann, so sagt man ja, dann gibt es kein sanfteres Hinübergleiten – hinüber zum Christkind – als ein Entschlummern bei Frost.

«Ich hole ihn», bestimmte Lena.

Na, denn. «Zur Belohnung bekommst du Opas Bronzemedaille von der WM in Vancouver 1960», versprach ich. Es war die einzige, die wir noch besaßen. Wert dreihundert Euro.

«Dürfen wir anderen inzwischen was essen?», erkundigte sich Onkel Olaf. Aller Augen richteten sich scheu auf meine Frau.

«Einverstanden», sagte sie. «Und vorher holt mein Mann rasch die alte Krippe und stellte sie an den vorgesehenen Platz. Opa hätte es so gewollt.»

Die Autorinnen und Autoren

Alexander Bayer, geboren 1981, schrieb lange für den *Postillon.* Mit «Väter sind was Wunderbares» hat er seine Satire in den Buchmarkt verlagert und danach mit seinem Ghostwriting-Debüt «Alles büddn wild» die Bestsellerlisten erklommen. Jetzt schreibt er seinen ersten Roman. Er lebt mit Ehefrau, drei Kindern und einem abschließbaren Büroraum in Koblenz. alexander-bayer.de

Oskar Beck, Jahrgang 1949, war Sportchef der *Stuttgarter Nachrichten*, Autor für Sport-Magazine und wurde mit etlichen Journalistenpreisen gewürdigt. Er ist Buchautor («Und alles wegen Ali», «Tor in Stuttgart!») und schreibt seit 1996 eine wöchentliche Kolumne in der *Stuttgarter Zeitung.* Er hat von Weltmeisterschaften, Olympiaden, Super Bowls berichtet – war aber zu allen wichtigen Spielen des VfB rechtzeitig wieder daheim.

Daniel Bielenstein, 1967 in Bonn geboren, lebt als Journalist und Autor in Hamburg. Unter dem Pseudonym Henrik Siebold schreibt er die erfolgreichen Kriminalromane um Inspektor Takeda sowie «Die Tokio-Detektive» für junge Leser. www.danielbielenstein.de

Lisa Bullerdiek, Jahrgang 1998, ist in Bremen aufgewachsen und hat in Leipzig und Hildesheim Politik und Philosophie studiert. In Hildesheim war sie Mitherausgeberin der Literaturzeitschrift *BELLA triste*. Jetzt lebt sie in Berlin und schreibt literarische und journalistische Texte, etwa für die *taz*.

Michele Coviello, geboren 1980, lebt in Aarau in der Schweiz. Nach dem Studium der Geschichte und Literaturwissenschaft in Zürich absolvierte er die Journalistenschule MAZ in Luzern. Seit 2012 schreibt er für die *Neue Zürcher Zeitung* – anfänglich über Sport, inzwischen als News-Reporter über Aktualitäts- und Gesellschaftsthemen.

Pia Faller, Mutter dreier Kinder, arbeitet als Journalistin für nicht sonderliche woke Frauenzeitschriften. Sie erfand «Das Smarties-Spiel» (Hoffmann und Campe). Im kommenden Herbst erscheint ihre Dornröschen-Variation «Sieben Prinzen».

Julia Hackober, Jahrgang 1990, ist freie Journalistin in Berlin. Sie ist Stil-Kolumnistin beim *manager magazin* und Autorin des Popkultur-Newsletters *Sunday Delight*. Darin nimmt sie jeden Sonntag Zeitgeist-Phänomene aufs Korn. Außerdem hat sie das Journalist:innen-Netzwerk *Fine Writers Society* gegründet, um den Herausforderungen der Medienbranche mit Glamour zu begegnen.

Anna Herzog studierte Medizin und Russisch und lebt im Ruhrgebiet. Sie hat vier Kinder und arbeitet als Ärztin, wenn sie nicht gerade schreibt. Am liebsten Kinderbücher («Der Tag, an dem Weihnachten verschwand», «Ein Baby in Mamas Bauch», «Im Bann der Elemente»), gelegentlich auch etwas für größere Kinder («Männergrippe» zusammen mit Lucinde Hutzenlaub).

Larissa Hoppe, geboren 1989, lebt in Berlin. Sie studierte Internationale Fachjournalistik an der Hochschule Bremen, war anschließend Absolventin der Axel Springer Akademie. Seit Oktober 2022 ist sie stellvertretende *B.Z.*-Chefredakteurin / stellv. Redaktionsleiterin *Bild* Berlin-Brandenburg.

Selina Jüngling, geboren 1996 in Trier, lebt in Hamburg. Sie ist Redakteurin beim Magazin *emotion* und dem Newsletter *Hot Bowl.* Sie studierte Populäre Musik und Medien an der Universität Paderborn und schrieb in der Vergangenheit für das Magazin *Grazia* und das irische Musikmagazin *Hot Press.*

Julius Katins, Jahrgang 2000, lebt in Essen. Er hat eine Ausbildung bei der Bank absolviert und schreibt an Werbetexten und Geschichten. Im kommenden Jahr erscheint sein erster Roman unter dem Titel «An einem Dienstagnachmittag im Spätherbst, als es eben zu dunkeln begann». In der Freizeit spielt Julius Klavier oder liest.

Wiebke Lorenz lebt mit Mann und Kindern in Hamburg. Seit 1998 hat sie zahlreiche Romane veröffentlicht – Psychothriller als Wiebke Lorenz, romantische Komödien zusammen mit ihrer Schwester als Anne Hertz und Romane der Marke «bittersüß» als Charlotte Lucas. Wiebke Lorenz trägt gern Jogginghose und Schlabbershirt, vor allem bei Elternabenden oder zum Adventsbasteln.

Helmut Maaß, geboren in Pasewalk, ist Historiker und Buchhändler. Das eigenwillige Wesen seiner pommerschen Landsleute hat er in etlichen Büchern humorvoll gewürdigt («Kleinstadtgeplauder», «Gibt's hier auch Bücher?» und «Pommern für Eilige»). Zurzeit schreibt er an einem gemütlichen Krimi.

York Pijahn, geboren 1973 in Bielefeld, lebt als Autor mit Frau und zwei Kindern in Kreuzberg. Er ist Storytelling-Dozent und schreibt seit 2007 die Kolumne *100 Zeilen Liebe* in der Frauenzeitschrift *myself*. Sie ist auch als Radiosendung und als Buch erschienen – unter dem Titel: «Operation Glückskeks, das Schrägste aus meinem Leben». yorkpijahn.com

Sören Sieg, geboren 1966, studierte Musik und Politik und sang von 1994 bis 2012 in der A-cappella-Gruppe *LaLeLu*. Seine afrikanisch inspirierten Kompositionen feierten Premieren in Mumbai, Tokio, Sydney und Paris. Er ist musikalischer Leiter des Berliner Kabaretts *Die Stachelschweine* und veröffentlichte 13 Bücher. Er lebt in Hamburg und Warschau und demnächst vielleicht in Brüssel.

Christoph Spielberg, Jahrgang 1947, Arzt und Autor, ist bekannt geworden mit seiner Krimireihe um den Krankenhausarzt Dr. Hoffmann, die mit Kritik und Humor das deutsche Gesundheitswesen beleuchtet. Nachdem es mit dem Medizin-Nobelpreis nicht geklappt hat, wartet Spielberg geduldig auf den für Literatur. Zum Glauserpreis und zum Agatha-Christie-Preis immerhin hat es gereicht.

Annemarie Stoltenberg, geboren 1957, hat Literaturwissenschaft und Sprachwissenschaften in Hamburg studiert. Sie arbeitet als freie Mitarbeiterin für den Hörfunk und gibt Buchvorstellungen. Ihre aktuelle Anthologie «In den Wellen» (Reclam) erzählt vom Schwimmen.

Kathy Tailor ist Schauspielerin, Schauspieldozentin und Autorin von Jugendbüchern, Hörspielen, Kinderbüchern und Kurzgeschichten. Seit über 15 Jahren entwickelt sie Theaterstücke für ihre und mit ihren Schauspielschüler:innen, die sie anschließend inszeniert – stets mit zurückgebundenen Haaren und nicht selten mit Breiflecken auf dem Shirt.

Gerlinde Unverzagt, geboren am 17. Mai 1960 in Marburg, lebt als Autorin in Berlin. Sie ist bekannt für ihre Sachbücher zu Erziehung, Familie und Partnerschaft. Zuletzt «Generation ziemlich beste Freunde» und – unter dem Pseudonym Lotte Kühn – «50 ist das neue 30». Zurzeit arbeitet sie an ihrem ersten Roman.

Edgar Wilkening, Jahrgang 1959, hat schon für Bühne, Pop und TV geschrieben, als Comedy noch Kabarett hieß. Nach heiteren Jahren auf Sankt Pauli lebt er jetzt in Minden an der Weser, macht Werbung und Marketing und organisiert aromatische Weinnachten. Mehr auf comedystory.de